林 何 著

李白

Libai Shige Yu Yingyu Shijie De Chuanbo Yu Yijie

诗歌

在英语世界的
传播与译介

电子科技大学出版社
·成都·

图书在版编目(CIP)数据

李白诗歌在英语世界的传播与译介 / 林何著. — 成
都：电子科技大学出版社，2023.6
ISBN 978-7-5770-0001-5

Ⅰ.①李… Ⅱ.①林… Ⅲ.①李白（701-762）—唐
诗—英语—翻译—研究 Ⅳ.①I207.22②H315.9

中国版本图书馆CIP数据核字（2022）第249467号

李白诗歌在英语世界的传播与译介
LIBAI SHIGE ZAI YINGYU SHIJIE DE CHUANBO YU YIJIE

林 何 著

策划编辑　辜守义
责任编辑　辜守义

出版发行　电子科技大学出版社
　　　　　成都市一环路东一段159号电子信息产业大厦九楼　邮编 610051
主　　页　www.uestcp.com.cn
服务电话　028-83203399
邮购电话　028-83201495

印　　刷　成都新恒川印务有限公司
成品尺寸　145 mm×210 mm
印　　张　9
字　　数　210千字
版　　次　2023年6月第1版
印　　次　2023年6月第1次印刷
书　　号　ISBN 978-7-5770-0001-5
定　　价　48.00元

前　言

　　李白诗歌（简称"李诗"）已成为中国古典文化西传的重要组成部分，因此，研究英语世界的李诗传播与译介有着重要的意义。从19世纪的零星译介到20世纪全方位的翻译、重译和研究，英语世界中的李诗传播与译介呈现出了一条较为清晰的发展脉络。经过传教士、汉学家、诗人和诗歌爱好者的翻译，李白在英语世界广为人知，李诗不仅占据着中国诗歌选集的核心位置，而且还在亚洲诗歌选集和世界文学选集中获得重要一席。从译介和传播的角度来看，李诗在英语读者面前呈现出了不同的样貌：既可能是遵循着严谨格律的古典诗体形式，也可能是对应着英语诗歌发展的当代自由体形式；李白的诗人形象在英语世界的读者那里可能是浪漫的"谪仙人"，在诗人和学者那里则可能是技艺高超的诗歌巨匠。这令我们不得不把目光投向英语世界，去追踪李白这位"诗仙"如何远游西方，如何成为异域知音，又如何最终跻身于世界文学殿堂，成为世界级的古典诗人。

　　近几十年来，国内学界开始大规模梳理、研究中国文学在海外的传播，在这个大背景下，英语世界中中国古典文学传播与译介的研究已取得丰硕成果，但令人遗憾的是，迄今还没有出现对李诗在英语世界的传播与译介进行系统性研究的成果，

前言 ◇

001

这与李诗在世界文学史上的崇高地位是极不相称的。因此，本书希望填补这一空白。

关于英语世界李诗的译介和传播，学界已取得了一些基础性成果。总体来看，它们有这样几个特点：其一，提供了李诗在英语世界传播的一些基本信息，但多为文献耙梳和李诗英译篇目列举，资料相对零散，广度和深度不够，成果形式多以单篇论文或图书章节为主；其二，多用翻译学的微观分析方法来研究李诗的英译问题，从关注译文的用词、文体、语篇、修辞、意象等维度，或归纳翻译技巧与策略，或通过译本比较来剖析译者的得失，成果形式多为期刊论文和外语院系的博士、硕士研究生学位论文；其三，大多作为中国古代文学或唐诗译介与传播研究的一小部分，李诗译介和传播问题还缺少独立的系统性研究。

从我们的角度而言，还有许多重大问题有待解决：李诗有哪些重要的译者和译本？李诗以怎样的面貌呈现在英语世界的读者面前？在传播过程中李诗经历了怎样的"保真"与"变异"？李诗的变异又有什么样的特点，体现了什么样的规律，传递出什么样的文学价值？这正是本书试图要回答的问题。

鉴于此，本书将沿着以下路径来考察李诗在英语世界的传播与译介：一是在勾勒李诗译介和传播历史发展的同时，运用比较文学变异学理论来考察李诗英译中的变异现象及其特点；二是在评述李诗译介和传播问题时，注意观察这个过程中表现出来的主体身份、诗学传统、文化过滤与文本变异之间的关联；三是坚持以第一手英文资料作为研究基础与评述对象，注重梳理、挖掘具有影响力的文本，尽力保证资料的翔实性、准确性和选例的代表性。

在论题的展开中，笔者主要采用三种研究方法：第一，实证研究与历史研究相结合。广泛考察相关英语著作、诗集、期刊，在文献梳理、版本对比和篇目考证基础上，注意将相关材料置入李诗译介和传播的历史维度下进行考察。第二，个案研究。在李诗译介和传播的不同发展时期，选取代表性译者和译本，关注译本特色和译者的翻译策略与方法，探索其背后的诗学旨趣。第三，比较文学变异学研究。考察李诗在译介过程中因文学误读、文化过滤和时代接受等因素而形成的变异现象。

在此，有几点须略做说明：书中提及的汉学家，尽量给出常用中文名，而非音译；书中为英文引文提供的汉译，以及为译诗提供的中文回译，如无特殊说明，均为笔者自译；回译用直译方式译出，以求如实反映英译诗歌的句式和内容，并不一定是理想的诗歌译本；脚注中附有引文的英语原文，以便读者对照检索；书中征引的李诗原文，统一引自清代王琦注本《李太白文集》（中华书局2011年简体字版《李太白全集》）[①]，脚注中标有相应页码。

本书是在笔者博士研究生学位论文（四川大学，2020年）前半部分基础上修订、增补而成，虽历经多次修订，但限于学力，书中难免存在不当之处，敬请读者和专家批评指正。

[①] 传世的李白诗文集注有南宋杨齐贤注《李翰林集》二十五卷，元代萧士赟《分类补注李太白集》二十五卷，明代胡震亨《李诗通》二十一卷，清代王琦注的《李太白文集》三十六卷，但前三种只注诗而不注文，而王琦注本则既注诗也注文，因此是李白诗文集中最完备的注本（参见王琦注《李太白全集》第7页）。王琦注本中的《李太白年谱》一卷在诗人生平和诗作系年上，也具有很高的准确性（参见王永波《清刻李白集述要》一文）。此外，英语世界的学者和译者在研究和翻译李白诗作时也多采用这个注本。

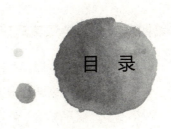

目　录

英语世界李诗传播与译介的发轫期

自文艺复兴后期至启蒙时代，欧洲社会一直对中国这个遥远的东方国度的文化与思想抱有极大的热情，最后形成"中国热"的盛况，这股热潮到了19世纪余温尚存。正是在此背景下，李白的诗歌走进了西方世界。在19世纪，英美传教士、外交官、汉学家或兼有以上多种身份的译者成为李诗译介的主体，拉开了英语世界李诗传播的序幕。本章首先概述这一时期李诗译介的基本面貌，然后以丁韪良、艾约瑟和翟理思三位重要译者的李诗译介个案，来展现这一时期李诗译介和传播的特点。

第一节　19世纪的李诗传播概述

从16世纪开始，西方传教士和外交官们开始进入中国，他们出于传教和通商的目的在中国研究上面花费巨大的精力，比如，编印辞典教材、翻译典籍、撰写中华历史文化著作等，在很多方面都取得了辉煌成就。在很长一段时期内，这个群体更偏向于对语言、历史、典章、制度、文化、风俗等方面的了解和研究，诗歌常常被视为文化的一部分而偶有提及。即便是

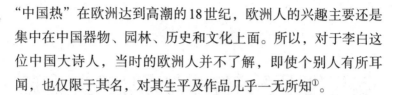

"中国热"在欧洲达到高潮的18世纪，欧洲人的兴趣主要还是集中在中国器物、园林、历史和文化上面。所以，对于李白这位中国大诗人，当时的欧洲人并不了解，即使个别人有所耳闻，也仅限于其名，对其生平及作品几乎一无所知①。

有据可查的是法国耶稣会士杜赫德（Jean Baptiste du Halde，1674—1743）于1735年出版法文版《中华帝国全志》（*Description géographique*，*historique*，*chronologique*，*politique et physique de l'empire de la Chine et de la Tartarie chinoise*），其中提到李白，但仅一笔带过："在唐代，诗人李太白和杜子美不让于阿那克里翁和贺拉斯"②。1780年，法国传教士钱德明（Joseph-Marie Amiot，1718—1793）等人编撰的《北京耶稣会士杂记》（*Mémoires Concernant l'Histoire*，*les Sciences*，*les Arts*，*les MSurs*，*les Usages*，*&C. Des Chinois*，*par les Missionnaires de Pékin*）第五卷出版，用了8页文字来介绍李白生平。可见，法国人走在了欧洲译介李白的前列。

勾勒英语世界的李诗传播与译介历史，追索开端性事件自然具有重要的意义。有学者提到，英语世界首次提及李白的是英国的约翰·斯科特（John Scott，1731—1783）③。斯科特也被称为安维尔的约翰·斯科特（John Scott of Amwell），是英国首位重要的贵格会诗人。1782年，他创作了一首题为《好官李白：一首中国牧歌》（*Li-Po；or，The Good Governor：a Chi-*

---

① 秦寰明.中国文化的西传与李白诗——以英、美及法国为中心[J].中国学术，2003（1）：254.

② 同①255.

③ 葛桂录.中英文学关系编年史[M].上海：三联书店，2004：65.

nese Eclogue）的诗①。然而，此诗将李白塑造成为一位善于管理自己封地的中国朝廷命官，丝毫没有提及李白的诗人身份或诗歌作品。由此可以推断，斯科特对李白根本就不了解，在他那里，李白只是中国官员的化身。所以，我们如果将斯科特看作英语世界中传播李白的"第一人"，多少还有些可疑，必须要加上引号。也有学者认为，英语世界中译介和传播李白的"第一人"是18世纪英国政治家兼艺术家索姆·詹尼斯（Soame Jenyns），因为他曾将李诗收录在其译作之中。但这一说法遭到其他学者的质疑，笔者也未查阅到相关资料可以为之佐证②。

根据笔者掌握的资料来看，英语世界李诗传播与译介的发端可以归于英国外交官兼汉学家德庇时（John Francis Davis，1795—1890）③。1829年，德庇时在英国皇家亚洲学会会刊《皇家亚洲学会会报》（*Transactions of the Royal Asiatic Society of Great Britain and Ireland*）第2卷第1期上面，发表一篇题为《汉文诗解》（*On the Poetry of the Chinese*）的长达69页的文

---

① SCOTT J. The poetical works of John Scott, Esp[M]. London：J. Buckland, 1782：155.

② 学者高虹、詹晓娟曾提及这个信息,但没有提及任何文献信息[参见高虹,詹晓娟. 李白诗歌在英国的译介及特点[J]. 2015, 34(12)：18.]。学者江岚指出,历史上并没有关于这位诗人译介中国诗歌的任何记载(参见江岚.唐诗西传史论——以唐诗在英美的传播为中心[M].北京：学苑出版社, 2009：24.)。笔者调查发现,18世纪确有一位叫索姆·詹尼斯(1704—1787)的英国作家,担任过英国下议院议员;20世纪也有一位索姆·詹尼斯(1904—1976),他是一位著名的艺术史家,曾长期在大英博物馆工作,1940年伦敦出版的《唐诗三百首选译》(Selections from the Three Hundred Poems of the T'ang Dynasty)的编者。中国台湾学者陈敬介在他的博士论文中可能也混淆了这两位詹尼斯(参见陈敬介.李白诗研究[D].台北：东吴大学, 2006：398.)。

③ 德庇时乃其自起的中文名,他曾于1844年至1848年间担任香港第二任总督及英国驻华公使,因其对中国文化的潜心研究,1876年获英国牛津大学荣誉博士学位。

章^①，这是英语世界中首篇系统介绍中国诗歌的长篇论文，其中有李白的生平介绍。

德庇时用220余字向英语读者介绍了李白：唐朝是中国诗歌最鼎盛的时代，最著名的唐代诗人就是李太白（德庇时用的名字是Letaepih）；公元720年生于四川，出生之时其母梦见晨星照射腹部，乃为子取名"太白"；待玄宗帝初掌天下，李太白入朝参政，天子曾御手调羹以饭之；后因酗酒而被逐出朝廷，但他依然我行我素，最终在行旅中因醉酒溺水而亡。^②这段介绍非常简单，但大致勾勒出了传奇般的诗人形象。

德庇时的简介与唐代李阳冰在《草堂集序》中撰写的李白生平之"长庚入梦""御手调羹""浪迹纵酒"等文字非常吻合，但诗人溺水身亡的传说却表明他依据有别本。可以判定，德庇时的李白生平并未参考像《草堂集序》这样权威的李白传记文本，而极可能参考了元杂剧《李太白匹配金钱记》中相关的情节。而由于后者的虚构性，这就造成了英语世界介绍李白生平的这篇首作掺杂了不少错谬之处。比如，文章认为唐诗集子收录的基本上是李太白和另外几位大诗人的诗歌^③，将李白出生年份说成是720年，还将"李白"和"李太白"看作两个

---

① "汉文诗解"乃德庇时自定的中文标题，其对应的拉丁文标题"Poesis sinicae commentarii"和英文标题"On the Poetry of the Chinese"，所以在国内学界这篇文章的标题也被译为"中国诗歌论"。该文于同年在伦敦以单行本行世，所以亦可称之为英语世界第一本系统介绍中国诗歌的书籍。此书后由澳门东印度公司出版社于1834年、1870年再版，1870年版本中标题变为"The Poetry of the Chinese"，但中文标题未变。学者江岚认为德庇时到1870年才出版《汉文诗解》（参见江岚《唐诗西传史论》第8页），这可能是她没有注意到此书最早是以论文的形式发表。

② DAVIS J F. On the poetry of the Chinese[J]. Transactions of the Royal Asiatic Society of Great Britain and Ireland, 1829, 2(1): 428.

③ 同②428-429.

不同的人物①。

德庇时的《汉文诗解》中没有译出李诗，提到的李白生平信息又过于简陋，这固然令人遗憾，但这份李白介绍却是英语世界中的首作，可以成为我们梳理英语世界的李诗传播与译介史的重要起点。

在接下来的1838年，英国伦敦出版了两卷本英文著作《开放的中国》（*China Opened*）②，作者为德国来华传教士，此前曾担任过英国驻华使团中文秘书的郭实腊（Karl Friedrich August Gützlaff，1803—1851，也译作"郭士立"）。这本多达1017页的鸿篇巨制涉及中国地貌、历史、习俗、礼节、艺术、建筑、商业、文学、宗教等诸多方面。在第一卷文学部分中，郭实腊介绍了李白，但对李白的总体评价却不是太高。他指出，李太白是中国人心目中最伟大的诗人，在诗歌创作上面极具天分，但却有着诸多"恶习"；虽供奉翰林，但却是宫廷里一帮"放浪形骸的文人"之代表性人物，被逐出朝廷之后干脆就藏身于酒馆或者那些藏污纳垢之所；李白的诗歌虽然展示了诗人的天才，但同时也宣扬了他那"放浪形骸的人生态度"。我们不难想见，这样的消极评价，为英文读者建构出的李白形象，只能是一种异化的诗人形象。其实，从第一卷的叙述来看，郭实腊对中国文学的了解相当有限，他甚至声称："中国

---

① 江岚,罗时进.唐诗英译发轫期主要文本辨析[J].南京师大学报(社会科学版)，2009(1)：122.

② GGÜTZLAFF K F A. China opened：or, a display of the topography, history, customs, manners, arts, manufactures, commerce, literature, religion, jurisprudence, etc., of the Chinese Empire. vol.1 and vol.2[M]. London：Smith, Elder and Co., 1838.

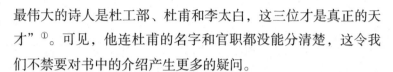

最伟大的诗人是杜工部、杜甫和李太白，这三位才是真正的天才"①。可见，他连杜甫的名字和官职都没能分清楚，这令我们不禁要对书中的介绍产生更多的疑问。

不过，郭实腊对李诗特点的介绍却有不少可圈可点之处。他称李白创作但凭自己的喜好，凡能打动他的都可入诗，其创作不受任何法则的约束，他的诗歌主题因此异常丰富。为让英语读者理解这一点，郭实腊用英语读者熟悉的诗歌类型，将李诗分成了自白诗、拟诗、颂诗、讽喻诗、咏物诗和赞美诗等多种类型。郭实腊还提及李白诗集的编排特点，每首诗之后都附有一篇语言简练的长篇评论，读者可以凭此了解诗歌背后的一些来龙去脉。他还预言，如果某位西方人能精心编排并翻译出诗集中的诗歌，李诗定会在西方大放光彩，赢得无数读者。从李诗的译介和传播史来看，郭实腊给出的这一建议非常具有前瞻性。

值得一提的是，郭实腊特别欣赏李白作品中展现出的充沛情感，为此他节译了《拟恨赋》②，译文大体准确③。虽系节译，但此文在李诗传播与译介史上也具有特殊意义，这是李白作品在英语世界的首次亮相。

---

① GÜTZLAFF K F A. China opened[M]. London：Smith，Elder and Co.，1838：416.

② 译出部分是《拟恨赋》的前四分之一文本："晨登太山，一望蒿里。松楸骨寒，宿草坟毁。浮生可嗟，大运同此。于是仆本壮夫，慷慨不歇，仰思前贤，饮恨而殁。昔如汉祖龙跃，群雄竞奔，提剑叱咤，指挥中原。东驰渤澥，西漂崑嵛。断蛇奋旅，扫清国步，握瑶图而倏升，登紫坛而雄顾。一朝长辞，天下缟素。"

③ 郭氏译文有不准确的地方，例如，他将"一朝长辞，天下缟素。"理解成了"英雄们聚于朝堂之上，朗声咏道：'帝宇廓清也！'"（"And now the heroes attended at court, and with a long modulating voice, exclaimed—'The empire is purified！'"）。参见GÜTZLAFF K F A. China opened[M]. London：Smith，Elder and Co.，1838：462.

1848年，美国传教士和汉学家卫三畏（Samuel Wells Williams，1812—1884）出版了《中国总论》（*The Middle Kingdom*）。在这部被誉为美国汉学奠基之作的作品中，卫三畏介绍了李白，将其与苏轼并称为中国的吟游诗人："中国人最推崇的两位诗人是唐代李太白和宋代苏东坡，他们有着吟游诗人的三大特点——爱花、嗜酒、喜歌，但他们都身居朝堂高位。前一位吟游诗人一生经历特别丰富，他鲁莽的饮酒嗜好使他陷入许多困境，他的冒险经历和他的十四行诗一样出名"[1]。为说明李白的传奇人生，卫三畏还节译了法国人帕维（T. Pavié）翻译的《今古奇观》中的小说《李谪仙醉草吓蛮书》。

1867年，英国来华传教士、汉学家伟烈亚力（Alexander Wylie，1815—1887）所著的《汉籍解题》（*Notes on Chinese Literature*）由上海美华书馆出版[2]。这部著作收录1745种中国文献，按中国传统的经、史、子、集四部分类。在集部的别集亚类下，伟烈亚力提到李白及其作品。他介绍说，"著名的八世纪诗人李太白，其诗才照亮了唐代文学。他身后留下一部三十卷的《李太白集》。这部集子流传至今，但却并非原貌，一些卷集已经散佚。存世的这部集子中，首卷包括若干序和题

① WILLIAMS S W. The Middle Kingdom[M]. vol.1. New York：John Wiley，1848：564.
② 美华书馆是近代上海最重要的印刷和出版机构之一，系美国基督教长老会开设（1860年至1931年），曾出版大量有关中国的英文著作。参见孙轶旻.上海美华书馆与中国文学的英文传播[J].上海师范大学学报（哲学社会科学版）.2012，41（3）：102-107.

词，次二十三卷为歌诗，后六卷为杂篇"①。从这段文字来看，伟烈亚力提到的当是宋蜀本《李太白文集》②。伟烈亚力凭借对汉籍文献的准确掌握，使英语读者首次对李白诗文的规模和类型有了较准确的了解。

1875年，英国特吕布讷出版公司出版了英国驻华外交官、汉学家罗伯特·道格拉斯爵士（Sir Robert K. Douglas，1838—1913）所著的《中国语言与文学》（*The Language and Literature of China*）。本书内容系作者1875年5月和6月在英国皇家研究院做的两次讲座。道格拉斯称，唐代是中国文学黄金时期，而李白则是唐代最伟大的诗人，他擅长歌咏酒与美人，颇似在向古希腊诗人阿那克里翁（Anacreon，约公元前582—约公元前485）致敬；李白及其模仿者们创作了大量关于花园夜宴的诗歌，常常很优美，也不缺少思想性，但是最终"因语言和教育的先天不足，这些诗歌只能落入最平庸之列"③。

道格拉斯对李诗的评价源自他对汉语的偏见。他认为，汉

---

① WYLIE A. Notes on Chinese literature[M]. Shanghai：The American Presbyterian Mission Press，1867：228. 原文："The well-known and highly celebrated 李太白 Le T'ae-pih，who lived in the 8th century，and whose poetical talent shed a lustre on the literature of the Tang dynasty，has left to posterity a collection of this class，which is published under the title 李太白集 Le t'ae pih tseih，in 30 books. It has not come to us intact，however，as it left the poet's hand; some of the original books having been lost. In its present form，the first book is a collection of prefaces and inscriptions，the following 23 books being tilled with songs and poems，and the six last containing miscellaneous pieces."

② 蜀本"卷一为序、记，卷二到卷二十四为诗歌，按二十一类编排，后六卷为杂著"。参见王永波.李白诗在宋代的编集与刊刻[J].吉林师范大学学报(人文社会科学版)，2014(2)：22.

③ DOUGLAS R K. The language and literature of China[M]. London：Trübner & co.，1875：107. 原文："…but the disadvantages of the language and of education weigh heavily upon their authors，and they seldom rise beyond the level of the merest mediocrity."

语缺乏西方语言那种屈折变化和句法关系，这影响到了汉语的文学表达和文学价值①。正是基于这个原因，道格拉斯特意用"逐字行间翻译"（lineatim et verbatim）方式译出李白的《春日独酌·其一》，其目的仅在于让英语读者一窥具有"语言和教育的先天不足"之特点的"平庸"的汉语诗歌。这首译诗的质量可想而知。从李诗译介和传播史的角度来看，《春日独酌·其一》是正式译入英语世界的第一首李诗，但遗憾的是，道格拉斯只想展现李诗的"平庸"，并没有公平地来对待原诗。

道格拉斯对汉诗的偏见也反映在他后来出版的有关中国文化的著作中。1882年，他在伦敦出版了一本介绍中国的通俗读物，名叫《中国》（China）②，涉及历史、政治、习俗、教育、农业、音乐、绘画、宗教、语言、文学等多个方面。在说明中国诗的押韵和节奏问题时，道格拉斯译出李白《登金陵凤凰台》一诗。译诗仍采用"逐字行间翻译"，用拼音和英文双行对照排列，以破折号表示节奏中的停顿，意在呈现李诗原貌。比如，前两句"凤凰台上凤凰游，凤去台空江自流"③：

Fung hwang tai shang — fung hwang yew

The phoenixes are on the tower—the phoenixes wander.

Fung k'ü t'ai k'ung — keang tsze lew

The male bird goes, the tower is empty—the river along flows by.

---

① DOUGLAS R K. The language and literature of China[M]. London：Trübner & co.，1875：60-61.

② 道格拉斯撰写此书参考了一系列著作，其中包括理雅阁的《中国经典》和德庇时的《汉文诗解》。参见 DOUGLAS R K. China, with map[M]. New York：P.F. Collier & Son, 1913："Preface".

③ 同②394.

译诗中破折号的位置恰与原诗停顿相对应，较好地呈现出了原诗节奏。但道格拉斯却称，这首诗是"一个能反映中国诗呆板特点的好样本"，"诗中根本没有什么引人注目的思想和情感"，只不过是在尽力贴近汉语诗歌惯例，尽力做到语词上的完美而已。①

由此可见，他这首《登金陵凤凰台》"译诗"只是机械地呈现原诗节奏，算不上是正式的翻译。

此外，道格拉斯还断言，中国人不可能创作出西方那种史诗，因为"中国人对史诗根本就一无所知"，而且"持续的想象力对于中国人来说太难了，……严格的格律要求也妨碍着诗人，用汉语创作一首大型诗歌恐怕得穷其毕生精力"。②可见，道格拉斯对汉语和汉诗的偏见可谓根深蒂固，而也正是因为这个原因，《中国语言与文学》和《中国》这两部著作在后来英语世界的汉诗读者和研究者那里，未能获得多少青睐。鉴于此，我们不妨将道格拉斯视为李诗译介和传播发轫期的一个反面样本。

1878 年，美国新英格兰超验主义者团体成员、诗人塞缪尔·约翰逊（Samuel Johnson，1822—1882）编著的《东方宗教及其与世界宗教之关系：中国卷》（*Oriental Religions and Their Relation to Universal Religion*：*China*）问世。虽然题目标明东方宗教，但与前述几部讲中国文化的大型著作类似，这也

① DOUGLAS R K. China, with map[M]. New York：P.F. Collier & Son, 1913：395. 原文："… a good specimen of the mechanical peculiarities of Chinese poetry, … There is nothing striking in thought or sentiment."

② DOUGLAS R K. The language and literature of China[M]. London：Trübner & co., 1875：108. 原文："…of epic poetry the Chinese know nothing"，"a sustained effort of imagination is difficult to them, …the strict laws of rhyme and metre which hamper the poet would make a lengthened poem in Chinese the work of a lifetime."

是一部百科全书式的著作，涵盖了包括中国思想、外交、科技、文学、语言、教育等在内的、非常广泛的主题①。在"诗歌"的条目下，约翰逊介绍了李白与杜甫。

约翰逊对李白的介绍，主要依据法国汉学家德理文侯爵（Le Marquis d'Hervey de Saint Denys，1822—1892）的唐诗法译集《唐诗》（*Poésies de l'époque des Thang*）中的内容。与德理文书中的介绍如出一辙，约翰逊称李白是"唐代最受人尊崇的大诗人、语言大师、朝廷名臣，其文学成就名满天下"②；李诗常常提及酒，乃是出于诗人的"感伤主义"，并非其个人的纵酒行为；"诗人具有强烈的现实主义精神，他的诗中找不到任何神秘的意义"③。为说明这一特点，约翰逊特地节译出李白《侠客行》④。

到此时为止，英语世界的李诗总体上来说，多为零星的节译或是带有一定偏见的翻译，而英国汉学家翟理思（Herbert A. Giles，1845—1935）很快将改变这一现状。

1884年，翟理思在伦敦和上海两地同时出版《古文选珍》（*Gems of Chinese Literature*）⑤。这是一本中国文学作品选集，主要收录散文类作品，诗歌仅占极小部分，均出自翟理思本人

---

① 约翰逊这本著作的分类与法国杜赫德神父汇编的《中华帝国全志》的分类十分接近。

② JOHNSON S. Oriental religions and their relation to universal religion：China[M].. Boston：Osgood and Co.，1878：518. 原文："…the most admired poet of the T'ang；a linguist and courtier in high honor，famous for literary feats."

③ 同②518. 原文："Any mystical meaning is excluded by the strong realism of the poet."

④ 节译的部分为："十步杀一人，千里不留行。事了拂衣去，深藏身与名。"以及"纵死侠骨香，不惭世上英。谁能书阁下，白首太玄经。"(同②526.)

⑤ GILES H A. Gems of Chinese literature[M]. London：Bernard Quaritch，1884.

翻译。在《古文选珍》"前言"中翟理思指出,他想为英语读者"呈现一份由中国历代最知名作家创作,而且经得起时间考验的作品节选"①。此书收入张籍、李白、杜甫、王昌龄、白居易五位唐代诗人作品,李白虽只有三首作品,却是入选作品最多的诗人(其余每人只有一首诗入选)。这三首作品分别是序文《春夜宴从弟桃花园序》、诗歌《春日醉起言志》和《子夜吴歌·其三》,均为全译。

翟理思还为李白撰写了一段简介:

> 李太白(699—762):他是中国数不尽数的抒情诗人当中最负盛名的那一位。他的诗以精巧的意象,丰富的语言,意味深长的典故,以及音乐般的韵律而驰名天下。曾与帝王长期交好,但最终分道扬镳,后因参加叛乱而遭到流放,至老始还,却死于途中。②

翟理思在书中没有说明这段李白简介依据何本,但他标明的李白生卒年却相对比较准确③。他将李白视为中国最著名的

---

① GILES H A. Gems of Chinese literature[M]. London:Bernard Quaritch, 1884:iii. 原文:"I have therefore ventured to offer and instalment of short extracts from the works of the most famous writers of all ages, upon which time has set an approving seal."

② 同①112. 原文:"LI T'AI-PO. 699-762 A. D. The best known of all China's countless host of lyric poets, famous for his exquisite imagery, his wealth of words, his telling allusions to the past, and for the musical cadence of his verse. For a long period admitted to intimacy with the Emperor, too much familiarity ended at length in contempt. The poet was ultimately prosecuted for sedition, and sent into exile, from which he returned in his old age only to die."

③ 李白享年一直有62岁和64岁两种说法,即生于长安元年(701年)或圣历二年(699年),而卒于宝应元年(762年)。参见舒大刚,黄修明.李白生卒年诸说平议[J].文学遗产, 2007(5):32.

抒情诗人，并将意象、语言、典故和韵律这四个方面看作李诗最突出的特点，这个评价显然非常准确。由此可见，翟理思的李白介绍虽然简短，但真实可靠，完全不同于先前那些传教士笔下的猎奇式描绘。

在翟理思出版《古文选珍》四年后，英国出现了另一位重要的李诗译介者。他就是英国传教士兼汉学家艾约瑟（Joseph D. Edkins， 1823—1905）。这位重量级人物首次开启了英语世界中李诗专门译介和研究的大门。

艾约瑟于1888年7月在《中国评论》（*The China Review*）第17卷上发表了一篇题为《诗人李太白》（Li Tai-po as a Poet）的短文，其中译有《公无渡河》《游南阳清泠泉》和《游南阳白水登石激作》3首李诗。同年，艾约瑟在《北京东方学会会刊》上发表长文《关于李太白：以其诗歌为例》（On Li T'ai-po, with Examples of His Poetry），在这篇带有研究性质的文章中艾约瑟译出了《静夜思》《怨情》《早发白帝城》等共计22首李诗，几乎都是李白最著名的诗歌。这是英语世界首次较大规模的李诗翻译。在这篇文章中，艾约瑟详细评价了李诗特点。

或许正是艾约瑟的译介激发了翟理思进一步翻译李诗。翟理思于1898年出版《古今诗选》（*Chinese Poetry in English Verse*），这本著作是《古文选珍》的姊妹篇，专选中国诗歌，从《诗经》开始直到清人作品，选诗近200首，其中有姓名的诗人就多达102位，而李诗入选数量最多，共有21首，这一数目与艾约瑟在《关于李太白：以其诗歌为例》中所选译的李诗数目大致相当。有意思的是，翟理思选诗时有意避开了《关于李太白：以其诗歌为例》中的李诗篇目，仅有《独坐敬亭山》《静夜思》《乌夜啼》《玉阶怨》和《怨情》四首与其重复。不过，这也恰巧说明，在翟理思心目中，这几首诗绝对是李白的代表作。

艾约瑟和翟理思的译介活动影响到后来的一位美国传教士。1892 年，美国公理会来华传教士波乃耶（James Dyer Ball，1847—1919）在伦敦出版《中国风土人民事物记》（*Things Chinese*：*Being Notes on Various Subjects Connected with China*）①。这部百科全书式著作称唐朝是中国诗歌最繁荣时期，堪称中国的"奥古斯都时期"，李白则是"一位阿那克里翁式的诗人，他的探险经历同他的十四行诗一样出名。他获得过很高的国家荣誉，但却嗜酒，终因酒后乘船落水而亡"。有人如此评价他，"他是中国数不尽数的抒情诗人当中最负盛名的那一位。他的诗以精巧的意象，丰富的语言，意味深长的典故，以及音乐般的韵律而驰名天下。"②。很明显，波乃耶这里引用的是翟理思的评价。波乃耶还大量征引了艾约瑟对李诗的评价。为说明李诗特点，波乃耶本人译出两首诗《游南阳清泠泉》和《游南阳白水登石激作》③。众所周知，李诗类型繁多，而波乃耶所选却恰好同为纪游之作，且都是关于南阳同一个地方，这不能不说失之偏颇。可能波乃耶有意想在此与艾约瑟一较高低，因为正如前文所示，这两首诗正好是艾约瑟在 1888 年《诗人李太白》文章中选译的李诗。

---

① BALL J D. Things Chinese：Being notes on various subjects connected with China [M]. London：Sampson Low, Marston, 1892.

② 同①294. 原文："…an anacreontic poet whose adventures are famous, as well as his sonnets. He attained high government distinction, but was drowned, falling overboard from a boat when under the influences of his favourite wines. He is thus described by one writer：'the best known of China's countless host of lyric poets famous for his exquisite imagery, his wealth of words, his telling allusions to the past, and for the musical cadence of his verse.'"

③ 这两首译诗采用了不同的译法，《游南阳清泠泉》采用了散体译法，而《游南阳白水登石激作》采用了韵体译法。

在 19 世纪最后 20 年里，还陆续出现从法文进行"转译"李诗的现象。1885 年，伦敦出版了英国人詹姆斯·米灵顿（James Millington）译自法文版的《中国人自画像》（*The Chinese Painted by Themselves*）。《中国人自画像》是清末外交官陈季同[①]（Tcheng Ki-tong，1851—1907）的成名作，1884 年在巴黎出版后立即受到读者的欢迎，一年之内五次再版[②]。此书包含一份李白简介，并收录《悲歌行》《行行游且猎篇》《下终南山过斛斯山人宿置酒》和《春思》四首李诗[③]。陈季同指出唐代是中国诗歌发展的顶峰，但把"中国最伟大的诗人"的名号给予了杜甫而不是李白。他提到李诗的两个特点：其一是反映诗人豁达的特点，敢于面对生活苦难；二是某些诗歌具有朴实自然的风格[④]。同 19 世纪西方诸多介绍中国的著作类似，《中国人自画像》旨在向当时对东方中国充满好奇的西方读者介绍中国文化方方面面的情况。不过这本著作的不同之处在于，它是由一位既熟悉西方文化又深谙中国文化的中国人来完成的。

译自陈季同另一本法文著作的《中国人的快乐》（*Chin-*

[①] 陈季同，字敬如，福建人，清末外交官。他精通法语，出版了不少法文著作，主要致力于向法国介绍和传播中国文化。他在法国出版了《中国人自画像》（*Les Chinois peints par eux-mêmes*，1884）、《中国故事》（*Contes Chinois*，1884）、《中国戏剧》（*Le théâtre des Chinois*，1886）、《中国人的快乐》（*Les Plaisirs en Chine*，1890）等 10 余部著作，其中最有影响的就是《中国人自画像》和《中国人的快乐》。

[②] 陈季同.中国人自画像[M].黄兴涛，周迈，朱涛，译.贵阳：贵州人民出版社，1998：v.

[③] 其中《悲歌行》仅"孤猿坐啼坟上月，且须一尽杯中酒"两句，《行行游且猎篇》仅"边城儿，生年不读一字书，但知游猎夸轻趫"以及"儒生不及游侠人，白首下帷复何益"。

[④] TCHENG K. The Chinese painted by themselves[M]. MILLINGTON J, trans. London: Field & Tuer, 1885: 169.

chin, or the Chinaman at Home）于1895年在伦敦出版①，译者为英国著名传记作家罗伯特·谢拉德（Robert Sherard，1861—1943）。书中译有李白的《将进酒》和《金陵酒肆留别》两首诗。如标题所示，这本书专门向西方人介绍中国人如何娱乐和消遣。陈季同在此书中戏谑又不无夸张地指出，中国人喜欢在酒中寻求快乐的习惯，主要是源自于唐代李太白的《将进酒》和《金陵酒肆留别》。他还提到，李白虽常常过度饮酒，却处处都能找到朋友，即便孤身一人，也有月亮和他的影子与之为友。很明显，陈季同指的是李白那首著名的《月下独酌》，但很可惜，他并未在书中提及此诗。

1890年，纽约出版过一本由美国诗人斯图尔特·梅里尔（Stuart Merrill，1863—1915）选译的法国散文诗选集《散文体粉画》（Pastels in Prose）②。书中选译了法国女诗人朱迪特·戈蒂耶（Judith Gautier，1845—1917）翻译的李白、杜甫、苏东坡等人的诗歌共14首，其中李诗6首。这些诗歌均出自戈蒂耶那本著名的中国古诗选集《白玉诗书》（Le Livre de Jade）。《散文体粉画》这本集子同时还选译法国象征主义诗人波德莱尔、马拉美等人的作品，因此在梅里尔眼里，李白诗足以媲美于他所钟情的法国诗歌。但值得一提的是，诗集为李诗所配的插画却是日本浮世绘风格③。同时，李白这些诗歌的标题下都有"拟

---

① TCHENG K. Chin-chin, or the Chinaman at home[M]. SHERARD R H, trans. London: A. P. Marsden, 1895.

② MERRILL S. Pastels in prose[M]. New York: Harper & Brothers, 1890. 梅里尔本人主要以法语进行写作，是法国象征主义诗派中的一员。《散文体粉画》是他在美国发表的唯一一部作品。

③ 书中扉页标明诗集中插画的作者为美国插画家哈里·麦克维卡（Harry W. McVickar）。根据书中为《春夜洛城闻笛》一诗所配的插画上"鸟居清"字样，他模仿的可能是日本江户时代的浮世绘画家鸟居清长（1752—1815）。

李太白"（after Li-Taï-Pé）的字样①，英语读者自然会明白这些诗歌乃戈蒂耶的创作，而非李白本人作品。

19世纪临近结束，这段时期的李诗传播与译介活动值得一提的是美国传教士兼汉学家丁韪良（W. A. P. Martin，全名为William Alexander Parsons Martin，1827—1916）的翻译。1881年和1894年，他曾先后在纽约和上海出版著作《中国人：他们的教育、哲学与文学》（*The Chinese*：*their education*，*philosophy*，*and letters*）②和《翰林文集》（*Hanlin Papers*）③，两书都简要提及李白，但可惜未译出李诗。1894年，上海别发洋行出版了《翰林文集》的姊妹篇《中国传说与诗歌集》（*Chinese Legends and Other Poems*）④，在此书中，他为英语读者指出李白的"谪仙"名号，并译出《长干行·其一》和《月下独酌·其一》两首诗，其中《长干行·其一》属于首译。

综上，本节概述了19世纪英语世界译介李诗的基本情况。可以看出，除艾约瑟和翟理思的译介之外，其他人的译介并不深入，或为转引，或为节译，或从外语转译。欧美来华传教士与外交官们出版了大量有关中国文化的著作，满足了当时的英美人渴望了解中国文化的愿望。而在此背景下，李诗得以远游他国，让英语读者对其人其诗有了一定的了解。接下来我们将重点考察丁韪良、艾约瑟和翟理思三位重要译者的李诗译介。

① 这是对戈蒂耶在《白玉诗书》中使用的"Selon Li-Taï-Pé"的英译，参见 GAUTIER J（Judith Walter）. Le livre de jade[M]. Paris：A. Lemerre，1867.

② MARTIN W A P. The Chinese：Their education，philosophy，and letters[M]. New York：Harper & Brothers，1881.

③ MARTIN W A P. Hanlin papers[M]. Shanghai：Kelly and Walsh，1894.

④ 在《中国传说与诗歌集》的简短自序中，丁韪良称由于集子中的两首诗歌曾收录于《翰林文集》第一版中，但其余诗歌在其第二版中被删除了，所以专门出版一册诗歌单行本。（同③ "Preface".）

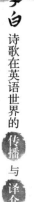

第二节 早期李诗译介的个案分析:传教士与外交官群体

一、丁韪良的李诗译介

丁韪良是美国基督教长老会传教士,1850年来华传教,在中国活动长达60余年,翻译出版了大量中英科技和文化的书籍,是近代中西文化交流史上的重要人物。

丁韪良的李诗译介与其对李白的高度评价密不可分。早在1881年出版的《中国人:他们的教育、哲学与文学》中,他就指出,"李太白的才华被认为是金星之金光的化身,杜甫、韩愈和其他诗人也为这道光芒增光添彩。他们的作品已成为后世诗歌创作公认的效仿榜样,后辈诗人无敢逾越"[1]。在1894年出版的《翰林文集》一书中,他也高度称赞李白,"诗歌在唐代臻至完美——李白与杜甫就是那一代诗人中的蒲伯和德莱顿"[2]。

他对李白的喜爱使他在1894年出版的《中国传说与诗歌集》)中译出两首李白的代表作,分别是《长干行二首·其一》和《月下独酌四首·其一》,而且在这两首诗歌之前各配上一段介绍性文字,用它们来说明李白的诗人形象和诗歌特点:

---

[1] MARTIN W A P. The Chinese:Their education, philosophy, and letters[M]. New York:Harper & Brothers, 1881:10. 原文:"Litaipe whose brilliant genius was believed to be an incarnation of the golden light of the planet Venus Tufu, Hanyu, and others shed lustre on its opening reigns. Their works have become the acknowledged model of poetic composition, from which no modern writer dares to depart."

[2] MARTIN W A P. Hanlin papers[M]. Shanghai:Kelly and Walsh, 1894:56. 原文:"In the T'ang dynasty(618-905), poetry [...] attained its highest pitch of perfection—Li Po and Tu Fu being the Pope and Dryden of an age of poets."

《长干行二首·其一》：毫无疑问，李白是中国最伟大的抒情诗人。一位皇帝曾如此评论他："乃仙人下凡，千年之内无人敢争其'谪仙'名号。"这首诗的特点在于表达简洁，情绪自然，并非在于表现力量与崇高。① （着重号为笔者所加——笔者注）

《月下独酌四首·其一》：这里译出的是李白最佳的一首颂诗。李白堪称中国最受欢迎的吟游诗人。他不仅是著名诗人，还是著名的狂饮之徒。传说他在醉酒状态下为了捉住水中月影而葬身水底。②

让我们来看看他的译诗是如何体现这些说明的。仔细对照《长干行二首·其一》原文和译文，我们就能发现，丁韪良为了要证明《长干行二首·其一》这首诗具有"表达简洁，情绪自然"的特点，甚至不惜将原诗部分内容进行大幅度浓缩，诗中一大段文本（"十六君远行，瞿塘滟滪堆。/五月不可触，猿声天上哀。/门前迟行迹，一一生绿苔。/苔深不能扫，落叶秋风早。/八月胡蝶来，双飞西园草。/感此伤妾心，坐愁红颜老"）被缩译为四行：

---

① MARTIN W A P. Chinese legends and other poems[M]. Shanghai：Kelly and Walsh，1894：22. 原文："Li Po is without doubt the greatest of Chinese lyric poets. An emperor said of him that —'A god had become incarnate in his person; and during eleven centuries no one has risen to dispute with him the title of 谪仙. This little piece is characterized by simplicity of expression and naturalness of sentiment, rather than by strength and elevation.'"

② 同①25. 原文："This is an attempt to render the best known Ode of Li Po, China's favorite Bard. He is not less famed as it bacchanal than as a poet, and tradition says that he met his death while in a state of intoxication, by plunging into a river to grasp the shadow of the Moon."

Another year, alas!

啊，又是一年！

And you had joined your chief;

你加入了长官的队伍；

While I was left at home,

而我留在家，

In solitary grief.[①]

落入孤独与悲伤。

　　有意思的是，他在《月下独酌四首·其一》的翻译中采取了与上述缩译相反的策略，进行了逆向式扩译。例如，他将第一联"花间一壶酒，独酌无相亲"译为：

Here are flowers and here is wine,

花也在，酒也在，

But where's a friend with me to join,

友人何时来相伴，

Hand to hand and heart to heart,

手拉手，心贴心，

In one full cup before we part?[②]

别前再饮一满杯？

　　或许在丁韪良那里，"表达简洁，情绪自然"并不是这首

---

① MARTIN W A P. Chinese legends and other poems[M]. Shanghai: Kelly and Walsh, 1894:24.

② 同①25.

诗歌的特点，而是他认为这首诗可能过于简洁，而表达不出任何情绪了，否则他何以用这种"越俎代庖法"来翻译呢？我们知道，上述这一联，本是全诗的主旨句，联中"花"与"酒"构成的眼前景，和诗人表达遗憾之情的简单陈述，共同构成一种含蓄的张力。而译诗对"独酌无相亲"一句却敷陈了经由译者想象而添加的诸多细节，这虽然有利于读者以更细腻的方式去体会原来诗句的含义，但呈现出来的效果却再也不是李诗点到即止的含蓄之美了。

但丁韪良本人很满意《中国传说与诗歌集》中的这两首译诗，后来还将它们收录到其他著作中。1901 年 6 月，丁韪良在《北美评论》（The North American Review）杂志上发表了一篇题为《中国人的诗歌》（The Poetry of the Chinese）的文章①，其中就载这两首译诗，而这篇文章后来又收录到他的另一部著作《中国知识》（The Lore of Cathay, or The Intellect of China）之中②。1912 年，《中国传说与诗歌集》得以再版，并更名为《中国传说与抒情诗》（Chinese Legends and Lyrics）③。在这个版本中，丁韪良保留了这两首诗以及两段介绍性文字，并增译了一首李诗《行路难》。

二、艾约瑟的李诗译介

英国传教士兼汉学家艾约瑟从 1848 年起便来华传教，长达 57 年之久，他有卓越的语言天赋，掌握包括汉语在内的多国语

---

① MARTIN W A P. The poetry of the Chinese[J]. The North American Review, 1901, 172：853-862.

② MARTIN W A P. The lore of Cathay, or the intellect of China[M]. New York：Fleming H. Revell Company, 1901：84-85.

③ MARTIN W A P. Chinese legends and lyrics[M]. Shanghai：Kelly and Walsh, 1912.

言。对中国文化和语言的熟稔使他有机会成为英语世界专门译
介李诗的第一人。艾约瑟的李诗译介主要体现在他于1888年发
表的几篇文章中。

　　是年，艾约瑟在《北京东方学会会刊》第2卷第2期上发
表文章《中国自古迄明科学与艺术发展简史》（A Sketch of the
Growth of Science and Art in China to the Ming Dynasty）①，文
中简单提及李白，"李太白和杜甫的诗歌精美无比，让同时代
的人感到吃惊"②。同年7月，艾约瑟在《中国评论》（The
China Review）第17卷上发表文章《诗人李太白》（Li Tai-po
as a Poet）③。此文虽不足三页，却是英语世界首篇专论李诗的
论文。

　　在这篇文章中，艾约瑟高度评价了李白的才华及其诗歌艺
术的特点。他指出，李诗蕴含着诗人充沛的情感，能在读者心
中激起"深情""敬畏"和"悲怆"等情感力量；李诗内容丰
富，转换很快，"观念接着观念"，诗人"是一位兼容并蓄的观
念收藏家"④。艾约瑟还介绍了李白创作的特点，称诗人创作
不守成法，大胆变换诗行长度，喜欢在行旅中作诗。艾约瑟还
详细评述李白的《公无渡河》一诗，给读者指出李白创作的一
个突出特点，即善于从过往文学传统中汲取养分。艾约瑟将李
白同英格兰诗人彭斯（Robert Burns， 1759—1796）和英国浪

---

① EDKINS J D. A Sketch of the growth of science and art in China to the Ming Dynasty
[J]. Journal of the Peking Oriental Society，1888，2（2）：142-154.

② MARTIN W A P. Chinese legends and lyrics[M]. Shanghai：Kelly and Walsh，1912：
150. 原文："Li Tai-po and Tu Fu astonished their contemporaries by the excellence
of their poetry."

③ EEDKINS J D. Li Tai-po as a poet[J]. The China review， or notes & queries on the
Far East，1888，17（1）：35-37.

④ 同③35. 原文："He loves quick transitions. … Another thought crowds after it and
then a third. … He was an indiscriminate collector."

漫主义诗人华兹华斯（William Wordsworth，1770—1850）进行比较，认为李白恰如彭斯，善用旧题进行创作，而同时又与华兹华斯相仿，也喜欢描绘大自然。以上观点不乏真知灼见，但惜于篇幅，艾约瑟并未展开，也未举出更多的李诗来进行说明——在文中艾约瑟只译出三首李诗：《公无渡河》《游南阳清泠泉》和《游南阳白水登石激作》。不过，这些遗憾将会在艾约瑟同年发表的另一篇论文中得到弥补。

在这一年的《北京东方学会会刊》第 2 卷第 5 期上，艾约瑟发表了研究李白的长文《关于李太白：以其诗歌为例》（*On Li T'ai-po*，*with Examples of His Poetry*）[①]，其中译出李诗 22 首[②]。这篇文章行文风格兼具学术风格和一般英文散文特征。根据内容我们可以将此文分为三个部分：第一部分介绍了中国古代诗歌发展情况，可以看作是引言部分；第二部分是文章主

[①] EDKINS J D. On Li T'ai-po, with examples of his poetry[J]. Journal of the Peking Oriental Society, 1890, 2(5):317-364. 根据艾约瑟在正文前的自述,这篇论文于当年 12 月 21 日在北京东方学会上宣读。另外,这篇文章的信息还载于《中国评论》第 18 卷上面。2016 年,美国出版人埃里克·塞雷伊斯基(Eric Serejski)将艾约瑟在 1872 到 1889 年间发表的几篇研究中国文学的文章重新整理,以《诗学》(Essays on Chinese Poetry)为名结集出版,其中全文收录了艾约瑟这篇文章。参见 SEREJSKI E. Essays on Chinese poetry[M]. St. Louis: Innovations and Information, 2016.

[②] 艾约瑟在正文之前列出了文中所有诗歌的题目,共有 24 首,第一首是陈子昂的《登幽州台歌》,第二首是被艾约瑟归于孔子名下的《获麟歌》("唐虞世兮麟凤游/今非其时来何求/麟兮麟兮我心忧"),李诗共有 22 首。但他只列出标题,并未标明作者,很容易让读者误解,以为全部出自李白之手。文中译出的李诗依次为:《静夜思》《怨情》《早发白帝城》《乌夜啼》《乌栖曲》《渌水曲》《忆东山二首·其一》《独坐敬亭山》《自遣》《上皇西巡南京歌十首》之三首(其四、其三、其十)、《送储邕之武昌》《春日归山寄孟浩然》《送友人入蜀》《寻雍尊师隐居》《姑孰十咏·其二》(节译其中四行)、《赠黄山胡公求白鹇》《观鱼潭》《玉阶怨》《晓晴》《庐山谣寄卢侍御虚舟》《下终南山过斛斯山人宿置酒》《哭晁卿衡》。

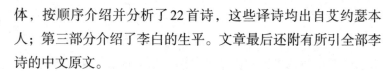

体，按顺序介绍并分析了22首诗，这些译诗均出自艾约瑟本人；第三部分介绍了李白的生平。文章最后还附有所引全部李诗的中文原文。

为了让读者充分理解李诗在中国诗歌史上的地位，文章第一部分简述了自古迄唐的中国诗歌发展。艾约瑟认为到盛唐之时，中国诗歌经历了三个发展期。一是以《诗经》为代表的发轫期，这一时期民歌体和赋体诗共同发展①；二是从公元前3世纪至前1世纪的赋体诗大发展时期，赋的长度和容量大大增加，但同时民歌继续存在；三是唐代诗歌发展期。唐诗总体特点是"短小精美"，因为"诗人们通过把握节奏和用字，仔细选择主题和意象，尽力将作品打造成完美的珍宝"②。艾约瑟认为这三个诗歌发展期形成的不同特点，其背后有着深刻的历史文化原因。第一个发展期归因于人们对道德的重视与培养；在第二个发展期，赋体诗之所以大发展，主要是来自诗经的影响和源于西域的外来思想，比如早期道家典籍中的一些思想③；第三个发展期，主要是受到外来的佛教的影响：佛教带来了梵语文学，促进了汉字语音和声调研究，最终使唐代诗人得以按照新的声调范式进行创作，而且佛教还向中土传播了绘画艺术，从而使艺术思想在唐代诗人中得到普遍接受。从这一部分来看，虽然不少地方显得过于简化甚至失之偏颇，但是可

---

① EDKINS J D. On Li T'ai-po, with examples of his poetry[J]. Journal of the Peking Oriental Society, 1890, 2(5):318.

② 同①318. 原文："…short pieces polished and elaborated as highly as possible. The author exerts himself his poem a perfect gem by close attention to rhythms and the balancing of words as well as by extreme care in the selection of topics and images."

③ 不知为何艾约瑟会认为道家思想源出西域，不过这种在今天看来对中国文化所做的令人匪夷所思的判断，在19世纪的传教士、外家官和早期汉学家们的笔下，并不罕见。

以看出，艾约瑟对中国历史文化和文学发展史十分熟悉，这些宏观层面的诗歌发展背景介绍，有利于英语读者能准确理解他在正文中对李诗的评述。

在文章第二部分，艾约瑟首先邀请读者思考：中国人常将李白视为最伟大的诗人，"自唐以后无人可与之匹敌"[①]，那么为什么他能获得如此之高的评价呢？艾约瑟给出了一个令英语读者耳目一新的答案。他介绍说，在中国的传统论家眼里，李白之所以超越其他诗人，在于他有这样的特质——"气"，所以他的诗歌艺术追求的是简洁、纯净、力量。为此，艾约瑟以22首李诗为例来阐述他这个判断。在诗例部分艾约瑟采用的结构是，先给出一首诗的英文译文，然后对其进行必要的解释和评论，当然，他并未恪守这个模式，某些诗只给出译文，而针对另一些诗，则累以长篇宏论。从入选的李诗的长度来看，如以八句为界，那么长诗短诗差不多各占一半；从风格来看，既有句式整齐的古体诗和近体诗，也有句式不等的歌行体，较全面地呈现了李诗总体风貌。

艾约瑟在文章最后还向英语读者介绍了李白的生平。这份介绍比较详尽，为英语读者描绘了一个比较完整的诗人生平。值得一提的是，艾约瑟并未将李白"捉月而亡"这样的传说收录进来，说明他想为英语读者介绍的是一个真实可信的李白。

通过梳理，我们可以发现艾约瑟在《关于李太白：以其诗歌为例》一文中的李诗译介有如下几个特点。

---

① EDKINS J D. On Li T'ai-po, with examples of his poetry[J]. Journal of the Peking Oriental Society, 1890, 2(5): 320. 原文："…and none since that age have equaled him in renown."

（一）紧扣李白创作特点来进行介绍

虽然艾约瑟没有对所选诗歌的顺序进行说明，但整体来看，还是存在着一条隐约的线索将这些诗歌串联起来，那就是，他力求要呈现出李诗的多样性。这些"多样性特征"包括：

1. 李白的短诗乃艺术珍品。艾约瑟留意到了李诗中《静夜思》《怨情》和《早发白帝城》这样的短小隽永的诗歌，并给予了高度评介。比如，针对《怨情》一诗，艾约瑟评论道：

"可以看到，诗人寥寥几笔就达其意图：珍珠镶边的帘子卷起，一张美丽的脸庞正向外探看，蹙着眉头，满脸泪痕。他的诗句暗示出美人因有人伤了她的心而痛哭过，暗示出她因被抛弃而黯然神伤。诗人唯在暗示，仅此而已。"①

2. 李白善于使用乐府旧题。艾约瑟指出，在李白创作的全部诗歌中，乐府诗占有一定的比例②，它们创作展现了李白为古赋新的能力："惯于将古代诗中的一些片段发展得更加丰满、更富有音乐性，也更有魅力"③。为说明这个特点，艾约瑟译出了《乌栖曲》和《渌水曲》。

3. 李白的诗歌如画。如艾约瑟所说，"李太白的诗首首如画，他用寥寥几个元素，就能绘出一副极富魅力的完整的作

---

① EDKINS J D. On Li T'ai-po, with examples of his poetry[J]. Journal of the Peking Oriental Society，1890，2(5)：323. 原文："The poet it will be observed is content with a few touches. A curtain with pearl border is drawn aside，and a fair face is seen looking out and knitting her brows with traces of tears. His words imply that she has been weeping because of some one's unkindness. She is deserted and sad. He merely suggests this and he has done."

② 宋代郭茂倩所编《乐府诗集》曾收录李白乐府诗119题，艾约瑟对此没有提及。

③ 同①325. 原文："Li T'ai-po was in the habit of expanding old snatches of song into longer pieces，more complete，more musical，and more effective."

品"①。艾约瑟指出，李诗的这种特点可以置入唐代诗歌整体背景下去理解。他认为唐诗的旨归，就是将诗歌当作艺术瑰宝进行精心打磨，使之富于暗示力量，以此来感染人、打动人②。艾约瑟选的例诗有《忆东山二首·其一》《独坐敬亭山》和《自遣》。

4. 李白具有精湛的语言能力。诗歌毕竟是语言的艺术，一个伟大的诗人必然也是驾驭语言的大师。艾约瑟显然注意到了李白这一特质。如他在译介《送储邕之武昌》之后，发现此诗中居然没有一处使用对偶，他不由惊叹："这放在任何其他诗人身上，可能只能创作出无法卒读的诗；而放在李白身上，这简直就不算事儿，因为他自能拿出让我们反复吟味的东西。"③但李白并非不精通于对偶，艾约瑟以《春日归山寄孟浩然》为例，说明李白在"平衡用词"方面的能力同样无与伦比。

5. 李白擅长即兴创作。针对这一特点，在介绍《赠黄山胡公求白鹇》这首诗时，艾约瑟特地引用李白在该诗的序中所称"适会宿意，援笔三叫，文不加点以赠之"为证。

6. 李白往往不拘成法，大胆创格。艾约瑟注意到李白的长诗往往打破规整的诗行长度，在一首诗中往往会数度变化。他举出李白《庐山谣寄卢侍御虚舟》一诗，向读者指出这首诗中的诗行长度有四次变化。

---

① EDKINS J D. On Li T'ai-po, with examples of his poetry[J]. Journal of the Peking Oriental Society, 1890, 2(5): 330. 原文："Each of Li T'ai-po's poems is a picture and to render it complete and charming in its effect he makes use of a very few constituent elements."

② 同①331.

③ 同①335-336. 原文："In an inferior poet this would not be pardoned. It is passed over in Li T'ai-po because he has thoughts that bear thinking about."

7. 李白本质上是作为艺术家的诗人，而非宗教的诗人。李白有大量诗作涉及佛教和道教题材，如与佛僧的交游诗、游仙诗等。虽然艾约瑟在文中并未明确向读者交代这一点，但他显然敏锐地注意到了这一现象。他认为，李白的宗教思想仅仅是服务于其诗歌创作，而非相反。"李太白是作为一个诗人而非新入教之人，而全面接受佛教的"①。他以《春日归山寄孟浩然》一诗为证，称这首李诗乃阐明佛教影响唐代诗人的一个佳例，但全诗虽然围绕佛寺展开，其意旨却无关乎佛家思想。而在另一首李诗《庐山谣寄卢侍御虚舟》，虽然有许多与道教相关的用典，显示了李白对道教典籍相当熟悉，但其意旨却在庐山风光，非在道家哲学②。

（二）使用中西比较诗学眼光来评介李诗

作为来自西方文化的传教士兼汉学家，艾约瑟不仅对中西文学传统均有相当程度的了解，而且善于在二者之间寻找相通之处，但同时又能依循中西传统来分析二者之异。这显然有助于英语读者理解并接受李白这位对他们来说属于异质文化的诗人。

1. 相通。艾约瑟观察到李诗中的一些诗歌结构和英诗结构具有相通之处。例如《乌夜啼》：

> 黄云城边乌欲栖，归飞哑哑枝上啼。
>
> 机中织锦秦川女，碧纱如烟隔窗语。
>
> 停梭怅然忆远人，独宿孤房泪如雨。③

---

① EDKINS J D. On Li T'ai-po, with examples of his poetry[J]. Journal of the Peking Oriental Society, 1890, 2(5): 338. 原文："Li T'ai-po in thus adopting in full the ideas of Buddhism, did so as a poet and not as a neophyte."

② 同①347-350.

③ 李白. 李太白全集[M]. 王琦，注. 北京：中华书局, 2011: 156.

这首诗主要描写一位妇人对身在远方的丈夫无尽的思念，但其入题的方式采用的是城、鸦这样的自然物开始的。艾约瑟向读者解释说，这种以自然物开头，然后展开诗歌意义的方式，在《诗经》中非常普遍。我们自然熟悉这是中国诗歌传统中的"兴"的用法，虽然艾约瑟没有明确提到这一术语。艾约瑟随即指出西方文学中也有类似情况，并举出莎士比亚名剧《皆大欢喜》第二幕第七场中阿米恩斯的唱诗为例：

> 不惧冬风凛冽，
> 风威远难遽及
> 人世之寡情；
> 其为气也虽厉，
> 其牙尚非甚锐，
> 风体本无形。
> 噫嘻乎！且向冬青歌一曲：
> 友交皆虚妄，恩爱痴人逐。
> 噫嘻乎冬青！
> 可乐唯此生。①

艾约瑟解释说，此诗先言及风，再以此进行阐述；先言及冬青，再以其象征友谊②。他进而征引《圣经·诗篇》第四十二首的起始句来说明这种相似现象，"天主，我的灵魂渴慕

---

① 莎士比亚. 莎士比亚全集：第2卷[M]. 朱生豪，译. 北京：人民文学出版社，1994：140-141.
② 艾约瑟将李诗放诸于莎士比亚的诗剧和《圣经·诗篇》这样同等地位进行比较，客观上有助于英语读者认识李白在中国文学史中的地位；但是他为了追求这样的效果，似乎显得急于求成，使其论述显得有些牵强。如他提到的《皆大欢喜》中阿米恩斯的唱诗，其实第一句中是以"不惧"一词开头，已经属于陈述性语言，这和《乌夜啼》第一句"黄云城边乌欲栖"所用的描写性语言已是大异其趣。

你，/真好像牝鹿渴慕溪水"①。

　　在文章其他一些地方，艾约瑟用这种比较方法论及了李白和英语诗人在诗歌创作中的相通之处。比如，他认为莎士比亚《仲夏夜之梦》中的如下诗句与李白《春日归山寄孟浩然》极为神似，"我知道一处茴香盛开的水滩，/长满着樱草和盈盈的紫罗丝，/馥郁的金银花，芳泽的野蔷薇，/漫天张起了一幅芬芳的锦帷"②。因此他不无幽默地评论说："这简直就像一首中国诗歌，只不过当中没有中国植物、中文形容词或者单音节的中文字罢了。"③李诗《寻雍尊师隐居》中的"倚石听流泉"一句，则可同英国墓园哀歌诗人托马斯·格雷（Thomas Gray，1716—1771）的诗句"流入潺潺的溪水"（Pore upon the brook that bubbles by）进行互参比较。

　　2. 相异。在比较李诗和西方诗的一些相通之处时，艾约瑟往往笔锋一转，去索觅它们之间的相异性。例如，他发现李白的《乌夜啼》与莎士比亚的《皆大欢喜》当中阿米恩斯的唱诗，以及《圣经·诗篇》第四十二篇，具有类似诗歌结构——都是从自然物起始，然后再过渡到意义展现。但他同时指出，这同中还有异。他认为《皆大欢喜》和《诗篇》都意在道德说教，而《乌夜啼》主要是艺术家视角，"李太白是一个语词画

---

① EDKINS J D. On Li T'ai-po, with examples of his poetry[J]. Journal of the Peking Oriental Society，1890，2（5）：326. 原文："As the hart panteth after the water-brooks so panteth my soul after thee, On God." 译文见田志康,康之鸣,李福芝.圣经诗歌全集[M].北京:学苑出版社,1990:112.

② 同①338. 原文："I know a bank whereon the wild thyme blows / Where oxlips and the nodding violet grows, / Quite overcanopied with lush woodbine, / With sweet musk roses and with eglantine."

③ 同①338. 原文："This might be Chinese, but that we have not Chinese plants, Chinese adjectives or Chinese monosyllables."

家，喜欢用哀婉的词汇，用宏大而又迷人的语词组合来产生效果"[1]。再如《乌栖曲》一诗：

> 姑苏台上乌栖时，吴王宫里醉西施。
> 吴歌楚舞欢未毕，青山欲衔半边日。
> 银箭金壶漏水多，起看秋月坠江波。
> 东方渐高奈乐何！[2]

艾约瑟注意到这首诗"自然之美与历史教训相结合"的主题，能使读者联想到莎士比亚的悲剧《安东尼与克莉奥佩特拉》(*Antony and Cleopatra*)，或是联想到德莱顿（John Dryden，1631—1700）关于亚历山大盛宴的诗歌，但它们却具有不同的效果。艾约瑟引《安东尼与克莉奥佩特拉》第二幕第二场中爱诺巴勃斯的一段唱诗来同《乌栖曲》对照，他认为，同这类篇幅可长可短的西方诗相比，"中国诗只能在空间有限的帆布上，小心翼翼地运用平衡的句子来展现诗人的才华"，李白正是个中高手[3]。

又如，艾约瑟认为，《独坐敬亭山》一诗中的"物我交融"特点，在英国浪漫主义诗人华兹华斯（William Wordsworth，1770—1850）和拜伦（George Gordon Byron，1788—

① EDKINS J D. On Li T'ai-po, with examples of his poetry[J]. Journal of the Peking Oriental Society, 1890, 2(5):326. 原文："He is a word painter who pleases by pathetic groups and grand and lovely combinations and effects."
② 李白.李太白全集[M].北京:中华书局,2011:157.
③ 同①320-330. 原文："A Chinese poem on the contrary shows poetic genius at work upon a small space of canvas which must be carefully filled with balanced sentences."

1824）的诗中其实也能找到，如华兹华斯《漫游者》（*The Wanderer*）一诗中的几句，"……我伫立在春天里/望着春水，我们好像感到/同样的悲伤，我和春水……"①。但艾约瑟马上指出，真实情况却是，华兹华斯当时娇妻与小妹随行，所以算不得真正的隐士。这就反衬出李白诗中的"物我交融"具有更高的境界。

（三）结合中国文学传统和中国文化进行介绍

在艾约瑟所处的时代，英语读者对中国诗歌知之甚少，因此，艾约瑟在这篇专门介绍李诗的文章中，常会从李诗的一些细微之处延伸至中国文学传统和中国文化大背景，以期为读者理解李诗提供一个更宏大的参考框架。比如，他提醒读者，李诗《早发白帝城》中提到的"猿声"在中国唐诗中并不罕见，常用以表达失意和哀伤之情。为说明这个观点，他引用唐代民歌"巴东三峡巫峡长，猿鸣三声泪沾裳"来说明猿鸣与人生失意之间的联系，并指出，这是中国人的一种普遍生存境况②。针对李诗《观鱼潭》诗句"何必沧浪去，兹焉可濯缨"，他注解出"沧浪水"的典故，并为读者征引相应原文。艾约瑟的注释在有些地方超出了文学范畴，而进入文化范畴。例如，他从李诗《晓晴》"鱼跃青池满，莺吟绿树低"一句中拈出"莺

---

① EDKINS J D. On Li T'ai-po, with examples of his poetry[J]. Journal of the Peking Oriental Society，1890，2（5）：332. 原文："… Beside yon spring I stood / And eyed its waters till we seemed to feel / One sadness, they and I. …" 艾约瑟没有提及华兹华斯这几句诗的出处。它们出自华兹华斯《远足》（The Excursion）所收录的一首诗歌《漫游者》（The Wanderer）的第484-486行，参见 WORDSWORTH W. The excursion：a poem[M]. New York：C. S. Francis，1850：32.

② 同①324-325.

吟"一词，向英语读者介绍中国的黄莺（即黄鹂）和欧洲金黄
鹂之间的区别，并用大段文字讲解有关黄莺的知识，甚至他
还提到唐明皇曾为黄莺起过不同的名字。艾约瑟的这种做法
虽能增加文章趣味，但往往也有"节外生枝"的弊病。但公
平来讲，他将李诗放入中国文学传统和中国文化背景中进行
介绍的这种做法，可以激发当时的英语读者对李诗产生兴趣并加
深理解。

　　综上所述，艾约瑟是英语世界中系统介绍李诗的第一人，
在李诗译介史上具有里程碑意义。虽然他的李白研究带有介绍
性质，而且论述中不乏片面之见，但考虑在他所处的时代，英
语读者对中国诗歌还知之甚少，所以他能取得这样的成就，已
实属不易，令人敬佩。特别是他引入像莎士比亚、华兹华斯、
德莱顿、格雷这样的英语诗人来同李白比较，不经意间为包括
李诗在内的中国诗歌走入英语世界提供了一种比较诗学方法。
更难能可贵的是，艾约瑟还运用了多种模式来翻译李诗，他的
译诗实验对于李诗英译事业有筚路蓝缕之功。艾约瑟的李白译
介，在今天依然能为我们带来启迪。

三、翟理思的李诗译介

　　英国著名汉学家翟理思毕生致力于传播中国语言、文学和
文化。在1893年返回英国之前他已在中国生活长达26年，担
任过英国领事馆翻译员、领事等职。1897年翟理思成为剑桥大
学第二任汉学教授，此后一直潜心研究汉学。他著作等身，出
版了大量有关中国文学、语言、历史、哲学、绘画、宗教等诸
多领域的著作和译作。他曾编撰了《华英字典》，影响了数代
外国学生和学者，后来流行于汉学界的威妥玛–翟理思式拼音

方案就是经过他的修改得以正式确立。他在中国文学译介方面著名的成果有《古文选珍》（1884）、《古今诗选》（1898）和《中国文学史》（1901），他的李诗译介成果主要集中在后两部作品中。

（一）《古今诗选》中的李诗译介

翟理思1884年出版的《古文选珍》（*Gems of Chinese Literature*）是一本中国文学作品选集，按今日文学体裁来划分，它主要收录的是散文，而诗歌只占极小一部分。而1898年出版的《古今诗选》（*Chinese Poetry in English Verse*）则是一部中国诗歌选集。这两本著作具有关联性。①

《古今诗选》收录的诗歌从《诗经》开始，一直到清代诗人的作品，近200首诗作，其中所收录诗人有姓名可查的就有102位。翟理思在《古今诗选》中仅在每首诗后标上作者名字，而没有像他在《古文选珍》中那样为作者附上一段简介。值得一提的是，本书中的李白不再以其字"李太白"（Li T'ai-po 或 Li Tai-po）而是以其名"李白"（Li Po）出现在英语读者面前；从此"Li Po"将会成为英语世界中最广为人知的李白名字②。此外，《古今诗选》的第二版中李白生卒年已改为"公元705—762年"，但仍不够准确。但值得注意的是，同《古文选

① 由于第一次世界大战爆发，《古文选珍》的修订版推迟到1922年出版。修订版中增加了诗歌作品，并为所有作者附上简短小传。但是与首版不同的是，在修订版中已不包含诗歌，翟理思认为它应该单独成卷。所以在次年，《古文选珍》和《古今诗选》推出第二版，此时标题已有变化，分别为《中国文学作品选珍：散文卷》（Gems of Chinese Literature：Prose）和《中国文学作品选珍：诗歌卷》（Gems of Chinese Literature：Verse）。

② 关于李白名字在西方世界的各种译名，可参见秦寰明《中国文化的西传与李白诗》，第254页。

珍》首版中的简介（见本书第一章第一节）相比，此书中的李白简介变化较大，更多聚焦于李白"谪仙人"的诗人形象：

> 李太白（公元705—762年）：很多人视他为中国最伟大的诗人，他以"谪仙人"的名号而广为人知。他曾活跃于风流的宫廷之中，而且是最风流的那批人当中的一位。他是名为"竹溪六逸"的纵酒俱乐部创始人，同时还是"饮中八仙"这个小团体的成员。传闻他在酒后想抱水中月影而翻船溺亡。①

李白是《古今诗选》中诗歌选录数量最多的诗人，共有21首。翟理思编译的这本诗集只给出他本人的英语译文，没有附上中文原诗，而且其标题大多采用意译或自给标题方式，一些译诗与中文原诗出入甚大，这为我们确定所选李白原诗带来一定难度。经过反复比对，笔者确定这21首李诗为：《咏萤火》（*To a Firefly*），《江夏别宋之悌》（*At Parting*），《静夜思》（*Night Thoughts*），《独坐敬亭山》（*Companions*），《秋思》（*From a Belvidere*）②，《乌夜啼》（*For Her Husband*），《春日醉起言志》（*The Best of Life is but…*），《金陵酒肆留别》（*Fare-*

---

① GILES H A. Gems of Chinese literature：verse[M]. Shanghai：Kelly & Walsh，1923：75. 原文："LI PO. 699-762 A. D. Regarded by many as China's greatest poet，and popularly known as 'The Banished Angel.' He flourished at a dissolute Court，himself one of its most dissolute members. He was a founder of the drunken club called the Six Idlers of the Bamboo Brook，and also belonged to the Eight Immortals of the Wine-cup. He is said to have been drowned by leaning over the gunwale of a boat in a drunken effort to embrace the reflection of the moon."

② 翟理思的标题"From a Belvidere"中"Belvidere"应系笔误（当然也有可能是印刷错误），因为它只用作地名，并无实义；此词应为"Belvedere"，意为"瞭望台"，这样才与诗中"妾望自登台"一句相符。参见GILES H A. Chinese poetry in English verse [M]. London：Bernard Quaritch，1898：62.

well by the River），《黄鹤楼送孟浩然之广陵》（Gone），《秋风词》（No Inspiration）①，《夜泊牛渚怀古》（General Hsieh An）②，《姑孰十咏·其二·丹阳湖》（A Snap-shot），《送友人》A Farewell，《古郎月行》（Boyhood Fancies），《玉阶怨》（From the Palace），《山中问答》（The Poet），《怨情》（Tears），《宫中行乐词八首·其一》（A Favourite），《客中行》（In Exile），《秋浦歌十七首·其十五》（In a Mirror），《月下独酌四首·其一》（Last Words）。

在这21首李诗中，如以八行为限的话，有17首都在八行及其以下。这说明翟理思在编选时更青睐李白的短诗，而且选诗还有这样一个共同的特点：用典少，诗歌语言简明晓畅。这些英译李诗如全书中的译诗一样依照当时英诗惯例，几乎都采用抑扬格、句末押韵（或双行换韵，或隔行换韵）的形式。此外，诗集中所有诗歌均没有注释。这表明翟理思想最大限度地减少译者对诗歌文本的干扰，将所有可能阻断英语读者阅读流畅性的因素都予以排除。

后来于1923年面世的《中国文学作品选珍：诗歌卷》（即《古今诗选》第二版），其编排内容基本按照《古今诗选》，但有些新变化。其一，容量变大了，共选译了130位诗人的240首作品（不包括所选的几首《诗经》篇章和古代歌谣）；其二，每位诗人附上少则一句多则几行的简短介绍；其三，翟理思改变了首版中不加注的做法，在这个版本中，他为一些诗歌加上了脚注，这样做在一定程度上有利于加深读者对诗歌的体

---

① 译诗只译了《秋风词》的前半部分："秋风清，秋月明，落叶聚还散，寒鸦栖复惊。相思相见知何日？此时此夜难为情！"

② 译诗标题译为"General Hsieh An"（"谢安将军"）。翟理斯对此理解有误，诗中所说将军乃指谢尚。

认①；其四，增加一篇自序，谈及他采用韵体翻译方法的缘由。《中国文学作品选珍：诗歌卷》保留了《古今诗选》所有21首李诗，并增加了《月下独酌四首·其二》②。同《古今诗选》一样，这部译诗集中李白仍是收录诗歌最多的诗人。

无论是《古今诗选》中21首李诗，还是《中国文学作品选珍：诗歌卷》中增加的李诗，翟理思均采用了韵体翻译方式，其原因正如他在《中国文学作品选珍：诗歌卷》的自序中申明，"所有的中国诗都是抒情诗，即原本就是要入乐供人吟唱的，而且这些诗歌本身都押韵"③。1934年，翟理思的友人骆任廷爵士（Sir James Lockhart，1858—1937）征得翟理思和英国汉学家韦利（*Arthur Waley*）的同意，从他们已出版的汉诗集中撷其精华，编成一本《英译中国歌诗选》（*Select Chinese Verses*），由上海商务印书馆出版④。集中收有李诗14首，均出自翟理思的译笔⑤。当时负责上海商务印书馆的编译工作的张元济先生为该书作序，并高度评价了翟理思的翻译，"英译吾国歌诗以英国翟理思与韦勒〔即韦利（Arthur Waley）——笔

---

① 如他为李白的《咏萤火》加上一条脚注，称此诗乃李白"十岁时的即兴创作"（An impromptu, at the age of ten.）。参见 GILES H A. Gems of Chinese literature: verse [M]. Shanghai: Kelly & Walsh, 1923: 75.

② 翟理思只译出该诗前三联："天若不爱酒，酒星不在天。地若不爱酒，地应无酒泉。天地既爱酒，爱酒不愧天。"

③ 同①"Preface"

④ GILES H A, WALEY A. Select Chinese verses[M]. Shanghai: The Commercial Press: 1934.

⑤ 该书排版采用汉英对照，书中14首李诗出自《古今诗选》（或《中国文学作品选珍：诗歌卷》），分别是：《咏萤火》《静夜思》《金陵酒肆留别》《黄鹤楼送孟浩然之广陵》《夜泊牛渚怀古》《送友人》《玉阶怨》《月下独酌四首·其一》《宫中行乐词八首·其一》《秋思》《秋浦歌十七首·其十五》《客中行》《春日醉起言志》《怨情》。

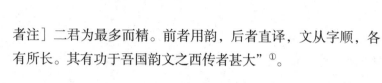

者注〕二君为最多而精。前者用韵，后者直译，文从字顺，各有所长。其有功于吾国韵文之西传者甚大"①。

（二）《中国文学史》中的李诗译介

翟理思的《中国文学史》（*A History of Chinese Literature*）于1901年在英美两国同时出版②。这是英语世界第一部中国文学史，在中国文学对外传播和海外汉学史上具有极高的地位。这部著作所论述的中国文学历史时间跨度为公元前6世纪至清朝末年。翟理思称，中国本土学者只喜欢对单个文学作品进行批评和鉴赏，不曾尝试过从整体上来撰写一部文学史，因此无缘使中国文学进入总体文学的范畴，从而获得一种文学比较的意义③。在这部文学史中，翟理思之所以选编和译出大量作品，按他的原话说，就是要"让中国作家为自己代言"④。其言下之意，译出的作品足可代表该作家的文学成就。

该书第四章主要谈唐代诗歌。翟理思介绍了唐诗的基本情况，特别提到汉代以后，诗歌的形式变得更为固定，一般为五言和七言，并受到声调平仄关系的制约，诗歌用韵因此变得更

---

① GILES H A. WALEY A. Select Chinese verses[M]. Shanghai：The Commercial Press, 1934："序".

② 需要特别说明的是，此书虽然出版于1901年，但考虑翟理思的研究和写作活动应早于这个时间，同时考虑评述的连续性，笔者将此书放在李诗译介和传播发轫期这个框架下来考察。

③ GILES H A. A history of Chinese literature[M]. New York：D. Appleton & Co., 1901：v. 相关原文："Native scholars, with their endless critiques and appreciations of individual works, do not seem ever to have contemplated anything of the kind, realising, no doubt, the utter hopelessness, from a Chinese point of view, of achieving even comparative success in a general historical survey of the subject."

④ 同③v. 原文："…enabling the Chinese author, so far as translation will allow, to speak for himself."

加困难。但他同时指出，虽然如此，但一个真正有才华的诗人却有能力超越这些限制。他进而为读者介绍了一个中国诗人们创作的制胜法宝："弃常形，弃常念，弃常语，弃常字，弃常韵。"①翟理思还特别提到，虽然有个别例外，但中国诗歌传统一般不喜长诗，所以"简洁才是一首中国诗的灵魂，贵在暗示，而非明言"②。他提醒读者，中国诗歌的理想长度为十二行，次为八行。此外，他重点还介绍了四行的绝句（stop-short），认为这是一种极其有难度的诗歌创作形式，其特点是"言有尽而意无穷"，其结构为"起、承、转、合"，并称最难创作的是第三行，而最后一行要包含一个"惊奇式结尾"（surprise）③。从这些介绍来看，翟理思对于中国诗歌的知识掌握比较准确，有利于读者了解唐代诗歌的一般特点。这些介绍对于我们接下来分析翟理思对李诗译介也将有所裨益。

翟理思对李诗的介绍是所有唐朝诗人中篇幅最长的，他采用诗传体结构，即在生平介绍过程中不时穿插诗人在相应时期创作的诗歌或诗歌节选。他先用粗线条的方式简要勾勒了李白的一生：

人们普遍认为，李白（Li Po，705—762）或许是中国最伟大的诗人。他那放荡不羁的生活方式，放浪形骸的朝廷生涯，遭遇的流放经历，生命的悲剧收场，这一切为理解诗人那

---

① GILES H A. A history of Chinese literature[M]. New York：D. Appleton & Co.，1901：145. 原文："Discard commonplace form; discard commonplace ideas; discard commonplace phrasing; discard commonplace words; discard commonplace rhymes." 这一多少有些玄虚的作诗"五弃法"，系翟理思引用他人的话,但他没有提及语出何人。

② 同①145. 原文："Brevity is indeed the soul of a Chinese poem，which is valued not so much for what it says as for what it suggests."

③ 同①145-146.

些源源不断从胸中流出的诗篇构建起了一个有效的背景。[①]

接着翟理思选择了李白生平的几个关键期详加说明，并附上李诗，颇有诗史互证的意味。翟理思提到，李白年方十岁时就创作了一首关于萤火虫的绝句，并给出这首《咏萤火》的译诗。虽未明说，但显然想以此诗来说明李白天才的一面。在述及朝廷生涯的时候，翟理思用了李白酒后应诏作诗的轶事，并引用《宫中行乐词·其一》全诗来展示李白恃才傲物的性格特点。当提及李白后来被唐玄宗赐金放还时，翟理思介绍说正是在那个时候李白写下了"白发三千丈，缘愁似个长"（《秋浦歌十七首·其十五》）。而针对李白在浪迹天涯后因酒后捉月而溺水身亡的人生结局，翟理思则提示说，诗人在临终"之前"曾写下过一首《月下独酌四首·其一》，将此诗全文译出。翟理思有意暗示读者，这一结局其实就是诗人的宿命。

既有充满传奇色彩的李白生平事件，又有诗歌加以佐证，翟理思的确为读者编织出了一份丰满的诗人简介，在一定程度上有助于英语读者更加直观地了解李白其人。但问题是，翟理思过于强调"以诗证史"的做法了，以至于置诗歌创作的年代于不顾，因此减少了这份诗人生平的价值。根据詹锳《李白诗文系年》记载，《秋浦歌十七首》作于天宝十三年，即 754

---

① GILES H A. A history of Chinese literature[M]. New York：D. Appleton & Co., 1901：145. 原文："By general consent Li Po himself（A.D. 705-762）would probably be named as China's greatest poet. His wild Bohemian life, his gay and dissipated career at Court, his exile, and his tragic end, all combine to form a most effective setting for the splendid flow of verse which he never ceased to pour forth." 可以发现，关于李白的生卒年，翟理思依然坚持了他在《古今诗选》和《中国文学作品选珍：诗歌卷》中确定的年份。

年①，李白离开长安已过十年；而《月下独酌四首·其一》创作于李白离开长安的天宝三年，即744年②。这说明，翟理思所说的在李白临终"之前"的诗歌其实是"很早以前"的创作。从这一点来说，作为汉学家的翟理思以诗例证的方法显然不够严谨。

在介绍完李白生平之后，翟理思转向李白的诗歌创作。他介绍说，李白的绝句堪称完美，并译出《独坐敬亭山》《静夜思》《江夏别宋之悌》《乌夜啼》《春日醉起言志》和《山中问答》等诗，但对于为何选译这些诗，他没做任何说明。最后他还译出《姑苏十咏·其二》的后两联（原诗共四联），以说明汉诗"贵在暗示，而非明言"的特点。我们知道，李白创作的优秀诗篇具有主题丰富、类型多样的特点，但以上选诗均系李白那些直抒胸臆的诗歌，几乎很少使用典故或象征手法。这说明，翟理思对李诗的介绍，是将其放入唐代诗歌这一整体之中进行考量的，即是说，李诗这一部分是作为唐朝文学史的"注解"而存在的。这当然无可厚非，毕竟这是一部重在勾勒中国文学历史的著作。

《中国文学史》出版后，曾多次再版和重印，在英美汉学界产生了十分广泛的影响③。近代著名诗人柳无忌曾称，这部

---

① 詹锳.李白诗文系年[M].北京：人民文学出版社，1984：102.

② GILES H A. A history of Chinese literature[M]. New York：D. Appleton & Co.，1901：44.

③ 纽约弗雷德里克·昂加尔出版社(Frederick Ungar Publishing Co.)曾于1967年推出增补版，时任印第安那大学中文教授的柳无忌(Liu Wu-Chi)为其作序，并为该书增补第九编"现代时期(1900-1950)"。此外，1973年一家名为查尔斯·E.·塔特尔的出版公司(Charles E. Tuttle Co.)同时在美国和日本发行了《中国文学史》首版的重印版。

文学史在首版之后将近60年时间里，仍是英语世界唯一的中国文学史①。由此可见，这部著作对促进李诗在英语世界的传播起到了十分重要的作用，翟理思也成为上一个世纪之交重要的李诗译介和传播者。

---

① GILES H A. A history of Chinese literature, with a supplement on the modern period by Liu Wu-Chi[M]. New York：Frederick Ungar, 1967：iii.

第二章

英语世界李诗传播与译介的发展期

　　经过19世纪传教士、外交官和早期汉学家对中国文化和文学的介绍和翻译，英语世界对中国古典诗歌的认识开始逐渐提升，喜爱李诗的人越来越多，这激发了更多的人在20世纪上半叶加入李诗译介和传播的行列。伴随20世纪初兴起于英语诗坛的现代派运动，李诗深受许多英语诗人和学者的青睐，李诗与意象派诗学主张尤为合拍，成为一位"异域知音"，李诗传播与译介开始进入快速发展时期。汉学家、诗人、学者构成了这一时期的译者主体，涌现出翟理思、克莱默-宾、庞德、韦利、洛威尔、小畑薰良等一大批重要的李诗译者。本章概述20世纪上半期李诗译介的基本面貌，并对以上重要译者的译介情况进行评述。

第一节　20世纪上半期的李诗传播概述

　　英语世界的李诗译介在20世纪迎来新发展。相比之下，前十年中的译介活动不算突出，但有三位译介者值得我们关注。第一位是英国驻华外交官、汉学家翟理思（Herbert A. Giles，1845—1935），他于1901年出版的《中国文学史》是英语世界

首部中国文学史，由于它在英美汉学界的深远影响，李白作为中国最伟大诗人的形象得到了广泛传播。

另一位是英国诗人克莱默-宾（Launcelot Alfred Cranmer-Byng，1872—1945），他开启了英语诗人译李诗的先河。1902年，他的中国译诗集《长恨歌》（*The Never-Ending Wrong*）问世，书中译出李诗《子夜四时歌·秋歌》。1909年他出版另一部中国诗集《玉琵琶》（*A Lute of Jade*），书中译出8首李诗。

还有一位则是第一章提到的出版《中国风土人民事物记》的美国公理会传教士波乃耶，他继续向英语读者推介中国文学和李诗。由于这一时期很多英美人对中国文化抱有极大偏见，认为"这些'黄皮肤'下面不可能跳动着一颗具有诗意和想象力的心脏；这个迟钝的民族不可能会欣赏节奏和韵律"①。有感于此，波乃耶于1907年在中国香港别发印书馆出版《中国的节奏与韵律：中国诗歌与诗人》（*Rhythms and Rhymes in Chinese Climes：A Lecture on Chinese Poetry and Poets*）一书，力图纠正那些对中国文学知之甚少的英国人的偏见，让他们认识到中国人和他们一样也有着历史悠久的诗歌文化。为此波乃耶在这部著作中介绍了中国诗歌的体制、韵律、节奏、特点、地位、常见主题、重要诗人等基本情况，并不时与西方诗歌传统和著名诗人作品进行对照。波乃耶在书中向英语读者介绍了3首李诗。第一首为丁韪良所译的《长干行·其一》，波乃耶将

---

① BALL J D. Rhythms and rhymes in Chinese climes: a lecture on Chinese poetry and poet[M]. Hong Kong: Kelly & Walsh, 1907: 1. 原文："…it appears to many impossible that under the so-called 'yellow-skin' there beats a heart in unison with poetic thought and fancy; that rhythm and rhyme find an appreciation amongst what is apparently such a phlegmatic people; …"

其视作中国抒情诗最鼎盛时期的一个诗歌样本，向读者介绍说这首出自中国最伟大的诗人之手的诗歌拥有华兹华斯的诗歌一样的简洁的特征，并引用丁韪良的评价，将杜甫和李白看作是他们那个时代的德莱顿和蒲柏①。另外两首李诗是《山中问答》和《姑孰十咏·其二》②，出自汉学家翟理思的译笔。

　　20世纪一二十年代是李诗译介和传播的快速发展期，这个阶段也恰好是英语现代派诗歌大发展的时期③。作为英美现代派的首个重要运动，意象主义在中国古典诗歌中发现相通的美学要素。在这个中西诗歌汇通处，恰好闪耀着李诗的光芒。1915年，意象主义运动领袖、美国诗人埃兹拉·庞德（Ezra Pound，1885—1972）在美国东方研究学者欧内斯特·费诺罗萨（Ernest Fenollosa）的汉诗学习笔记基础上，出版了《神州集》（Cathay），这本著名的诗集共收诗19首，其中12首均为李诗。庞德以其诗人的敏锐眼光和创造性，使这批李诗在英语世界中大放异彩。李诗构成了这部诗集的主体部分，因此《神州集》可以称为英语世界第一本李白诗集④。

　　庞德的译诗激发起这一时期英语世界的李诗翻译热潮，译者众多，译文数目剧增，最终在20世纪上半时期形成一次李诗译介和传播高潮。

---

① BALL J D. Rhythms and rhymes in Chinese climes: a lecture on Chinese poetry and poet[M]. Hong Kong: Kelly & Walsh, 1907: 19-20.

② 波乃耶只译出了《姑孰十咏·其二》最后两联。

③ 这种对应并非巧合，而是源自中国古典诗与英语现代诗发展内在需求的合拍，这已成为定论。可参见钟玲《美国诗与中国梦》，赵毅衡《诗神远游》，以及Beach, Christopher. *The Cambridge Introduction to Twentieth-Century American Poetry.*

④ 由于庞德的翻译中有很大的创造性成分，人们对于这些诗歌的归属问题富有争议。1992年纽约限量版俱乐部出版的《神州集》限量版（只印刷了300本）甚至为诗集加上了一个副标题："拟李白诗"。

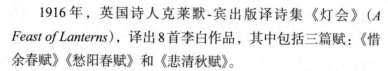

1916 年，英国诗人克莱默-宾出版译诗集《灯会》（*A Feast of Lanterns*），译出 8 首李白作品，其中包括三篇赋：《惜余春赋》《愁阳春赋》和《悲清秋赋》。

1916 年，英国汉学家亚瑟·韦利（Arthur Waley，1889—1966）出版《中国诗选》（*Chinese Poems*），书中收录由他本人翻译的 3 首李诗。1919 年，韦利另一部译诗集《汉诗增译》（*More Translations from the Chinese*）出版，有 8 首李诗入选①。1919 年，韦利在伦敦出版了一本专门介绍李白及其诗歌的著作《诗人李白》（The Poet Li Po，A. D. 701-762）。

1918 年，在中国生活达十年之久的英国外交官、汉学家弗莱彻（William John Bainbrigge Fletcher，1879—1933）②在上海出版了《英译唐诗选》（*Gems of Chinese Verse*：*Translated into English Verse*）。这是英语世界第一本唐诗英译集，共有 181 首唐诗入选。由于弗莱彻本人非常崇拜李白，甚至自号为"谪仙"，在这本唐诗选集中，李诗占据重要位置，有 36 首之多③。次年，他出版《英译唐诗选续集》（*More Gems of Chinese Poet-*

---

① 韦利后于 1927 年出版的《汉诗选译》（*Poems from the Chinese*）中也收录有两首李白诗歌。

② 弗莱彻自有中文名"符佑之"，"弗莱彻"乃现在通行译名。翻译家吴钧陶称弗莱彻为"唐诗英译的开山祖师"，参见吴钧陶.云影[M].上海：上海辞书出版社，2016.

③ 书中列有 36 首李诗，但该书第 46 页上的《殿前曲》是王昌龄的诗，系弗莱彻误录。35 首李诗依次是：《谢公亭》《春思》《宫中行乐词·其七、其五、其二》《塞下曲·其一》《塞下曲·其二》《子夜吴歌·秋歌》《秋思》《乌夜啼》《金陵酒肆留别》《经下邳圯桥怀张子房》《将进酒》《送杨山人归嵩山》《下终南山过斛斯山人宿置酒》《乌栖曲》《黄鹤楼送孟浩然之广陵》《静夜思》《渌水曲》《早发白帝城》《金陵》《寻雍尊师隐居》《苏台览古》《忆东山》《独坐敬亭山》《秋浦歌·其十五》《玉阶怨》《夜泊牛渚怀古》《秋登宣城谢朓北楼》《过崔八丈水亭》《清平调词三首》《送贺监归四明应制》《西宫春怨》《访戴天山道士不遇》《江上吟》《温泉宫》《春夜洛城闻笛》。

ry：*Translated into English Verse*），再译李诗17首①。两本诗集中的李诗总数达到53首。由于弗莱彻本人也是诗人，译笔精良，这两本诗集流传至今②。

1921年，另一位意象派诗歌运动代表性人物、美国诗人艾米·洛威尔（Amy Lowell，1874—1925）与汉学家弗洛伦斯·艾斯柯（Florence Ayscough，1878—1942）合作，推出汉诗集《松花笺：汉诗英译》（*Fir-flower Tablets*： *Poems Translated from the Chinese*），李白是入选诗歌最多的诗人，入选李诗有83首③。

---

① 这17首李诗依次是：《怨情》《送储邕之武昌》《春日归山》《送友人》《长干行·其一》《月下独酌·其一》《关山月》《庐山谣》《梦游天姥吟留》《赠孟浩然》《蜀道难》《长相思·其一》《长相思·其二》《行路难·其一》《渡荆门送别》《听蜀僧濬弹琴》《登金陵凤凰台》。

② 2019年，中国画报出版社从《英译唐诗选续集》精选部分作品，推出中英对照版《英译唐诗精选》（*Selected Chinese Poems*：*Translated into English Verse*），其中保留了李白全部17首作品。

③ 这83首李诗依次是：《塞下曲》《战城南》《蜀道难》《雨后望月》《清平乐》《宫中行乐词》《越女词（其二、其三）》《代美人愁镜》《清平调词》《春怨》《秦女卷衣》《金陵酒肆留别》《登金陵凤凰台》《北上行》《战城南》《横江词》《听蜀僧濬弹琴》《长干行》《悲清秋赋》《愁阳春赋》《赠崔秋浦》《赠秋浦柳少府》《白云歌，送刘十六归山》《新林浦阻风，寄友人》《鲁郡尧祠送吴五之琅琊》《月下独酌·其一》《月下独酌·其二》《春日醉起言志》《江上吟》《别内赴征》《夜坐吟》《邯郸才人嫁为厮养卒妇》《紫骝马》《陌上赠美人》《送友人》《下终南山过斛斯山人宿置酒》《剑阁赋》《春夜洛城闻笛》《姑孰十咏谢公宅》《苏台览古》《题宛溪馆》《将进酒》《酬崔十五见招》《鹦鹉洲》《王昭君》《思边》《怨歌行（长安见内人出嫁，友人令余代为之）》《折杨柳》《秋浦歌·其十三》《访戴天山道士不遇》《山中问答》《金陵城西楼月下吟》《宿白鹭洲，寄杨江宁》《上三峡》《送杨山人归嵩山》《静夜思》《巴陵赠贾舍人》《哭宣城善酿纪史》《宴陶家亭子》《乌栖曲》《寄王汉阳》《独酌清溪江石上，寄权昭夷》《笺校书叔云》《鲁郡东石门送杜二甫》《关山月》《从军行》《劳劳亭歌》《望夫石》《久别离》《长门怨》《长相思》《怨情》《菩萨蛮》《黄鹤楼送孟浩然之广陵》《望月有怀》《千里思》《三五七言》《姑孰十咏·天门山》《闻王昌龄左迁龙标，遥有此寄》《赠汪伦》《送友人游梅湖》《沙丘城下寄杜甫》《送殷淑》。

1922年，日裔学者小畑薰良（Shigeyoshi Obata, 1888—1971）选译的《李白诗集》（*The Works of Li Po, the Chinese Poet*）在纽约出版，收录李诗多达124①。

以上诸家主要为诗人或兼有诗人身份，他们的译诗在李诗译介和传播史上具有重要的地位，本章将从第二节起予以详细述评。

1925年，伦敦出版了英国传教士、诗人李爱伦（Alan

---

① 这124首李诗依次是：《江上吟》《夏日山中》《秋浦歌》《白云歌送刘十六还山》《寄远》《清平调·其一》《清平调·其二》《清平调·其三》《侍从宜春苑奉诏赋龙池柳色初青听新莺百啭歌》《送友人入蜀》《送韩准裴政孔巢父还山》《戏赠杜甫》《观元丹丘坐巫山屏风》《秋登宣城谢朓北楼》《题峰顶寺》《劳劳亭》《怨情》《玉阶怨》《巴女词》《越女词·其一》《越女词·其二》《越女词·其三》《越女词·其四》《越女词·其五》《自遣》《襄阳曲》《静夜思》《渌水曲》《独坐敬亭山》《山中与幽人对酌》《峨眉山月歌》《相逢行》《哭宣城善酿纪叟》《赠内》《忆东山·其一》《长门怨·其一》《长门怨·其二》《陌上赠美人》《赠汪伦》《黄鹤楼送孟浩然之广陵》《答湖州迦叶司马问白是何人》《山中问答》《口号吴王美人半醉》《客中行》《苏台览古》《越中览古》《早发白帝城》《塞下曲·其一》《塞下曲·其二》《宫中行乐词·其一》《渡荆门送别》《与夏十二登岳阳楼》《春日醉起言志》《月下独酌·其一》《将进酒》《春思》《乌夜啼》《赠孟浩然》《忆旧游寄谯郡元参军》《送友人》《对酒》《古风·其五十九》《寄东鲁二稚子》《送萧三十一之鲁中兼问稚子伯禽》《友人会宿》《拟古·其九》《双燕离》《送客归吴》《自代内赠》《荆州歌》《古风·其九》《哭晁卿衡》《江南春怀》《蜀道难》《金陵酒肆留别》《登金陵凤凰台》《梦游天姥吟留别》《对酒忆贺监》《南陵别儿童入京》《沙丘城下寄杜甫》《月下独酌·其二》《赠卢司户》《沐浴子》《见京兆韦参军量移东阳·其一》《采莲曲》《君马黄》《白纻辞·其一》《侠客行》《江夏赠韦南陵冰》《望庐山瀑布·其一》《望庐山瀑布·其二》《远别离》《王昭君·其一》《王昭君·其二》《北风行》《关山月》《战城南》《前有樽酒行·其一》《题元丹丘山居》《三五七言》《子夜春歌》《子夜夏歌》《子夜吴歌》《子夜冬歌》《长干行·其一》《长干行·其二》《登新平楼》《访戴天山道士不遇》《寻山僧不遇作》《望月有怀》《寻高凤石门山中元丹丘》《送殷淑·其三》《庐山谣寄卢侍御虚舟》《别内赴征·其一》《别内赴征·其二》《别内赴征·其三》《秋浦歌·其十五》《流夜郎赠辛判官》《与史郎中钦听黄鹤楼上吹笛》《春夜洛城闻笛》《陪族叔刑部侍郎晔及中书贾舍人至游洞庭·其一》《陪族叔刑部侍郎晔及中书贾舍人至游洞庭·其二》《南流夜郎寄内》《经乱离后天恩流夜郎忆旧游书怀赠江夏韦太守良宰》》。

Simms Lee）^①选译的诗集《花影：中国诗词》（*Flower Shad-ows：Translations from the Chinese*）^②，其中译有一首李白词《菩萨蛮》。

1929 年，美国诗人及汉学家陶友白（Witter Bynner，1881—1968）同华裔学者江亢虎（Kiang Kang- hu，1883—1954）合作，推出译诗集《玉山诗集：唐诗三百诗》（*The Jade Mountain：A Chinese Anthology*)，其中有 26 首李诗入选^③。

20 世纪一二十年代英语世界燃起对中国文化的强烈兴趣，呼唤着唐诗集的出版。美国诗人及汉学家陶友白（Witter Byn-ner，1881—1968）和华裔学者江亢虎（Kiang Kang- hu，1883—1954）捕捉到了这个历史契机，他们通力合作，将著名的蒙学读本《唐诗三百首》首次译入英语世界。

1929年，陶友白与江亢虎合译的唐诗集由艾尔弗雷德·A.克诺夫出版社在纽约出版，起名为《玉山诗集：唐诗三百首》

① 李爱伦其名不见经传,学界仅熟悉他的《花影》,对其本人不甚了解,学者江岚根据其姓 Lee 推测他可能是一位华裔或爱尔兰裔。参见江岚.唐诗西传史论[M].北京:学苑出版社,2013:251. 但笔者据李爱伦 1921 年发表的诗集《"峨眉"月及其他诗歌》("O Mei" Moon and Other Poems)中的篇目,发现他可能是一位来华传教士,并据此在美国圣公会报《The Living Church》1945 年 3 月号上查到一份关于他去世的讣告。据讣告信息,李爱伦是英国来华传教士,长期生活在中国,抗日战争期间被日军关押,1944 年 12 月死于山东潍县集中营。参见 Anon. Alan Walter Simms-Lee，Priest[N]. The Living Church，1945-03-18(21).

② LEE A S. Flower shadows, translations from the Chinese[M]. London：Elkin Mathews, 1925.

③ 具体篇目为:五绝:《静夜思》《怨情》《玉阶怨》;七绝《黄鹤楼送孟浩然之广陵》《早发白帝城》《清平调三首》;五律:《赠孟浩然》《渡荆门送别》《送友人》《听蜀僧浚弹琴》《夜泊牛渚怀古》七律:《登金陵凤凰台》;五古:《下终南山过斛斯山人宿置酒》《月下独酌》《春思》《关山月》《子夜吴歌·秋歌》《长干行》;七古:《庐山谣寄卢侍御虚舟》《梦游天姥吟留别》《金陵酒肆留别》《宣州谢朓楼饯别校书叔云》《蜀道难》《长相思二首》《行路难》《将进酒》。

（*The Jade Mountain*：*A Chinese Anthology*）^①。此标题源自李白诗句"若非群玉山头见，会向瑶台月下逢"，暗示唐诗之风华卓绝，无与伦比。可以看出，陶友白和江亢虎对李白极为推崇。诗集出版后大受欢迎，得到多次印刷和重版。《玉山诗集》后于1964年成为美国著名平装经典系列"安克尔丛书"（Anchor Books）的一种，在纽约再版发行^②。在这个版本，李白的"意味"更浓——书中增加了五幅插画，其中两幅是陶友白本人收藏的中国画《唐李供奉像》和《山中李白图》。在《玉山诗集》的导言中，陶友白高度评介中国诗，认为比起古老的希伯来诗歌和希腊诗歌，中国诗使他获得了对诗歌更新、更精妙、更深刻的认识。他还认为，中国诗歌很少超越现实，诗人们抒写现实并在其中获得安慰，善于在平凡事物中发现美^③。他还将唐诗分为四个发展期，以对应不同风格和精神^④。《玉山诗集》译出《唐诗三百首》中全部26首李诗^⑤，但采用了不同的分类方法，按五绝、七绝、五律、七律、五古、七古的顺序排列^⑥。集中的李诗因此呈现出由简及繁的特点，这样一

---

① BYNNER W, KIANG K H. The Jade Mountain：a Chinese anthology[M]. New York：Alfred A. Knopf, 1929.

② BYNNER W, KIANG K H. The Jade Mountain：a Chinese anthology[M]. New York：Doubleday & Company, Inc., 1964.

③ 同①xiii-xvii.

④ 江亢虎没有为这四个时期命名，不过他称第二个时期是700—780年，并称对应"一年之中的夏季"。由此可见，江亢虎的唐诗四个分期当是"春"、"夏"、"秋"、"冬"，而且从年代划分上来年，这与唐诗惯常的分期"初唐"、"盛唐"、"中唐"、"晚唐"相对应。

⑤ 这些篇目与《唐诗三百首》基本一致，唯一例外的是李白的《子夜吴歌》，它本是组诗，包括"春歌""夏歌""秋歌"和"冬歌"四首，《玉山诗集》只译出"秋歌"。

⑥《唐诗三百首》依据古体诗和近体诗两大类别来编排：五古6首（含乐府3首）、七古8首（含乐府4首）、五律5首、七律1首、五绝3首（含乐府1首）、七绝3首（含乐府1首）。

来，英语读者可以更直观、从易到难地去体会李诗的不同风格。

作为《唐诗三百首》的首个英译本，《玉山诗集》将唐诗作为一个整体呈现在英语读者面前。诗人与华裔学者的合作，确保了这部诗集的准确性和可读性。陶友白对简洁风格的追求、以英语读者接受能力为导向的翻译策略，与《唐诗三百首》本系诗歌初学者和爱好者的读物这一特征十分吻合。《玉山诗集》对李白的推崇，以及诗集出版后的大受欢迎，有力促进了李诗在英语世界的传播。

1932年，芝加哥大学出版社出版《唐诗英韵》（*Chinese Poems in English Rhyme*）[1]，这是首部由华人独立翻译的中国诗集，译者为中国近代史上的著名人物蔡廷干（Ts'ai T'ing-kan，1861—1935）[2]。如其英文标题所示，其自拟的中文标题中的"唐"并不指唐代，而是中国的代称。这本诗选依据的本子是我国历史上著名蒙学读物《千家诗》[3]，共选译出122首诗，其中李诗有5首：《独坐敬亭山》《静夜思》《秋浦歌·其十五》《客中行》《题北榭碑》。蔡廷干有意让英语读者体会到汉诗格律，用五音步抑扬格来译五言诗、六音步抑扬格来译七言诗，并采用每两行换韵或隔行换韵。虽其出发点很好，但严格的格律给译文增加了种种桎梏。在《唐诗英韵》出版之前，庞德、韦利、洛威尔、陶友白等人所开创的自由体译诗已成为汉诗翻译新风尚，蔡廷干的这种追求严谨格律的译诗在这一背景下自然有些格格不入，但其在英译中为重现汉诗所做的努力令人尊

---

① TS'AI T K. Chinese poems in English rhyme[M]. Chicago：The University of Chicago Press，1932.

② 蔡廷干曾作为清政府第二批留美幼童赴美国留学八年，具有极高的英语造诣。

③《千家诗》主要收录唐宋名家的律诗和绝句名篇，通行的版本为四卷本，共有诗人122家226首诗，其中唐代65家，宋53家，明2家，无名氏2家；李白诗9首：《清平调词·其一》《客中行》《题北榭碑》《独坐敬亭山》《静夜思》《秋浦歌·其十五》《送友人》《送友人入蜀》《秋登宣城谢朓北楼》。

敬，英语读者毕竟能由此对包括李诗在内的中国诗歌原貌有所了解。恰如学者马士奎所言，"蔡廷干身为晚清和北洋时期上层官员，较早认识到中国文学和文化走出国门的重要性，并且身体力行，这种意识实属难能可贵"①。

1933年，美国加利福尼亚大学出版社出版了一部中国诗歌英译集《百姓》（*The Hundred Names*）②。这部诗歌集的译者是历史学者、人类学家及汉学家亨利·哈特（Henry Hersch Hart，1886—1968）。哈特20世纪20年代曾多次在中国和美国加利福尼亚大学出版社日本旅行，对中国文化十分熟悉，对中国诗歌非常喜爱。这部诗集译有李白3首诗歌：《哭宣城善酿纪叟》《与史郎中钦听黄鹤楼上吹笛》《少年行二首·其二》。哈特的另一部中国诗歌英译集《牡丹园》（*A Garden of Peonies*）于1938年问世③，仍由美国加利福尼亚大学出版社出版。与他有意另辟蹊径的《百姓》不同，这部诗集是他阅读中国诗歌心得的成果，如他所说，"集子中的诗歌出自那些给我带来喜悦、安慰或刺激的诗人笔下"④。李白是这部诗集收录诗歌最多的诗人，共有16首诗歌入选⑤。这些诗和《牡丹园》中的李

---

① 马士奎.《唐诗英韵》和蔡廷干的学术情怀[N].中华读书报，2016-12-14(14).

② HART H H. The hundred names[M]. Berkeley：University of California Press，1933. "百姓"为该书扉页上自题；此书1954年再版，改名为《百姓诗》(Poems of the Hundred Names)。

③ HART H H. A garden of peonies：translations of Chinese poems into English verse [M]. Berkeley：University of California Press，1938.

④ 同③xi. 原文："The sections are from the writings of some of the poets who have brought me pleasure，comfort，or stimulus."

⑤ 这些诗依次是：《军行》《寄远十二首·其十一》《题峰顶寺》《对酒》《咏萤火》《春思》《题元丹丘山居》《春夜洛城闻笛》《山中问答》《秋浦歌十七首·其十三》《陌上赠美人》《金陵酒肆留别》《子夜吴歌四首·其四》《春日醉起言志》《夏日山中》《拟古十二首·其九》。

诗一样,多为李白篇幅简短、文字直白的作品。哈特在书向读者介绍说,李白是一位浪漫主义者、自然崇拜者、终日在路上的漂泊者,所以他的诗歌主题和风格也受到相应的影响。《百姓》和《牡丹园》出版于用自由体翻译汉诗方兴未艾的20世纪30年代,哈特采用更为自由的诗行切分方式,有意将视觉美赋予这些汉诗,因此他的李诗翻译别具一格。

1937年东京出版了一本由日本学者冈田哲藏(Tetsuzo Okada,1869—1945)编译的《中国诗和中式日本诗选集》(*Chinese and Sino-Japanese Poems*)的英译诗集①。冈田哲藏在序言中提到,在英语世界中已经有翟理思、韦利、庞德、陶友白等人译有大量中国诗歌,所以他译出的诗歌多是无人曾译过的诗歌。但实际上书中所选的李诗都不是新译。这五首李诗均是简短的李白绝句或古绝:《静夜思》《玉阶怨》《独坐敬亭山》《黄鹤楼送孟浩然之广陵》《山中问答》)。

1940年,英国艺术史家、东亚陶瓷研究专家索姆·詹尼斯(Soame Jenyns,1904—1976)选译的《唐诗三百首选译》(*Selections from the Three Hundred Poems of the T'ang Dynasty*)在伦敦出版,1944年推出该书增订本《唐诗三百首选译增补》(*A Further Selection from the Three Hundred Poems of the T'ang Dynasty*)②,其中译有李诗9首③。不过,20世纪60年代之前这两本诗集在英语世界并不怎么出名④。

① OKADA T. Chinese and Sino-Japanese poems[M]. Tokyo:Seikanso,1937.

② JENYNS S. A further selection from the Three Hundred Poems of the T'ang Dynasty [M]. London:Murray,1944.

③ 笔者未能查到1940年版,只查到1944年出版的增订本。

④ KROLL P W. Reading medieval Chinese poetry:text,context,and culture[M]. Leiden:Brill,2014:2.

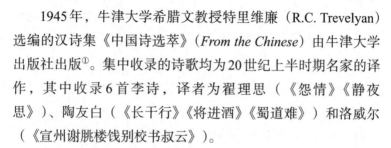

1945年，牛津大学希腊文教授特里维廉（R.C. Trevelyan）选编的汉诗集《中国诗选萃》（*From the Chinese*）由牛津大学出版社出版[1]。集中收录的诗歌均为20世纪上半时期名家的译作，其中收录6首李诗，译者为翟理思（《怨情》《静夜思》）、陶友白（《长干行》《将进酒》《蜀道难》）和洛威尔（《宣州谢朓楼饯别校书叔云》）。

1947年，英国作家罗伯特·白英（Robert Payne，1911—1983）在纽约出版《白驹集》（*The White Pony*）[2]，这是英语世界"第一部对中国诗歌进行整体关照的选集"[3]。白英1941—1946年间在华工作，曾在西南联大英文系教授英国诗史和现代英国诗[4]。《白驹集》中的译诗均在此期间编辑，均由中国学者翻译，由白英修订。这本诗集中共收录《将进酒》《山中问答》等47首李诗，但只为其中3首李诗列出了译者姓名。白英不赞同前人用韵体翻译汉诗的做法，也不赞同《松花笺》中使用的"拆字法"翻译，并称他追求的是学术型翻译。因此他为《白驹集》确定的翻译方式是直译，不用韵，要求译者们尽量把汉诗诗行译成"简洁、精确、有节奏的英语散体"。

20世纪40年代还开始出现收录李诗的分类中国诗选，以爱情诗为主。代表性的有1942年 *Peter Pauper* 出版社选编的《中国爱情诗》（*Chinese Love Poems*：*From Most Ancient to Mod-*

① TREVELYAN R C. From the Chinese[M]. Oxford：Oxford University Press，1945.

② PAYNE R. The white pony：an anthology of Chinese poetry from the earliest times to the present day[M]. New York：John Day，1947.

③ WEINBERGER E. The New Directions anthology of classical Chinese poetry[M]. New York：New Directions，2003：xxiii.

④ 张美平.民国外语教学研究[M].杭州：浙江大学出版社，2012.

ern Times）出版①，李白是集中收录诗歌最多的诗人，共有26首诗入选，其中18首选自乔里逊（Gertrude Laughlin Joerissen）的译诗集《失笛记》，5首为彼得·鲁道夫（Peter Rudolph）转译自戈蒂耶等人的译诗，3首选自索姆·杰尼斯的《唐诗三百首诗选》。1949年，梅尔尔·艾维斯夫人（Mabel Lorenz Ives）选编的《中国爱情诗歌：自孔子时代迄今的名诗选译》（*Chinese Love Songs*：*Famous Poems from the Time of Confucius to the Present*）出版②。她认为，之前英译的中国诗歌多是关于自然和友谊，而爱情诗太少了，所以她选编这个集子，并亲自翻译。艾维斯十分欣赏李白，认为他集英国诗人菲利普·锡德尼爵士（Sir Philip Sydney）之个人魅力、德国抒情诗人海涅（Heinrich Heine）之宝石般性格和苏格兰诗人罗伯特·彭斯（Robert Burns）之广受欢迎于一身。她介绍说，虽然李诗内容不及杜甫、白居易有趣，但其诗歌却有一种空灵之美③。集中选译了两首李诗：《长干行》和《怨情》。值得注意的是，艾维斯夫人采用了英语歌谣体译出《长干行》这首乐府诗，使译诗的风格十分接近彭斯那首基于苏格兰民谣改编的著名爱情诗《一朵红红的玫瑰》（*A Red Red Rose*）。

以上可见，进入20世纪40年代后，英语世界的李诗译介的规模有所减缓，除白英的《白驹集》外，未出现有较大影响的译本。这一时期的李诗译介主要以零星新译和旧译新编为特点。

值得一提的是，20世纪初期掀起的中国诗翻译热潮，吸

第二章 英语世界李诗传播与译介的发展期 ◇

---

① Anon. Chinese love poems：from most ancient to modern times[M]. Mount Vernon，NY：Peter Pauper，1942.

② IVES M L. Chinese love songs：famous poems from the time of Confucius to the present[M]. Upper Montclair, New Jersey：B. L. Hutchinson, 1949.

③ 同②86.

引着不懂中文的译者们从其他译本中转译李白的诗歌。1918年，怀着成为诗人梦想的美国人詹姆斯·怀特尔（James Whitall，1888—1954）翻译了法国戈蒂耶的《白玉诗书》，并将诗集命名为《中国抒情诗》（*Chinese Lyrics*）。1922年，乔丹·斯泰布勒（*Jordan H. Stabler*）根据葡萄牙语版本的《中国诗选》（*Cancionerio Chines*）转译出诗集《李太白诗歌》（*Songs of Li-Tai-Pè*）①；有意思的是，这本诗集并非是一本李白专集，而是译者认为李白的诗歌代表了中国古典诗歌艺术的最高成就，故以此名之②。1929年，纽约出版了乔里逊（*Gertrude Laughlin Joerissen*）的《失笛记》（*The Lost Flute, and Other Chinese Lyrics*）③，它转译自法国人弗兰兹·杜桑（Franz Toussaint）编选并翻译的中国唐诗集子《玉笛》（*La Flute de Jade：Poesies Chinoises*），其中收录的李诗数目最多，有41首；无论是较长的歌行，还是清新短小的绝句，乔里逊都一律使用散文体译出。由于这些诗集从法语转译，译者受中文原作的束缚更小，这些译诗无论是形式还是内容，都有许多创造性发挥，尽管它们很难称得上忠实的李诗翻译，但它们为李诗赋予了一种独特的面貌，有助于李诗的传播。

从以上概述可以看出，在20世纪上半期的李诗传播过程中，汉学家群体和诗人群体开始占据主要位置，发挥着巨大的影响力。下面两节将重点考察韦利、小畑薰良、克莱默-宾、庞德、洛威尔和艾斯柯这几位重要译者的李诗译介。

---

① 据秦寰明，葡萄牙语诗集《中国诗选》也是转译自戈蒂耶《白玉诗书》。参见秦寰明.中国文化的西传与李白诗——以英、美及法国为中心[M].中国学术，2003(1)：261.

② STABLER J H. Songs of Li-Tai- Pè[M]. New York：Edgar H. Wells & Co.，1922：1.

③ JOERISSEN G L. The lost flute, and other Chinese lyrics[M]. New York：The Elf Publishers，1929.

第二节　现代时期李诗译介的个案分析
（一）：汉学家群体

一、韦利的李诗译介

英国汉学家亚瑟·韦利（Arthur Waley，1889—1966）具有极高的语言天赋，他精通11种语言，其中不仅包括拉丁、希腊、法语等欧洲语言，而且还包希伯来语和梵语。1913年他被大英博物馆聘为助理馆员，负责东方图片及绘画部，为方便工作，他开始自学汉语和日语，由此与中国和日本文学翻译结下不解之缘，并在李诗英译领域做出影响深远的贡献。

1916年，韦利出版了一部名为《中国诗选》（*Chinese Poems*）的小册子，收录了由其本人翻译的52首中国古诗。该书按韦利的手稿原样进行排印，所以书中诗歌编排并没有一个统一的体例，有些诗歌附上诗人的姓名，有些则没有。书中收录唐诗24首，其中列出姓名的有李白（3首）、白居易（3首）、杜甫（2首）、王绩（2首）、韩愈（1首）。李白的3首诗分别是《春思》《越中览古》和《口号吴王美人半醉》。韦利出版这本小册子只在其私人圈子中流传，印数不多，但庞德和艾略特在内的一批美英诗人都阅读过①。由于韦利本人对自己的译诗不太满意，此书一直没有再版②。

《中国诗选》出版之后，韦利对中国诗歌研究和翻译的热情有增无减。1918年，他的代表性译作《汉诗一百七十首》

————————
① WALEY A. Chinese poems[M]. Private ed. London：Lowe Bros，1916："Notes."
② 在韦利去世前一年，此书也才得到一次重印的机会。

第二章　英语世界李诗传播与译介的发展期　◇

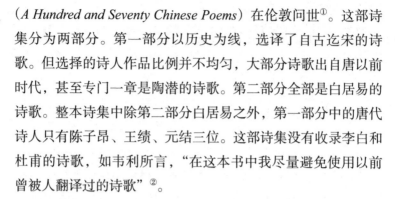

（*A Hundred and Seventy Chinese Poems*）在伦敦问世①。这部诗集分为两部分。第一部分以历史为线，选译了自古迄宋的诗歌。但选择的诗人作品比例并不均匀，大部分诗歌出自唐以前时代，甚至专门一章是陶潜的诗歌。第二部分全部是白居易的诗歌。整本诗集中除第二部分白居易之外，第一部分中的唐代诗人只有陈子昂、王绩、元结三位。这部诗集没有收录李白和杜甫的诗歌，如韦利所言，"在这本书中我尽量避免使用以前曾被人翻译过的诗歌"②。

在序言部分，韦利却向读者指出李诗存在着一个"恶习"。他称，唐诗有两个主要缺点：一是主题范围狭小，多取材于古代；二是用典过多，李白也没能摆脱这一弊病。韦利对中国古诗中大量用典的现象无法理解，所以径直将其称为一种"恶习"，认为它"最终彻底毁掉了中国诗歌"③。我们知道，李诗中用典确实很常见，完全不用典的诗只占一小部分。可能这正是韦利在这本诗集中没有选译李诗的另一个原因。除此之外，他还称：

李诗的译者通常使我们以为李白抒写的是他自己的想象，但其实他只是在娴熟地借用陶潜或谢朓的某首诗。平心而论，人们欣赏的只是他的诗歌技法。他代表了对诗坛前辈们倡导的韵律形式的一种反抗潮流。他最擅长的诗歌类型是格律并不规

① WALEY A. A hundred and seventy Chinese poems[M]. London：Constable and Company, 1918.

② 同①v. 原文："In making this book I have tried to avoid poems which have been translated before."

③ 同①7. 原文："Classical allusion, always the vice of Chinese poetry, finally destroyed it altogether."

整的古诗。通过《蜀道难》这类诗歌中那些恣肆铺排的长短句和铺天盖地的奇诡语词，他创作出来的作品更接近于音乐。①

为说明这一点，韦利用杜甫来对比："作为同代人的杜甫经常会放弃对'抽象形式'的崇拜"②。其言下之意，乃是说杜甫更看重诗歌的内容而非形式，但李白却恰好相反，只是一位只懂技法而没有思想的诗人。可能正是"诗如其人"，韦利对于李白本人的人格进行了影射讽刺。他称，因安禄山叛乱而处于飘摇乱世之际，杜甫用古体诗写了一系列反映时局的诗，而李白却为逃跑的皇帝写下了多首阿谀奉承之作③。

由此看来，无论是对李白其人还是其诗，韦利的评价都不高。在我们看来，在《汉诗一百七十首》一书中，韦利既展现了他对中国诗歌的敏锐感受力，又暴露出他对中国古诗歌的一些偏见，这自然影响到他对李诗的评价。正如汉诗研究专家吴伏生指出，"那时韦利刚刚涉足中国诗歌，某些看法难免片面，甚至有悖史实，使得他本人后来为此感到无地自容，并且在1960年此书重印时将这篇序文整个删掉"④。

---

① WALEY A. A hundred and seventy Chinese poems[M]. London: Constable and Company, 1918:16. 原文:"Often where his translators would make us suppose he is expressing a fancy of his own, he is in reality skilfully utilizing some poem by T'ao Ch'ien or Hsieh Ti'ao. It is for his versification that he is admired, and with justice. He represents a reaction against the formal prosody of his immediate predecessors. It was in the irregular song-metres of his ku-shih that he excelled. In such poems as the 'Ssech'uan Road,' with its wild profusion of long and short lines, its cataract of exotic verbiage, he aimed at something nearer akin to music than to poetry."

② 同①16. 原文:"Tu Fu, his contemporary, occasionally abandoned the cult of 'abstract form.'"

③ 同①16-17.

④ 吴伏生.汉诗英译研究:理雅各、翟理思、韦利、庞德[M].北京:学苑出版社,2012:203.

　　1919年，纽约艾尔弗雷德·A.克诺夫公司出版了韦利的另一部中国译诗集《汉诗增译》(*More Translations from the Chinese*)①。在此书序言中，韦利的言辞变得谨慎了许多。他称，诗集无意代表中国文学之整体，所选诗歌一是出于译者本人兴趣，二是出于可以充分翻译。他提醒读者，不要认为他不欣赏那些没有被收入诗集的诗人，也不要嫌弃他没有译出诗人们更知名的作品，因为像李白和杜甫这样的大诗人，他们的诗歌已经有相当数量的译作了。在这本只收录了八位中国古代诗人的集子中，韦利收录了8首李诗：《月下独酌》三首（其一、其二、其三）、《夏日山中》《春日醉起言志》《自遣》《题元丹丘山居》《晓晴》。

　　由于韦利译诗深受读者喜爱，多家出版社后来都出版过他的译诗集，这些集子中的诗歌多选自他以前的译诗集，特别是这本《汉诗增译》。1927年，韦利出版《汉诗选译》(*Poems from the Chinese*)②，该书系"奥古斯都英文诗歌丛书"之一③，书中两首李诗《题元丹丘山居》和《晓晴》就选自他的《汉诗增译》。1941年，艾尔弗雷德·A.克诺夫出版公司将《汉诗一百七十首》和《汉诗增译》两书合并，推出一部插图版的译诗集《译自中国文》(*Translations from the Chinese*)④，保留

---

① WALEY A. More translations from the Chinese[M]. New York：Alfred A. Knopf, 1919. 该书封面上印有中文标题《古今诗赋》，但由于《汉诗一百七十首》后来推出的版本中也冠有中文书名《古今诗赋》，为避免混淆，笔者在此保留这个已有多位学者使用过的题名（如江岚《唐诗西传史论》、吴伏生《汉诗英译研究》等）。

② WALEY A. Poems from the Chinese[M]. London：Ernest Benn, 1927.

③ 这套丛书中有邓恩(John Donne)、叶芝(W. B. Yeats)等著名英语诗人的诗歌选集，还有译自希腊语、拉丁语、波斯语、爱尔兰语的译诗集。这在一定程度上说明韦利译诗具有较高的知名度。

④ WALEY A. Translations from the Chinese[M]. New York：Alfred A. Knopf, 1919. "译自中国文"系该书扉页上的中文标题。

《汉诗增译》中全部 8 首李诗。1946 年，伦敦乔治·艾伦与安文出版公司出版了一本与 1916 年《中国诗选》同名的韦利译诗集①，其中有《夏日山中》《自遣》《题元丹丘山居》《晓晴》4 首李诗，它们也均出自《汉诗增译》。

除了在汉诗选集中的翻译，韦利还发表了研究李白的相关著述，并在其中译出大量李诗。1919 年，也就是出版《汉诗增译》的同年，韦利在伦敦出版了《诗人李白》（*The Poet Li Po, A. D. 701-762*），这是一本专门介绍李白及其诗歌的著作，此书内容曾作为论文于 1918 年 11 月在伦敦大学东方学院中国学会上宣读②。它堪称英语世界第一本对李诗进行严肃研究的著述。在此之前，虽已有许多著作和文章提及李白，但多是印象似的只言片语，或是有凭空的穿凿附会，即使艾约瑟专门介绍李白的文章《诗人李太白》也未能幸免。所以总的来说，在韦利之前，英语读者对李白的了解还十分有限。《诗人李白》主要是介绍作为诗人的李白，让英语读者能够真正深入地了解中国这位大诗人。这部书由两部分构成：其一是一篇较长的前言，对李白的历史地位、生平、思想、李诗版本等情况进行了系统扼要的介绍；其二是诗歌选译，书中共译有李诗 25 首③。

---

① WALEY A. Chinese poems[M]. London：George Allen and Unwin，1946. 虽然名称相同，但这部《中国诗歌》（Chinese Poems）所选的诗歌出自《汉诗一百七十首》、《汉诗增译》和韦利另外两部早期译著《郊庙歌辞》（The Temple）和《诗经》（The Book of Songs）。

② WALEY A. The poet Li Po, A. D. 701-762[M]. London：East and West，1919.

③ 这 25 首依次是：《古风其六》（代马不思越）《远别离》《蜀道难》《战城南》《将进酒》《日出入行》《采莲曲》《长干行二首·其一》《江上吟》《忆旧游寄谯郡元参军》《梦游天姥吟留别》（节选）《金陵酒肆留别》《江夏别宋之悌》《游南阳白水登石激作》《游南阳清泠泉》《月下独酌》三首、《夏日山中》《山中与幽人对酌》《春日醉起言志》《自遣》《题元丹丘山居》《晓晴》。其中《月下独酌》三首、《夏日山中》《春日醉起言志》《自遣》《题元丹丘山居》《晓晴》这 8 首李诗曾在《汉诗增译》中译出。

　　1950年，韦利在伦敦和纽约两地同时出版了《李白的诗歌与生平》（*The Poetry and Career of Li Po 701-762 A.D.*）[①]，这是英语世界第一部李白传记专著。韦利通过诗歌与生平相结合的方式，呈现了李白完整的一生，首次向英语读者全方位地呈现出诗人诗歌与生平之间的关联。在这本书中，韦利译有大量李诗，其中相当一部分来自韦利的旧译，也有许多李诗都是新译。根据传记叙述的需要，有的诗是一两联的摘译，有些是相对完整的节译[②]。在一些展现李白与朋友交往的叙述中，韦利还译出了多篇其他诗人与李白唱和的诗作[③]，这有助于读者理解李白同其他诗人的交往情况。值得一提的是，在这本著作中韦利还译出了唐代殷璠编选的盛唐诗选本《河岳英灵集》中所收录的李诗[④]。这些诗歌创作的时间跨度是714至753年，与韦利认为的李白创作高峰期有一定重合，因此韦利译出《河岳英灵集》中13首李诗中的12首[⑤]。

　　韦利在《李白的诗歌与生平》中坦言，李诗的一些独特性

① WALEY A. The poetry and career of Li Po 701-762 A.D.[M]. London：George Allen and Unwin, 1950.

② 书中新译出的李诗有《赠孟浩然》《忆旧游寄谯郡元参军》《对酒忆贺监二首·其一》（第一联未译出）《邯郸南亭观妓》《寄东鲁二稚子》（节译）《古风·其三十四》（节译）《野田黄雀行》《行路难》《古风其九》《酬中都小吏携斗酒双鱼于逆旅见赠》《山中问答》《将进酒》《乌栖曲》《题江夏修静寺》《哭晁卿衡》《秋浦歌十七首·其十五》《送内寻庐山女道士李腾空二首》《豫章行》《流夜郎赠辛判官》《寄王汉阳》（最后一联未译出）《醉题王汉阳厅》《忆秋浦桃花旧游时窜夜郎》。

③ 如崔之中《赠李十二》《梦李白二首·其一》（译出前两联）

④ 由于韦利认定745至753年间是李白创作的高峰期，故此他专门介绍了这13首李诗。

⑤ 在译出的12首李诗中，有4首是《诗人李白》中的旧译：《战城南》《梦游天姥山吟留别》《远别离》《蜀道难》，其中后2首在《诗人李白》中曾以散体译出，而在本书中以诗体译出；其余8首均为韦利新译：《野田黄雀行》《行路难》《忆旧游寄谯郡元参军》《古风其九》（《河岳英灵集》中作《咏怀》）《酬中都小吏携斗酒双鱼于逆旅见赠》（《河岳英灵集》中作《酬东都小吏以斗酒双鱼见赠》）《山中问答》（《河岳英灵集》中作《答俗人问》）《将进酒》《乌栖曲》。

是很难译出的。例如，在介绍《蜀道难》时韦利称，"原诗壮丽的语言所产生的诗性效果，在翻译中完全无法重现"①。即使面对《山中问答》这类简短的李诗，韦利也承认翻译难度太大，他只能择其要旨而译之②。这固然可以看作是韦利的谦虚之辞，但同时也说明韦利发现了李诗巨大的魅力。其实，韦利的译笔质量很高，他的汉诗翻译在英语世界享有极高的声誉。"奥古斯都英文诗歌丛书"主编亨伯特·沃尔夫（Humbert Wolfe）就盛赞韦利："韦利先生哪里是从一种语言译到另一种语言，完全是从一个星球语译到另一个星球语。他译出了大量生动的诗歌。完全有理由相信，他如实地为我们重新创造了那些中国诗人"③。韦利的译介也为20世纪前期的英语文坛带来了一股新风。《剑桥英语文学指南》如此评价他的翻译："韦利的作品，极大地促进了20世纪20年代人们对东方的兴趣"④。

二、小畑薰良的李诗译介

日裔汉学家小畑薰良（Shigeyoshi Obata，1888—1971）自幼就能熟背李白一些短小的诗歌，并一直酷爱汉诗，广泛阅

① WALEY A. The poetry and career of Li Po 701-762 A.D.[M]. London：George Allen and Unwin，1950：38. 原文："…the effect of the original depends on a splendor of language that is utterly impossible to reproduce in translation."
② 同①45.
③ WALEY A. Poems from the Chinese[M]. London：Ernest Benn，1927：iii. 原文："But Mr. Waley，translating not merely from one language into another，but almost from one planet into another，has produced a body of living poetry，in which there is every reason to believe he re-creates，without distorting，the Chinese poets."
④ HEAD D. The Cambridge guide to literature in English[M]. 3rd ed. Cambridge：Cambridge University Press，2006：1164. 原文："Waley's work […] contributed greatly to the interest in the East during the 1920s."

读，自称"汉诗学习者和爱好者"①。后来在美国留学期间，他依然对汉诗有强烈兴趣，并开始尝试将唐诗译成英文②。这些经历为他翻译李诗做好了准备。

1922年，纽约达顿出版社出版了他翻译的李诗选集《李白诗集》（*The Works of Li Po, the Chinese Poet*）。这是英语世界第一部系统翻译李诗的集子③。比起之前韦利出版的《诗人李白》，这部集子更为全面，收录李诗数目更多，选诗已占李诗总数近十分之一，而且这部诗集编排结构也更加全面，包括序、前言、124首李诗、8首唱和或凭吊李白的唐人诗歌、3篇李白传和相关参考文献。

小畑在序中详细说明了出版这部李白诗集的背景，并介绍了自己采取的翻译方法。小畑首先回顾了李白在西方的传播情况，称一千多年来在东方，李白一直被视为最著名的中国诗人，而直到最近美国人才开始熟悉李白，而欧洲人对李白的了解也不过始自20世纪初。然后他综述了英美两国对李诗的翻译情况。在英语世界中，在小畑之前已有众多汉学家、诗人译出

---

① OBATA S. The works of Li Po, the Chinese poet[M]. New York：E. P. Dutton & Co., 1922：ix.

② 小畑薰良曾撰文自述："在那满堆着金字题封装帧华美青赤黄蓝各色洋书的大学图书馆里，我时常渴想儿童时代兄弟们交替用旧了的木版大字的汉书，有时亦会把平易的唐诗译成英文，聊以自娱。"参见小畑薰良.北京闲话[J].现代评论，1926，4(86)：150-151.

③ 小畑自称这是英语世界第一本中国诗人专集（参见 *The Works of Li Po, the Chinese Poet*. p.v.）。事实上，韦利已于1919年出版了《诗人李白》，虽然标题为"诗人李白"，但该书主要介绍李白诗歌，并译有23首李诗，占全书一半篇幅。这部著作前身为一篇会议宣读文章，但它以单行本面世，已属于专书的范畴。当然，若以纯粹诗集而论，小畑此说自可成立。国内一些学者也支持同小畑之说，称《李白诗集》为"英语世界首部李白诗歌英文单行本"（葛文峰《小畑薰良英译〈李白诗集〉的翻译风格及其编译论争》），或"世界上最早的李白诗歌英文集"（石小梅《小畑薰良英译〈李白诗集〉的历史价值与当代意义》）。

了一定数量的李诗，如艾约瑟、翟理思、克莱默-宾、庞德、韦利、洛威尔、陶友白等人。对此小畑在"序"中一一做了点评。他承认艾约瑟有首先关注李白之功，但认为艾氏的翻译"陈腐无趣"；翟理思的翻译虽常被视为标准英译版本，但其浮夸琐碎的维多利亚风格不合今人的口味；克莱默-宾虽文风高雅，却有点拖泥带水，往往还在译诗中添加自己的激情创作。小畑将此三人视为"老派译者"（the old school of translators），因为他们的译诗都使用韵脚和诗节。与之对应的自然就是"新派译者"，而且韦利还将之细化为"新派自由体译者"（the new school of free verse translators）①，这一派的译者首推庞德。小畑认为，《神州集》篇幅不大且有大量错误，但庞德译诗不仅"富有色彩"而且具有"新鲜感"和"深刻性"。他承认正是《神州集》启发了自己，意识到翻译汉诗具有新的可能性。他还提到，韦利第一部译诗集没收入李白诗，他的《汉诗增译》中也有只寥寥几首，而且韦利对李白评价并不高；"新派自由体译者"洛威尔的《花笺集》和陶友白、江亢虎的《玉山诗集》中也译有较多数量的李诗。此外，小畑认为此前艾约瑟、庞德、韦利和艾斯库的李诗翻译不乏理解有误的地方，并举出实例进行说明。

在序言之后是一篇长达24页的导言，分为四部分，交代了唐代的社会历史背景和诗人生平。第一部分概述唐代诗歌的辉煌及李白在唐代诗人中的突出地位；第二部分从经济、京城、宗教、教育等方面向读者介绍了唐代特别是唐玄宗统治时期的盛况，同时还介绍了繁荣背后潜藏的内忧外患，并详细叙述了导致唐代由盛及衰的安禄山叛乱事件。这些历史背景无疑对英

---

① OBATA S. The works of Li Po, the Chinese poet[M]. New York: E. P. Dutton & Co., 1922: v-vi.

语读者理解李诗具有重要的作用。

第三部分是小畑撰写的一份李白生平。可以看出小畑参阅了《旧唐书》《新唐书》中的李白传及李阳冰《草堂集序》、李白《上安州裴长史书》等相关文献。这份生平完整地呈现了李白家世、出生之地、青年时代、仗剑远游、应诏入京、赐金放还、十年漫游、入永王府，以及流放、遇赦、病故等主要事件，并不时插入李诗作为人生经历的佐证，使英语读者对李白有了全面的了解。例如，引用"云卧三十年，好闲复爱仙"（《安陆白兆山桃花岩寄刘侍御绾》）以证李白长隐岷山的青年时期；"黄金白璧买歌笑"（《忆旧游寄谯郡元参军》）以证李白的广泛交游；"暖气变寒谷，炎烟生死灰"（《经乱离后天恩流夜郎忆旧游书怀赠江夏韦太守良宰》）以证李白遇赦之后的欣喜。值得一提的是，为了说明李白在长安的生活，小畑还引用了一首杜甫诗《饮中八仙歌》："李白斗酒诗百篇，长安市上酒家眠，天子呼来不上船，自称臣是酒中仙。"这些诗歌的征引无疑有助于增加读者对李白个性和经历的直观认识。

第四部分是对李白本人的思想和性格的概述。这部分可称是小畑的李诗研读心得，颇有价值。小畑引《旧唐书》对李白的评价"少有逸才，志气宏放，飘然有超世之心"，并将之替换为西方读者熟悉的文学术语，称李白是一位浪漫主义者。小畑对李白这一评价，堪称20世纪以来学界将李白视为中国杰出"浪漫主义诗人"之滥觞。小畑将李白与英国浪漫主义诗人华兹华斯作比，认为虽然二人都喜欢山水之孤寂，但前者是热爱而后者是崇敬，即是说，与西方诗人那种对自然的敬畏不同，李白与自然是没有距离感的。小畑还指出，比起儒家思想，道家思想对李白的影响更大也更为深刻。可以说，小畑这些看法对当时的英语世界来说是比较新颖的，为读者理解李诗提供了不同的视角。

《李白诗集》主体部分由三章构成，第一章选译了124首李诗。值得称道的是，小畑选诗非常全面，除了没有选译李白的赋外，几乎囊括了李白创作的所有体裁的诗歌，如乐府、歌行、古风、绝句、律诗等，既选有五绝短诗，也选有李白长诗，甚至译出了李诗中篇幅最长的那首《经乱离后天恩流夜郎忆旧游书怀赠江夏韦太守良宰》。第二章是由杜甫、李适之、崔宗之、贾至、白居易几位唐代诗人创作的8首唱和或凭吊李白的诗歌构成，使读者多少能一窥李白当时的交游情况和诗坛影响，而且这一编排本是依据王琦注本体例，对于英语世界的读者来说当有耳目一新之感。第三章是三篇李白传记，分别译自李阳冰《草堂集序》《旧唐书》和《新唐书》中的李白传。据小畑在第三章前的自述，他选译这几篇传记是出于两个原因。一是内容的可信度。他认为《草堂集序》虽不足信，却是第一篇李白评论文章，而两部唐书记载虽过于简略甚至不乏错误，但作为正史，却是现存最权威的文献。二是文体对比。在小畑看来，《草堂集序》采用的是六朝盛兴的那种浮华的骈文体，其特点是平行对仗、滥用典故和离奇夸饰①。由此可见，他选译的目的还在于将《草堂集序》的浮夸文辞与两部《唐书》中的李白传的平实风格作一番对照。

小畑还在此书的参考文献部分为读者提供了数份极具学术

---

① 小畑有故意夸大之嫌。这篇序的确有不少骈体句式（如"蝉联珪组,世为显著;中叶非罪,谪居条支";"风骚之后,驰驱屈宋,鞭挞扬马,千载独步,唯公一人"）,但仅占极小部分。总体而言,此文并不能算一篇骈文。

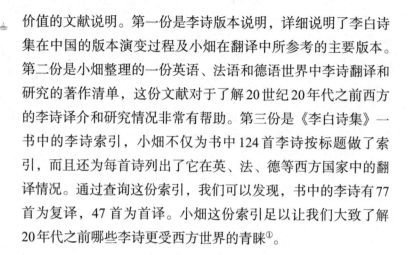

价值的文献说明。第一份是李诗版本说明，详细说明了李白诗集在中国的版本演变过程及小畑在翻译中所参考的主要版本。第二份是小畑整理的一份英语、法语和德语世界中李诗翻译和研究的著作清单，这份文献对于了解20世纪20年代之前西方的李诗译介和研究情况非常有帮助。第三份是《李白诗集》一书中的李诗索引，小畑不仅为书中124首李诗按标题做了索引，而且还为每首诗列出了它在英、法、德等西方国家中的翻译情况。通过查询这份索引，我们可以发现，书中的李诗有77首为复译，47首为首译。小畑这份索引足以让我们大致了解20年代之前哪些李诗更受西方世界的青睐①。

第三节　现代时期李诗译介的个案分析
（二）：诗人群体

一、克莱默-宾的李诗译介

1902年，伦敦格兰特·理查兹出版社出版了英国诗人克莱默-宾（Launcelot Alfred Cranmer-Byng，1872—1945）的译诗集《长恨歌》（*The Never-Ending Wrong*）。书的副标题标明他的翻译受惠于翟理思："译自《中国文学史》作者翟理思教授用散体翻译的中国诗②"；在诗集的"致谢"部分，克莱默-宾进一步交代，诗集中的诗歌绝大部分译自翟理思的《中国文学选

---

① 例如，通过查阅可以发现李白诗歌最受青睐的是《静夜思》，有多达11个版本；其次是《春日醉起言志》，有9个版本。

② CRANMER- BYNG L. The never- ending wrong[M]. London：Grant Richards，1902：扉页. 原文："And Other Renderings of the Chinese from the Prose Translations of Professor Herbert A. Giles, Author of 'The History of Chinese Literature' etc."

珍》和《中国文学史》。书中译出李白的（《子夜四时歌·秋歌》），但这首诗没有出现在翟理思的这两部著作之中。

1909年，克莱默-宾的另一部著作《玉琵琶：中国古代诗歌选》（*A Lute of Jade：Being Selections from the Classical Poets of China*）在纽约出版。这是由他本人担任主编的"东方智慧丛书"中的一本，这套丛书收录了由众多英语世界的汉学家所编译的有关亚洲国家的文化、文学和艺术的著作。《玉琵琶》的扉页上标明作者将此书献翟理思。

《玉琵琶》收录58首诗歌，绝大部分为唐诗（唐以前仅有5首诗，唐之后只有欧阳修一人的两首诗），其中收录诗歌篇数较多的诗人有白居易（15首）、司空图（10首）、李白（8首）。李白这8首诗歌分别是《金陵三首·其三》《乌夜啼》《清平调词三首》《采莲曲》《静夜思》《春夜宴从弟桃花园序》《子夜四时歌·秋歌》《宣州谢朓楼饯别校书叔云》①。

克莱默-宾在《玉琵琶》中为李白撰写了长达两页的诗人小传。小传第一部分内容主要围绕李白的宫廷生涯，特别是他与唐明皇之间关系的亲疏变化而展开，但多为历史上李白传记不录的捕风捉影之说，克莱默-宾却添盐着醋进行了一番演绎。例如，他称李白二十岁即中进士；诗人即兴创作的诗由明皇帝本人亲自记录并谱上曲，再由诗人唱出而明皇帝来伴奏；李白因参加安禄山叛乱而被捕；等等。小传第二部分特意提到李白是一位随身携剑之人，由此就称李白是有别于其他中国诗人那种文人形象，是一位很接地气的诗人。在小传第三部分，克莱默-宾用富有激情的诗性语言评价了李白作为诗人的特

① 克莱默-宾将三首《清平调词》合译为一首诗，并冠之以新标题："一位帝王之爱"（An Emperor's Love）；同时将《春夜宴从弟桃花园序》用诗体形式译出。

点，由于在这一部中克莱默-宾将李白同其他几位中外诗人做了比较，其精辟而感性的文笔令人印象深刻：

相比其他中国诗人，李白很难用一句话来概括。白居易对浪漫故事情有独钟，杜甫在诗句雕琢上功力深厚，司空图追求诗歌的韵外之致和朦胧意境。然而李白却是一位多面手，而且比其他诗人更具天下情怀。可以想象，这就是李白：一位大胆、无畏、冲动的艺术家，时而志气昂扬，时而消沉沮丧；一位中国的保尔·魏尔伦，以赤子之眼观照世界，捕捉住涌现在脑海中的诗句；他对太真妃所代表的宫廷生活和边疆戍卒的严酷现状都予以忠实的抒写；他随波逐流，不管这日子如黎明前那醉颜般的瑰丽霞光，还是如绝望终日下那惨淡灰暗的沉沉暮色。[1]

1916 年，克莱默-宾的另一部中国诗歌集《灯会》（*A Feast of Lanterns*）出版[2]，仍然收入"东方智慧丛书"。集子中

---

[1] CRANMER-BYNG L. A lute of jade：being selections from the classical poets of China[M]. New York：E. P. Dutton, 1909：58. 原文："It is harder to write of Li Po than of any other Chinese poet. Po Chu-i has his own distinctive feeling for romance，Tu Fu his minute literary craftsmanship，Ssu-K'ung Tu the delicate aroma of suggestive mysticism; but Li Po is many-sided, and has perhaps more of the world-spirit than all of them. We can imagine this bold, careless, impulsive artist, with his moments of great exaltation and alternate depression, a kind of Chinese Paul Verlaine，with his sensitive mind of a child, always recording impressions as they come. T'ai Chen the beautiful and the grim frontiersman are alike faithfully portrayed. He lives for the moment, and the moment is often wine-flushed like the rosy glow of dawn, or grey and wan as the twilight of a hopeless day." 此段文字中提到的保尔·魏尔伦（Paul Verlaine, 1844—1896）系法国象征主义诗歌代表性人物，与马拉美和兰波齐名。魏尔伦的作品通常具有清新自然、忧而不伤的特点。可见在这一点上，克莱默-宾看出了李诗和魏尔伦诗之间的相通之处。

[2] CRANMER-BYNG L. A feast of lanterns[M]. New York：E. P. Dutton, 1916.

的诗歌仍是克莱默-宾本人的翻译，比起《玉琵琶》，书中收录的诗人范围有所扩大，增加了数位宋、明、清的诗人。唐代诗人中收录诗歌最多的是李白（8首）、白居易（7首）、杜甫（3首），这些诗歌在克莱默-宾之前的著作中不曾出现。这本诗集在一定程度上反映出克莱默-宾对李诗的喜爱——在扉页中，克莱默-宾将此书献给他在加利福尼亚的友人们，为此他专门引用了李白的一行诗①。为使英语读者对中国诗歌有更好的理解和欣赏，克莱默-宾还撰写了近30页的引言。克莱默-宾专门以李白为例介绍了中国诗歌中的用典问题。针对当时某些西方批评家由于对中国诗歌中用典问题的不理解而妄下结论称很多大诗人为"文抄公"（plagiarists）的做法，克莱默-宾以李白为例来加以反驳，向读者展现了他对用典的体认与理解。他认为虽然李白乐意使用旧题，但结果却"使古老的歌谣变成一首现代抒情诗，或者干脆是脱胎换骨"②，并以李白如何使用乐府旧题《箜篌引》来创作出他的《公无渡河》为例来加以说明。

　　克莱默-宾译出的八首李诗分别为《自遣》《宫中行乐词》两首（第七首及第五首）《游南阳清泠泉》《游南阳白水登石激作》《惜余春赋》（部分）《愁阳春赋》《悲清秋赋》③。如果我

---

① 克莱默-宾所引用的李白诗似有可疑，笔者未能确定其出处，疑克莱默-宾自创。兹附原文："Oh that I could grasp this golden light of Spring, keep it and horde it——a treasure-trove of days——for my fairest far-off friends."

② CRANMER-BYNG L. A feast of lanterns[M]. New York：E. P. Dutton，1916：28. 原文："… so that the old ballad became a modern lyric, or rather revived anew."

③ 其中有两首需要说明：克莱默-宾将《宫中行乐词》第七首与第五首译成一首诗，译诗名为"The Palace of Chao-Yang"（昭阳殿）；《惜余春赋》原文有两部分文字克莱默—宾并未译出，分别是"想游女于岘北……结楚梦于阳云"及"若有人兮情相亲……人何以堪"。

们将这些译诗与《玉琵琶》中的译诗相比，就会发现克莱默-宾的翻译意译程度更大。此处仅以第一首《自遣》为例：

对酒不觉暝，The rustling nightfall strews my gown with roses,
　　　　　窸窸窣窣的傍晚把蔷薇撒向我的衣袍，
落花盈我衣。And wine-flushed petals bring forgetfulness
　　　　　酒红色的花瓣让我遗忘
　　　　　Of shadow after shadow striding past.
　　　　　飘过的一片又一片阴影。
醉起步溪月，I arise with the stars exultantly and follow
　　　　　我起身和满天繁星一起去追随
　　　　　The sweep of the moon along the bushing stream,
　　　　　沿着潺潺溪水而飘走的那片月光，
鸟还人亦稀。①
　　　　　Where no birds wake; only the far-drawn sigh
　　　　　鸟儿们都入了梦乡；唯有隐隐约约的声音
　　　　　Of wary voices whispering farewell.②
　　　　　在小心翼翼地相互道别。

　　对比原诗与译诗，可以发现，中文诗歌的那种含蓄简洁的风格，经由译者的想象和创造，在译诗中已变得更加绵密细致。原诗中仅作为时间背景的傍晚，在译诗中已具有人格化的形象；为了让读者体会到诗中主人公突然而至的追月兴致，译诗中还增加了新的意象"繁星"；原诗末行中"鸟还"与"人

① 李白.李太白全集[M].王琦，注.北京：中华书局，2011：917.
② CRANMER-BYNG L. A feast of lanterns[M]. New York：E. P. Dutton，1916：45.

稀"造成的静谧与空远也被译诗中的声响与写实所代替。所以我们可以说，英语读者感受到的与其说是中国唐代诗人李白的诗歌，倒不如说是一个叫克莱默-宾的20世纪初英语诗人的创作①。

克莱默-宾在这部诗集中为诗人撰写了小传，并继续沿用了他那富有激情的语言风格。而这一次，克莱默-宾为英语读者塑造了一个别样的悲观主义诗人形象：

> 李白是中国最伟大抒情诗人。他是自然之子，像自然一样有着多样的情绪。我们不妨称他为悲观主义者，但不是叔本华那一派意义上的悲观主义者。他的悲观主义是基于反差性的：阳光越亮，影子越暗。如果说一位抒情诗人必须具有某种精致的悲观思想，那他的过错就在于，他看问题从来不会超越一个生命周期。春季来了，他看到的却是消失在秋季之中的夏季；秋季最终又止步于冬季；而冬季，对李白来说，意味着生命结束，春季永不复返。和杜甫、孟浩然等同时代诗人一样，他俯首听见了往昔岁月的叹息，犹如月光下的废墟正发出梦幻般的呢喃，预示着所有人的共同命运。②

---

① 学者江岚称克莱默-宾是英国前拉斐尔派诗人。参见江岚.唐诗西传史论——以唐诗在英美的传播为中心[M].北京：学苑出版社，2009：83.

② Cranmer-Byng. *A Feast of Lanterns*, p.44. 原文："The greatest of all the Chinese lyrists, Li Po was a child of Nature and subject like her to infinite moods. He may perhaps be called a pessimist, but not in the sense that we call Schopenhauer and his school pessimists. His was a pessimism of contrasts; the brighter the day, the darker the shadow. His fault, if so exquisite a lyricist may be said to possess one, was that he never looked beyond a single cycle. With him, the spring arrives, he sees summer lengthen into autumn, and autumn fall before winter; but there, for him, the cycle ends. There is no return of spring. Like so many of his great contemporaries, Tu Fu, Meng Hao Jan, and others, he bends low to catch a whisper of the past, some voice murmuring as in a dream from moonlit ruins foreboding the common lot of all."

但克莱默-宾不赞同有人把李白看成是用买醉这种方式来克服对人世的悲观，他认为，李白逃避现实的办法，正是中国哲人们和诗人们所能采取的唯一办法："回归自然"（the Return to Harmony），并以李白诗句为证："抽刀断水水更流，举杯浇愁愁更愁。人生在世不称意，明朝散发弄扁舟。"

由于克莱默-宾本人是一位中国诗歌爱好者，而非像翟理思那样精通汉语的汉学家，他没有采用翟氏那种更加学术化的严谨态度来对待中国诗歌，所以造成《玉琵琶》和《灯会》中的诗歌译介和诗人简介都不精准。但是由于其诗意的笔风和激情的文字，使李诗在当时英语世界产生了较大的影响。例如，英国古典音乐作曲家格兰维尔·班托克爵士（Sir Granville Ransome Bantock）曾于1918年至1920年间，依据《玉琵琶》和《灯会》中的译诗，创作出题为《来自中国诗人的歌曲》（*Songs from the Chinese Poets*）的系列音乐作品[①]。第一套中的"Under the Moon"（"月亮之下"），第三套中的"Drifting"（"随波逐流"），第四套中的"On the Banks of Jo-yeh"（"若耶溪畔"），以及第五套中的"Memories with the Dust Return"（"又见黄昏"）的标题，依照的正是《玉琵琶》中李白诗的英文标题，分别对应着《子夜吴歌》《宣州谢朓楼饯别校书叔云》《采莲曲》和《乌夜啼》。

二、庞德的李诗译介

英美现代派诗歌运动领袖埃兹拉·庞德（Ezra Pound，1885—1972）从青年时代起就对中国文化、艺术产生浓厚兴

---

① 这个音乐系列共有六套，共计22首歌曲，其中19首歌词为《玉琵琶》译诗，13首为《灯会》译诗。参见利德网上档案馆(Liedernet Archive)：http://www.lieder.net/lieder/get_settings.html?ComposerId=3297。

趣①。不过，在1913年之前，庞德对中国文学的了解还十分有限，他仅读过法国女诗人戈蒂耶（Judith Gautier，1845—1917）的《白玉诗书》（*Le Livre de Jade*）和法国汉学家德理文（Le Marquis D'Hervey-Saint-Denys，1822—1892）的《唐诗》（*Poesies de L'epoque des Thang*）这样的法译汉诗②。

庞德的李诗译介主要体现为1915年4月出版的《神州集》（Cathay）。庞德选译李诗及其翻译特点与庞德早年主张的意象主义有密切联系。因此在讨论《神州集》中的李诗之前，有必要先对庞德的意象主义思想做一阐述。

众所周知，庞德的意象主义诗学追求与中国诗歌渊源颇深。不过需要指出的是，在庞德接触中国诗歌之前，意象主义思想已经开始形成。当时已有休姆（Thomas Ernest Hulme，1883—1917）、弗林特（Frank Stuart Flint，1885—1960）等诗人开始以意象为中心创作有别于传统诗歌的作品。而庞德本人的意象主义思想最初也主要是他研读普罗旺斯诗人和意大利诗人但丁的结果③。庞德本人在1908年给诗人威廉斯（William Carols Williams，1883—1963）的信中表达了他早期的意象主义思想，他认为诗歌追求的目标是"①按照所见的事物来描

① 庞德在1908年之前就注意到了中国，但对中国只有一个模糊的概念。庞德最早经他的好友、英国诗人和远东艺术鉴赏家劳伦斯·宾宁（Lawrence Binyon）接触到中国绘画艺术；他对中国诗歌的兴趣则受到了他的另外一位好友、诗人艾伦·厄普沃德（Allen Upward）的影响。参见蒋洪新.英诗新方向：庞德、艾略特诗学理论与文化批评研究[M].长沙：湖南教育出版社，2001：47; QIAN Z. Orientalism and modernism: the legacy of China in Pound and Williams[M]. Durham: Duke University Press，1995: 9-19.

② QIAN Z M. Orientalism and modernisms: the legacy of China in Pound and Williams [M]. Durham: Duke University Press，1995：17.

③ NADEL I B. The Cambridge introduction to Ezra Pound[M]. Cambridge：Cambridge University Press，2007：9.

绘；②美；③不带说教；④如果你重复几个人的话，只是为了说得更好或者简洁，那实在是件好的行为。彻底的创新，自然是办不到的"[1]。1913年，《诗刊》(*Poetry*)杂志三月号发表了由弗林特（F. S. Flint）执笔的伦敦意象主义团体的意象主义宣言，其中最著名的就是意象主义三原则：第一，直接处理"事物"，不管它是主观的还是客观的；第二，绝对不用于表现无补的词语；第三，关于节奏：创作时按照音乐性短句的次序，而不是按照节拍器的次序。[2]

我们可以发现以上三原则与庞德在给威廉斯的信中所提到的诗歌追求之间的相似性。而庞德对诗歌的这种新认识还体现在他的创作上。1913年他在《诗刊》四月号上发表了《地铁车站》(*In a Station of the Metro*)：

The apparition   of these faces   in the crowd：

Petals   on a wet，black   bough.[3]

人群中   这些脸庞的   幽灵：

花瓣   在湿湿的黑黑的   树枝上。

庞德的这首短诗已迥别于英语传统诗歌，无论是从诗行的排列还是诗歌的句式，都能看出庞德的大胆创新。整个诗句没

① 蒋洪新.英诗新方向：庞德、艾略特诗学理论与文化批评研究[M].长沙：湖南教育出版社,2001：84.

② 彭予.二十世纪美国诗歌：从庞德到时罗伯特·布莱[M].开封：河南大学出版社,1995：9.

③ POUND E. Early writings：poems and prose[M]. London：Penguin Books, 2005：82. 诗中的空白系庞德本人保留。这首诗后来被收入1916年出版庞德诗集《鲁斯特拉》(Lustra),诗中的空白被取消,所以实际上这首诗有两个版本。

有完整的句子，没有谓语动词，只有名语或名词性短语所构成的意象并置。诗中只有对地铁、人群、脸庞这些事物的"直接处理"，标点符号的运用突出了这些客观事物在主观上引起的联想。诗行中的空白起到了衬托的作用，将意象置于前景，同时在视觉上造成一定的停顿，由此产生了一定的节奏感。这首意象派经典诗作对于我们中国读者来说一定不陌生，因为我们许多古典诗歌中就有类似的意象并置现象①。

庞德研究专家钱兆明指出，庞德于1913年开始阅读翟理思的《中国文学史》，通过这部著作，他对中国诗简洁明了和意象丰富的特点产生了深刻的印象，他甚至径直将屈原称为意象派诗人②。这一年年底，庞德受美国学者费诺罗萨（Ernest Fenollosa，1853—1908）的遗孀玛丽之托，获得整理出版费诺罗萨生前在日本学习中国诗歌所做的笔记的机会。庞德拿到费诺罗萨的遗稿后欣喜若狂，由此开始对中国诗歌进行更深入的研读。这些笔记共有21本，除1本是关于日本能剧外，其余20本的内容主要是中国诗歌和中国文字③。

在费氏笔记的基础上，庞德最终整理并出版了几个重要的文献，其中有两个与中国文学有关，一个就是1915年4月出版的诗集《神州集》，另一个是1919年出版的著作《作为诗歌媒介的中国文字》（*The Chinese Written Character as a Medium for Poetry*）。由于庞德不通中文，对中国文学知之甚少，主要通过

---

① 庞德本人称他这创作这首诗深受日本俳句的影响。但需要指出的是，日本俳句本身就深受汉诗的影响。参见彭恩华.日本俳句史[M].上海：学林出版社，1983：1-2.

② QIAN Z M. Orientalism and modernisms：the legacy of China in Pound and Williams [M]. Durham: Duke University Press, 1995: 25.

③ 赵毅衡.诗神的远游：中国古典诗歌对美国新诗运动的影响[M].成都：四川人民出版社，1985：147.

翟理思和费诺罗萨阅读中国诗人作品，李白的诗歌成为他不多的选择之一①。无论如何，庞德对李白的兴趣越来越浓，如钱兆明所言，"在1914—1915年，庞德可以说是一个热烈的李白迷。"②这尤其体现在《神州集》中汉诗的选择上。

《神州集》由14首诗歌构成，其中11首诗歌均译自李白的诗歌。由于庞德将其中两首李诗当成一首译出③，所以《神州集》实际上译出了12首李诗。④集中还有2首汉诗，分别是《诗经·小雅·采薇》和《青青河畔草》，还有1首盎格鲁—撒克逊古诗《水手》（The Seafarer）。由于诗集中李诗占绝对多数，因此我们可以把《神州集》看作是一本李诗选集。《神州集》扉页上长长的副标题也说明了这一点："大部分译自李白的诗歌，它们出自已故的费诺罗萨的笔记，经由森槐南和有贺长雄教授的解读"⑤。

诗集中的《水手》并非汉诗，庞德将其收录并放在李白的《忆旧游寄谯郡元参军》[译诗名为《流亡书简》（Exile's Letter）]之后，主要是出于两个原因：一是两首诗都表达了同样的流放主题；二是两首诗都使用直接呼语和彻底自我暴露的技巧，而

---

① 英国汉学家葛瑞汉曾称，"如果有很多诗人供庞德选择的话，他就不大会去翻译李白的诗了。"参见张隆溪.比较文学译文集[M].北京：北京大学出版社,1982:224.

② QIAN Z M. Orientalism and modernisms: the legacy of China in Pound and Williams [M]. Durham: Duke University Press, 1995:89.

③ 这两首李诗是《江上吟》和《侍从宜春苑奉诏赋龙池柳色初青听新莺百啭歌》，庞德误将后者看成前者的后半部分，故合译成一首，题为"The River Song"。

④ 它们依次是：《江上吟》《侍从宜春苑奉诏赋龙池柳色初青听新莺百啭歌》《长干行》《玉阶怨》《古风·其十八》（天津三月时）《古风·其十四》（胡关饶风沙）《忆旧游寄谯郡元参军》《黄鹤楼送孟浩然之广陵》《送友人》《送友人入蜀》《登金陵凤凰台》《古风·其六》（代马不思越）。

⑤ POUND E. Cathay[M]. London: Elkin Mathews, 1915:扉页. 原文："For the most part from the Chinese of Rihaku, from the notes of the late Earnest Fenollosa, and the deciphering of the professors Mori and Ariga."

且英语诗歌中也只有此诗能与李白这首诗相提并论①。由此可见,《水手》是作为对照而"陪衬"在诗集中的。一年后庞德将《神州集》中的诗歌收进他的新诗集《鲁斯特拉》(*Lustra*)之中,并将《水手》移至别处。自此,庞德翻译的11首李诗显得更加完整与独立,在后来诸多庞德诗集版本中,基本都按此排列。值得说明的是,庞德在1915年《诗刊》3月号上就已经发表《流亡书简》②。他本人对这首诗非常满意,不仅将其收入《神州集》,还收入在1920年出版的诗集《暗影》(*Umbra*)中。此外庞德译自《长干行》的《江畔商妇:一封家书》(*The River-Merchant's Wife: A Letter*)1915年7月被纽约的《当代评论》再次发表③。

　　《神州集》出版后在英语诗坛引起了巨大的反响。英国小说家诗人福特(Ford Madox Ford,1873—1939)称这本诗集是"真正由人类情感的强度创造出来的景观"④。最著名的评论则来自著名诗人艾略特(T. S. Eliot,1888—1965),在为1928年出版的《庞德诗选》(*Selected Poems*)所作的序中,他热情地评价了庞德:

　　就《神州集》而言,我们必须指出,庞德是我们这个时代中国诗的发明者。我怀疑每个时代在过去和未来都会有关于翻译的同样的错觉,这种错觉总体上来看并不像是一个错觉。如

---

① NADEL I B. The Cambridge introduction to Ezra Pound[M]. Cambridge: Cambridge University Press, 2007:45-49.

② POUND E. Exile's letter[J]. Poetry, 1917(6): 258-261.

③ POUND E. The river-merchant's wife: a letter[J]. Current opinion, 1915(59):55.

④ FORD F M (Ford Madox Hueffer). From China to Peru[M]// HOMBERGER E. The critical heritage. London: Routledge, 1972:109.

果一位外国诗人能成功走进我们的语言和时代之中，我们相信他已经被"翻译"了；我们相信通过翻译我们最终可以真正了解到原作。伊丽莎白时期的人一定会认为他们是通过查普曼才接受的荷马，通过诺斯才接受的普鲁塔克，这都发生在三百年前……同样的命运即将发生在庞德身上。他的翻译似乎具有半透明性（这正是其堪称杰作的原因）：比起理雅阁等人的翻译，他的翻译让我们以为更加接近中文原作。对这一点我表示怀疑：我预言三百年后庞德的《神州集》将会成为"温莎王朝时期的译作"，就像查普曼和诺斯的翻译现在已成为"都铎王朝时期的译作"一样，即是说（公正地说），庞德的翻译将不会被称为是"翻译"，而将被视为一个"20世纪诗歌的突出样本"。每个时代必须为自己而翻译。①（强调为原文所加——笔者按）

---

① ELIOT T S. Introduction[M]//POUND E. Selected poems. London: Faber & Gwyer, 1928：14-15. 原文："As for Cathay, it must be pointed out that Pound is the inventor of Chinese poetry for our time. I suspect that every age has had, and will have, the same illusion concerning translations, an illusion which is not altogether an illusion either. When a foreign poet is successfully done into the idiom of our own language and our own time, we believe that he has been 'translated'; we believe that through this translation we really at last get the original. The Elizabethans must have thought that they got Homer through Chapman, Plutarch through North. Not being Elizabethans, we have not that illusion; we see that Chapman is more Chapman than Homer, and North more North than Plutarch, both localized three hundred years ago. [....] The same fate impends upon Pound. His translations seem to be – and that is the test of excellence – translucencies: we think we are closer to the Chinese than when we read, for instance, Legge. I doubt this: I predict that in three hundred years Pound's Cathay will be a 'Windsor Translation' as Chapman and North are now 'Tudor Translations：' it will be called (and justly) a 'magnificent specimen of XXth Century poetry' rather than a 'translation.' Each generation must translate for itself."

艾略特的这一断言一方面承认了庞德翻译李诗的突出成就，以及他利用中国诗来倡导英语新诗运动的先驱性，另一方面也说明庞德的李诗翻译具有双重性。庞德用其卓越的艺术鉴赏力和判断力将李诗成功地转换为优秀的英语诗歌，使读者觉得他们读到的就是李白原诗；但悖谬的是，这种"半透明性"使得本是翻译之举的译诗却成为英语诗歌的一部分，即是说，读者最终读到的所谓李诗，在严格意义上来讲并不是李诗，而是庞德本人基于李诗的诗歌创作。艾略特称"每个时代必须为自己而翻译"，道出了庞德的李诗翻译乃是其顺应时代需要这一实质。这也再次说明了庞德对包括李诗在内的汉诗的翻译，与庞德本人的诗学思想及20世纪初英语新诗运动的时代背景密不可分。

不管怎样，庞德本人对《神州集》中李诗的态度还是十分清楚的，他并未将其视为自己的原创，他为每首从李诗译出的诗歌都署上了"Rihaku"（此乃"李太白"日语发音的英文拼写）。庞德本人曾这样劝勉诗人们："尽可能地受伟大的艺术家的影响，但是要做得体面一点，要么痛快承认受到别人的影响，要么尽力把它隐藏起来"[①]。所以在一定程度上，我们也可以将这些诗歌视为他自己在李白影响之下完成的诗歌创作。

英国汉学家葛瑞汉（A. C. Graham）在他本人的汉诗翻译集的序言中曾说，"汉诗翻译艺术是意象主义运动的副产品，首先展现在庞德的《神州集》、韦利的《汉诗一百七十首》和

---

① POUND E. A few don'ts by an Imagiste[J]. Poetry, 1913, 1(6): 202. 原文："Be influenced by as many great artists as you can, but have the decency either to acknowledge the debt outright, or to try to conceal it."

洛威尔的《松花笺》之中"①。可以说，《神州集》开启了一直延续至20世纪30年代的汉诗翻译热潮；而庞德的李诗翻译对后来的李诗翻译不无启迪之功。庞德译自李白《长干行》的诗歌《江畔商妇》尤其成功，后被当作优秀诗作收进多种英语诗歌选集，如1954年的《现代诗袖珍本》（*A Pocket Book of Modern Verse*）②，1962年的《美国重要诗人指南》（*The Mentor Book of Major American Poets*），值得一提的是，著名的《诺顿美国文学选集》（*Norton Anthology of American Literatures*）也收录了这首诗。

《神州集》中的李诗翻译特色，实与庞德本人对中国诗的认识紧密关联。经过数年的阅读与翻译，庞德对中国诗有了自己的见解，并将这些思考写成文章，以《中国诗歌》（*Chinese Poetry*）为题，分上下两部分，分别发表在1918年的《今天》（*To-day*）杂志的四月和五月号上。这篇文章是庞德唯一一篇集中讨论中国诗歌和李诗的文章，对于理解他的李诗翻译也具有重要的参考价值，所以有必要在此详做介绍。

庞德认为，中国诗具有"生动表现力"（vivid presentation），许多中国诗人喜欢直接呈现事物，不喜欢道德说教。这无疑和庞德本人在1912年提出的意象主义三原则中的第一条（"直接处理'事物'，不管它是主观的还是客观的"）十分吻合，这也间接说明，庞德在《神州集》中选译的李诗呼应了他的意象主义诗学主张。

---

① GRAHAM A C. Poems of the Late T'ang[M]. Baltimore：Penguin Books，1965：13. 原文："The art of translating Chinese poetry is a by-product of the Imagist movement, first exhibited in Ezra Pound's *Cathay*（1915），Arthur Waley's *One Hundred and Seventy Chinese Poems*（1918），and Amy Lowell's *Fir Flower Tablets*（1921）."

② WILLIAMS O. A pocket book of modern verse[M]. New York：Washington Square Press，1954.

庞德以李诗为例，总结出体现中国诗"生动表现力"的三大特点。第一个特点是中国诗人喜欢可以引发他们思考（甚至冥思苦想）的诗歌。庞德高度赞赏这种诗学观念，并不无遗憾的提到，这种品质曾在12世纪的法国普罗旺斯和13世纪的意大利托斯卡纳诗歌中昙花一现过，但没有形成什么气候①。由此可见，庞德对"言有尽而意无穷"的中国诗学观念具有一种直觉般的高度敏感性。为说明中国诗这种品质，庞德特意引用他翻译的李诗《玉阶怨》加以阐述。我们先来看一下这首诗的译文：

玉阶生白露，The jewelled steps are already quite white with dew,
　　　　　玉阶满是露水已经变白，
夜久侵罗袜。It is so late that the dew soaks my gauze stockings,
　　　　　夜这么深露水浸湿了我的纱袜，
却下水精帘，And I let down the crystal curtain
　　　　　我放下水晶帘子
玲珑望秋月。②And watch the moon through the clear autumn.③
　　　　　透过清秋望着月亮。

---

① POUND E. Early writings: poems and prose[M]. London: Penguin Books, 2005: 298. 相关原文："This latter taste has occasionally broken out in Europe, notably in twelfth-century Provence and thirteenth-century Tuscany, but it has never held its own for very long."
② 李白.李太白全集[M].王琦,注.北京:中华书局,2011:256.
③ 同①298.

　　庞德称，仔细推敲此诗我们就能发现，"诗中所有的事物就摆在那里"，但其诗歌意蕴丰富，因为诗中不仅有暗示，而且还有一种类似"数学还原法"（mathematic process of reduction）的过程在起作用。庞德所谓的"数学还原法"，正是他对李诗这种"以少总多"或"言有尽而意无穷"的汉诗特点进行的高度概括，其目的在于提炼出一种可以指导意象主义诗歌创作的方法。

　　庞德从诗中选取了几个关键词，来展示这种"数学还原法"或"以少总多法"："玉阶"，表明诗中的场景是一座宫殿；"罗袜"，说明诗中人物是一位宫女；"侵罗袜"，证明这位女子已等了许久，而非刚刚才来；"秋月"，暗示久等不至的人不可能以当晚天气不适为托词；诗歌标题中的"怨"，表明女子等的是一位男子。我们不难看出，这些关键词正是诗中的意象词汇，它们勾勒出诗歌事件的场所、人物、时间、动机，是体现"言有尽而意无穷"之诗意的具象实体，与西方传统诗歌中常常出现的概念解说和道德说教词汇判然有别。

　　庞德认为，与《玉阶怨》这类简短朦胧的诗歌相比，另外一类汉诗则具有"直接和写实主义风格"（directness and realism）。庞德以李白的《古风·其六》为例进行了说明。我们先来看此诗原文：

　　　　　代马不思越，越禽不恋燕，
　　　　　情性有所习，土风固其然。
　　　　　昔别雁门关，今戍龙庭前，
　　　　　惊沙乱海日，飞雪迷胡天。
　　　　　虮虱生虎鹖，心魂逐旌旃，

苦战功不赏，忠诚难可宣。

谁怜李飞将，白首没三边。[①]

根据中国诗歌体制，古风诗可长可短，可以根据需要容纳更多的内容，这与以篇幅短小的绝句这类诗歌具有明显的差异。绝句往往"融情入景，使人味而得之；寄意于境，使人思而得之"[②]。而李白这首古风诗明显不具有这样的风格，因为诗中"情性有所习，土风固其然"，"谁怜李飞将，白首没三边"这样的陈述性诗句已将诗歌意义表达得十分清楚，读者已不需要进一步的"味"或"思"。

庞德虽然没有从诗歌体裁的角度进行分析，但他观察到，与《玉阶怨》不同，《古风·其六》中的陈述性口吻十分明显。但与西方诗相比，这首诗"没有累赘的甜言蜜语，没有那种从未见过战场而且也不愿上战场的那些人的无病呻吟"[③]。这说明，在庞德心中，李白这首诗完全符合意象主义"直接处理'事物'"的诗学主张，只不过这种直接处理的事物和《玉阶怨》中的事物不同，一为客观的，一为主观的。由此可见，庞德列举的两首李诗都与其"直接处理事物"的意象主义诗学思想有关。

庞德提到中国诗的第二大特点是喜欢用神话和传说。他认为这类诗歌颇似凯尔特诗歌，常出现渴望被仙女带走、灵魂与

① 李白.李太白全集[M].王琦,注.北京:中华书局,2011:85.

② 周啸天.唐绝句史[M].重庆:重庆出版社,1987:76.

③ POUND E. Early writings: poems and prose[M]. London: Penguin Books, 2005: 300. 原文："There you have no mellifluous circumlocution, no sentimentalizing of men who have never see a battlefield and who wouldn't fight if they had to." 有学者指出庞德在文章中引用李白这首以战争为题材的古风，与当时的一战背景有关。参见吴伏生.汉诗英译研究:理雅各、翟理思、韦利、庞德[M].北京:学苑出版社,2012:337.

海鸟齐飞这类主题。庞德认为英语读者对这类诗歌太过熟悉，因此他没有用中国诗为例来加以说明。当然，根据文中他对李诗的看法，如果引用的话，他一定会征引李白的某首游仙诗。

不过有意思的是，庞德反其道而行之，为读者引用了李白那首并不包含神话和传说的《长干行》。这里我们能看出庞德的举例与其文章观点有龃龉之处，他引用《长干行》应当另有目的。他在引用《长干行》之前说的一句话向我们表明了他的"醉翁之意"："有趣的是，八世纪的一首汉诗以其简洁与纯美，完全可以混于勃朗宁的作品而不被发现"①。这说明庞德真正在意的是《长干行》之"简洁与纯美"特点，这恰巧与其主张的意象主义三原则中的第二条（"绝对不用于表现无补的词语"）十分吻合。为体现这种"简洁与纯美"，他只给出他的译诗，未做进一步分析。对此他解释道，"我不想加点什么话，因为这首诗那么简洁与完整，如再加评论，纯粹就是画蛇添足"②。当然，庞德挑选李白这首诗，还与诗中采用了类似于勃朗宁诗歌的戏剧独白风格有关③。《长干行》采用的正是这样一种叙述风格，通过一位少妇的口吻讲述了她与丈夫从青梅竹马、终成眷属、到长别离、苦相思的爱情故事。

---

① POUND E. Early writings: poems and prose[M]. London: Penguin Books, 2005: 302. 原文："It is interesting to find, in eight-century China, a poem which might have been slipped into Browning's work without causing any surprise save by its simplicity and its naïve beauty."

② 同①303. 原文："I can add nothing, and it would be an impertinence for me to thrust in remarks about the gracious simplicity and completeness of the poem."

③ 学者钟玲评价庞德译的《长干行》中的语调非常传神，类似于英诗传统中的"戏剧独白"。参见钟玲.美国诗与中国梦：美国现代诗里的中国文化模式[M].桂林：广西师范大学出版社,2003:44-45.

庞德提到的汉诗第三大特点是诗人们极擅长写作自然诗和山水诗。庞德认为，"中国诗人善于抒写他们与自然之间的情感共鸣，善于描绘自然景物，完全超过了西方诗人"①。这说明庞德敏锐地发现了中国诗情景交融的特点。庞德仍以李白为例，称在李白那里，如果描写的是山间倒挂的树木，或是飞鸟掠影的山泉，可能就会是这样的诗句："出入画屏中"②。庞德还从自己对中国画的欣赏经验来评价这种情景交融的能力，认为李诗中常常会出现这种奇妙的类似中国画当中的场景③。

《中国诗歌》这篇文章是庞德对中国诗歌初步阅读、特别是通过费诺罗萨的笔记来阅读汉诗的心得体会，并非一篇严肃的学术论文，这从前述的一些举例可见一斑。表面看，他概括的汉诗三大特点可能比较主观，但是结合意象主义诗学，我们可以发现，他对李诗的敏锐观察力，与其意象主义诗学思想密不可分，因此在某种意义上来说，他总结出的汉诗特点，只不过是充当了意象主义原则的注脚。但是，就我们的论题而言，透过这篇文章，我们看清了庞德对李诗的认同与推崇，因此，我们还可以将这篇文章看作是他为《神州集》中的李诗翻译所做的诗学思想说明。

在《中国诗歌》中庞德表达了他对李白本人的看法。他认

---

① POUND E. Early writings: poems and prose[M]. London: Penguin Books, 2005: 303. 原文："Especially in their poems of nature and scenery they seem to excel western writers, both when they speak of their sympathy with the emotions of nature and when they describe natural things."

② 庞德原文为"Lie as if on a screen"。笔者查阅了庞德熟读的翟理斯《中国文学史》和他本人的《神州集》，均未发现有这个诗句，在王琦注本《李太白全集》中也未能查找到"出入画屏中"或与之相似的诗句，因此笔者认为，结合上下文来看，庞德此句乃其自创。

③ 同①303.

为，中国是诗歌大国，李白是中国公认的伟大诗人之一，他的诗足可以代表汉诗最高成就。但文中也反映出，庞德对李白的了解并不全面，甚至有一定的误解。如他称李白不仅是宫廷诗歌的领袖，而且还是一位杰出的中国诗歌"编辑者"，不光将诗歌文本汇集起来，还对其进行去芜存菁式的修订。庞德在此可能将李白与孔子混为一谈了[①]。庞德还指出李诗中经常出现旧题，并认为这种现象解释了李诗主题的多样性，而相比之下，李白处理现代题材时就显得单调了[②]。从这些观点来看，庞德对中国诗歌的发展史缺少深入的了解，对中国诗歌题材与形式的继承与流变缺乏认识，对李白以旧翻新乃至推陈出新的诗歌贡献自然也就无从知晓了。从庞德后来出版的作品来看，他没有进一步译介李白的诗歌，也没有对李白进行更深的了解。

作为大诗人的庞德，以其非凡的敏锐领悟力，在李诗中察觉到了与其意象主义诗学主张的相通性，这些关联性最终影响了他在《神州集》中的李诗翻译，这些李诗在英语世界产生了巨大的影响，散发着独特的魅力。本书第四章将会对庞德的李诗翻译予以细论。

三、洛威尔和艾斯柯的李诗译介

经由庞德和韦利的翻译，中国诗在20世纪前期受到英语新诗人们的追捧，赢得越来越多的读者，因此翻译汉诗成为一种

[①] 庞德1913年开始阅读的翟理思《中国文学史》一书中提到过孔子编订《诗经》。但这一错误也许是庞德故意使然。有学者指出，庞德之所以称李白为诗歌"编辑者"，意在暗示他本人翻译李白诗歌的行为也类似于这样的编辑工作，他的目的是利用古代的诗歌来为现代的诗歌创作树立标准。参见 WITEMEYER H. The poetry of Ezra Pound: forms and renewal, 1908-1920[M]. Berkeley: University of California Press, 1969:147.

[②] POUND E. Early writings: poems and prose[M]. London: Penguin Books, 2005:304.

迫切之举。美国女诗人艾米·洛威尔(Amy Lowell, 1874—1925) 也加入汉诗翻译的行列。洛威尔在20世纪前期的意象派诗歌运动中脱颖而出，当庞德从意象主义走向漩涡主义（Vorticism）后，她坚持留在意象主义阵营，并很快成为意象派领军人物，继续宣扬意象派的诗学主张。洛威尔本人不懂汉语，但通过与汉学家、也是其挚友的弗洛伦斯·艾斯柯（Florence Ayscough, 1878—1942）合作[①]，于1921年推出汉诗英译集《松花笺：汉诗英译》(Fir-flower Tablets: Poems Translated from the Chinese) [②]。《松花笺：汉诗英译》共选译汉诗132首，除2首《诗经》作品和1首梁代乐府诗外，其余出自先秦至五代时期22位诗人之手。李白的诗歌入选最多，共有83首；其次是杜甫15首，王维3首。

她们合作译诗的办法是，先由艾斯柯直译，然后由洛威尔尽力转换成接近原诗精神的诗歌。洛威尔对这种方式十分推许，认为这种通过查阅字典直接从汉语译出，而不是靠已有的翻译来了解中国文学，是件令人兴奋、启发灵感的事情。她坦言，先前读的一些汉诗翻译对她并没有多少帮助，她是通过艾斯柯才真正走入汉诗世界的[③]。

正文之前有洛威尔撰写的"序言"和艾斯柯撰写的"导言"。洛威尔在"序言"中介绍了《松花笺：汉诗英译》一书

---

① 艾思柯生于上海，在中国度过自己大部分童年，她在十一岁时回到美国接受教育，在此期间与洛威尔成为好友。她在二十多岁时随丈夫回到中国，在1933年其丈夫去世前她一直生活在上海。由于长期生活在中国，艾思柯对中国古典文学十分热爱，一生致力于中西文化交流。1917年，艾思柯返美准备举办一次大型中国画展，她粗略翻译了其中一些书画上的题诗，请洛威尔进行润色，而洛威尔立即为这些中国诗歌所倾倒，于是二人决意合作，争取在汉诗翻译领域做出一番成就。《松花笺》正是二人合作的成果。

② AYSCOUGH F, LOWELL A. Fir-flower tablets: poems translated from the Chinese [M]. Boston: Houghton Mifflin, 1921.

③ 同②v.

的编撰情况以及她对汉诗的一些认识。而长达77页的"导言"则是艾斯柯为读者提供的一份关于中国文化和文学的背景知识指南。艾斯柯认为背景知识对于理解汉诗中的暗示与典故有十分重要的作用，所以她从中国历史背景和社会背景两大方面进行了介绍，涉及山川地貌、历史分期、传统文化、风俗物候、皇宫生活、家庭关系等。这篇导言对于读者理解和欣赏诗集中的李诗无疑具有帮助。艾斯柯在"导言"中提醒读者，那些译介中国文学的英语作者喜欢把李白称为中国最伟大的诗人，而中国人自己却把第一的位置交给杜甫[1]。而《松花笺：汉诗英译》所收录的诗歌大部分是李白的诗歌，对此，艾斯柯做了这样的解释：

> 中国学者按照以下顺序来排列他们心目中最重要的诗人：杜甫、李白和白居易。我意识到，在任何民族文学中，只有那些伟大的诗人，另一个民族的读者才渴望去了解，所以我有意保留这个排序。但我将主要篇幅给了李太白，因为他的诗歌具有一种普遍的抒情性。韦利先生已经把他主要精力贡献给了白居易。杜甫则不容易翻译，或许正是这个原因，导致他的诗歌很少被收进汉诗英译集中，本书仅选译了他的一些较为简单的作品。[2]

---

① AYSCOUGH F, LOWELL A. Fir-flower tablets: poems translated from the Chinese [M]. Boston: Houghton Mifflin, 1921: lxviii.

② 同①xx. 原文："Chinese scholars rank their principal poets in the following order: Tu Fu, Li T'ai-po, and Po Chii-i. Realizing that, naturally, in any literature, it is the great poets which another nation wishes to read, I have purposely kept chiefly to them, and among them to Li T'ai-po, since his poems are of a universal lyricism. Also, Mr. Waley has devoted his energies largely to Po Chii-i. Tu Fu is very difficult to translate, and probably for that reason his work is seldom given in English collections of Chinese poems. Some of his simpler poems are included here, however."

虽然艾斯柯没有明确表示她最欣赏的是李白还是杜甫，但她称李白是"平民的诗人"（the people's poet），而杜甫是"学者的诗人"（the poet of scholars）[①]。我们知道，李白的诗歌常常直抒胸臆，能表达普通人的情感，因其语言通俗，受到普通人的喜爱；而杜甫的诗歌则往往讲究措辞，追求"语不惊人死不休"，其"沉郁顿挫"的风格更受文人的青睐。艾斯柯显然对此十分了解，所以她才说，没有几个人能像李白那样至今活在中国人心中。如果我们将艾斯柯的这些论述与当时美国诗坛正如火如荼的新诗运动相联系，我们就能察觉出艾斯柯（以及洛威尔）对李白的推崇和对李诗的喜爱。新诗运动正是以符合现代人语言习惯的自由诗体，来革新旧有的格律诗体。正如美国诗歌研究专家比奇所说，"随着20世纪一二十年代意象派运动的兴起，诗人们开始摆脱对诗歌音乐性和声音丰富性的依赖，转而追求语言的精准性和直接性"[②]。所以在某种意义上，英语新诗运动也是一场诗歌大众化运动。艾斯柯眼中李诗语言的通俗性和艺术的创新性，符合新诗运动的气质，与意象主义追求"简洁直接"的主张十分吻合。

艾斯柯还针对韦利对李白的评价为李白进行了辩护。韦利曾在《诗人李白》一书中引王安石语批评李白的诗歌："太白词语迅快，无疏脱处，然其识污下，诗词十句九句言美人与酒耳。"艾斯柯对此不以为然，她很有见地地指出：

---

① AYSCOUGH F, LOWELL A. Fir-flower tablets: poems translated from the Chinese [M]. Boston: Houghton Mifflin, 1921: lxviii.

② BEACH C. The Cambridge introduction to twentieth-century American poetry[M]. Cambridge: Cambridge University Press, 2003: 49. 原文："With the Imagist movement of the 1910s, poets began to move away from a reliance on musicality and sonic richness and toward a greater precision and directness of language."

这个批评有点毒舌，但是政治家们通常都缺少诗歌鉴识力和判断力。李白诗中女人与酒的确不少，但要看看李白是怎么去写的。他写得可并不污下。李白不是一个只会说教的诗人，我们这些20世纪的人应该对此心存感激。①

表面来看，艾斯柯是对王安石这位北宋政治家与诗人观点的反驳，但事实上，艾斯柯此处提到李白并非"说教的诗人"，正是在影射当时意象派诗人有意要打倒的维多利亚诗风。艾斯柯力陈李诗杜绝道德说教，并称"李白是'感官现实主义者'，只表达他所看到的世界，美是他的指路明灯"②。这颇有19世纪法国浪漫主义文学"为艺术而艺术"（l'art pour l'art）的味道。

韦利对李诗的题材曾颇有微词："李白作为诗人的力量，在于诗歌形式，而非诗歌内容。……其诗的价值在于语词美，而非思想美"③。而艾斯柯对李诗题材的观察，要比韦利深刻得多。中国诗评家通常批评李诗题材琐碎狭窄，不是关于离别、闺怨、思乡，就是对酒的赞美，艾斯柯对此并不否认，但她认为，即便是这样的题材，这些诗却写得优美出色：《清平乐》《愁阳春赋》和《久别离》真实地表达了情感，《月下独

---

① AYSCOUGH F, LOWELL A. Fir-flower tablets: poems translated from the Chinese [M]. Boston: Houghton Mifflin, 1921: lxxx. 原文："A somewhat splenetic criticism truly, but great reformers have seldom either the acumen or the sympathy necessary for the judgment of poetry. Women and wine there are in abundance, but how treated? In no mean or sordid manner certainly. Li T'ai-po was not a didactic poet, and we of the Twentieth Century may well thank fortune for that."

② 同①lxxx. 原文："He was a sensuous realist, representing the world as he saw it, with beauty as his guiding star."

③ WALEY A. The poet Li Po, A. D. 701-762[M]. London: East and West, 1919: 4. 原文："… his strength lies not in the content, but in the form of his poetry. …The value of his poetry lay in beauty of words, not in beauty of thought."

酌》和《春日醉起言志》则展现了无与伦比的幽默，而《蜀道难》《北上行》和《剑阁赋》这样的诗作则以夸张的描写使人感到新奇。艾斯柯总结说，"毫无疑问，李白可以跻身于世界上最优秀的抒情诗人之列"①。

当然，艾斯柯并非一味地替李白辩护，她也指出了李白创作的几个缺点。一是作诗有时太草率，没有情绪的时候也会作诗，所以只能重复以前自己写过的东西；二是长诗的结构存在着问题，通常出句用力甚猛，结句却匆匆了事；三是未能克服爱用典故这个中国诗最突出的恶习②。看来艾斯柯和洛威尔还是没有摆脱韦利的影响，因为这几点也正是韦利曾经对李白的评价。

艾斯柯还将李白和杜甫放在一起进行比较。虽然在中国诗歌批评中，李杜比较自唐宋起就已成为中国诗歌上饶有趣味的话题，但英语世界对此了解并不多，在此之前，虽有一些汉诗英译集中提到李杜，但多是只言片语。而艾斯柯在"导言"中用了较多的篇幅进行李杜比较。如前所述，从诗歌语言的角度，她把李白称为"平民的诗人"，把杜甫称为"学者的诗人"。她还从创作的角度，认为李白直接抒写景物和情感，不喜玄思，而杜甫看似在刻画事物，却意在揭露事件内核；杜甫作诗小心谨慎，李白却敢于打破旧制甚至独创新规③。这些评论虽然源自艾斯柯本人的阅读心得，但却简洁明了，令人印象深刻。

洛威尔和艾斯柯《松花笺：汉诗英译》在"序言"和"导

① AYSCOUGH F, LOWELL A. Fir-flower tablets: poems translated from the Chinese [M]. Boston: Houghton Mifflin, 1921: lxxvii-lxxviii. 原文："There is no doubt at all that in Li T'ai-po we have one of the world's greatest lyrists."

② 同①lxxviii-lxxix.

③ 同①lxxxix, lxiv-lxv.

言"中还介绍了她们对汉诗和汉诗英译的几点认识。最引人注目的是她们对汉字问题的讨论。洛威尔提到汉字对于汉诗创作的重要作用可能被忽视了，诗人选字其实受到汉字本身的影响，汉字结构产生的意义潜流可以让诗歌的意蕴变得更加丰富①。艾斯柯也认为，汉字对汉诗创作影响巨大，偏旁部首组合而成的汉字是对思想的形象表达，所以要完全领会汉诗中作者的全部意图，就必须学会分析汉字②。洛威尔和艾斯柯提到的这种汉字分析方法，其实就是洛威尔本人所说的"拆字法"（split-up），即每个汉字的字根会赋予这个汉字以某种言外之意，由此诗歌也就具有了更丰富的内涵③。但她们也承认，这种汉字分析法在诗歌中很少运用，只在一些的确需要增加附加意义的时候才会使用。从以上观点来看，她们对于汉语尤其是汉字的独特性有着深刻的认识，并没有过分夸大这种独特性。

洛威尔还谈到汉诗英译中的节奏和用韵问题。她认为，由于汉英有别，汉诗的节奏和韵律只有助于理解原诗，而想在英语诗歌中得到保留是根本不可能的，译诗只能采用英语的自然节奏，决不能为了保留汉诗的节奏和韵律而损害词义。她坚持认为，"比起韵律形式，再现诗歌的芳香更加重要"④。洛威尔在这里所说的诗歌的"芳香"正是前面所说的诗歌的"精神"，这也说明她作为一位诗人在合作翻译汉诗中的独特的价

① AYSCOUGH F, LOWELL A. Fir-flower tablets：poems translated from the Chinese [M]. Boston：Houghton Mifflin, 1921：vii-viii.

② 同①lxxxvii-lxxxviii.

③ 洛威尔曾写信给《诗刊》的主编哈丽特·门罗（Harriet Monroe）讨论这种"拆字法"。参见赵毅衡.诗神的远游：中国古典诗歌对美国新诗运动的影响[M].成都：四川人民出版社,1985：268-269.

④ 同①ix. 原文："…it is more important to reproduce the perfume of a poem than its metrical form."

值。所以，当她最后声称她们已尽量使译诗接近原诗，我们应该明白，她追求的是神似而非形似。

《松花笺：汉诗英译》中的李诗数量约占总数的2/3，这表明这部诗集在20世纪上半时期的英语世界李诗译介和传播进程中具有重要的地位。洛威尔和艾斯柯的李诗翻译具有较高的质量，体现了她们在诗集前言中对汉诗特点的思考，同时也体现出了她们的意象主义诗学主张。本书第四章将会对她们的李诗翻译予以详细考察。

英语世界李诗传播与译介的繁荣期

20世纪中期至今见证了李白译介的繁荣发展。众多汉学家、学者、诗人和诗歌爱好者加入翻译李诗的行列,分类诗集和李白诗歌专集不断涌现,使英语世界的读者们对李诗的多样性有了更加全面的认识;同时李白诗歌开始入选亚洲文学和世界文学选集之中,成为世界文学的一部分,李白也成为世界级大诗人。本章将概述这一时期李白译介的基本面貌,并重点论述重要李白诗歌专集、重要诗人合集和汉诗选集中的李白译介。

第一节 20世纪中期至今的李诗传播概述

从19世纪到20世纪上半期,经过众多汉学家、学者、翻译家和诗人的译介,英语世界对李白越来越熟悉,对李诗的兴趣也越来越浓厚。进入20世纪下半叶后,随着新中国的建立以及后来的中英、中美建交,英美国家对中国的兴趣与研究日趋深厚。特别是在北美,一大批大学开始设置汉语言专业或东方语系,大学和研究机构中逐渐涌现出一批研究中国文学的汉学家和学者。与此同时,英语诗坛经过20世纪初的意象主义洗礼，产生了一大批喜爱中国古典诗歌的诗人和读者。这些条件最终促成了从20世纪中期一直延续至今的李诗传播与译介的繁荣局面。本节将按时间顺序对这一时期的李诗译介和传播情况进行梳理和概述。

1950年，英国汉学家韦利在伦敦和纽约两地同时出版了《李白的诗歌与生平》（*The Poetry and Career of Li Po 701-762 A.D.*）[①]。这是英语世界第一部李白传记著作，书中译有大量的李诗。

1958年，出生于美国檀香山的华裔郭长城（C.H. Kwock）和美国诗人麦克休（Vincent McHugh）合作选编了一本汉诗小册子《何意栖碧山：伟大王朝的30首汉诗》（*Why I Live on the Mountain：30 Chinese Poems from the Great Dynasties*），其中收录《山中问答》《春思》《夜泊牛渚怀古》和《长相思三首·其三》4首李诗，而且这本诗集的标题就出自李白诗句"问余何意栖碧山"[②]。这是二人合作翻译的中国诗歌系列的第一本[③]。1971年，他们出版了另一本小册子《独怜幽草：伟大王朝的30首汉诗》（*Have Pity on the Grass：30 Chinese Poems from the Great Dynasties*）[④]，其中译有《月下独酌·其一》。值得注意的是，两位译者在这两本诗集中实验了一种可称为"异

---

① WALEY A. The poetry and career of Li Po 701-762 A.D.[M]. London：George Allen and Unwin, 1950.

② KWOCK C H, MCHUGH V. Why I live on the mountain：30 Chinese poems from the great dynasties[M]. San Francisco：Golden Mountain Press, 1958.

③ 根据笔者查阅到的信息，这个系列共有3册，还有一册名为《有朋远方来：伟大王朝的150首汉诗》（*Old Friend from Far Away：150 Chinese Poems from the Great Dynasties*），惜未查阅到原书。

④ KWOCK C H, MCHUGH V. Have pity on the grass：30 Chinese poems from the great dynasties[M]. San Francisco：Tao Press, 1971.

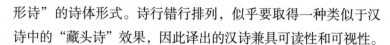

形诗"的诗体形式。诗行错行排列，似乎要取得一种类似于汉诗中的"藏头诗"效果，因此译出的汉诗兼具可读性和可视性。

1960年，林语堂的《古文小品译英》（*The Importance of Understanding*：*Translations form the Chinese*）在美国出版①。此书分成"人生""长恨""四季""山水""处世""闺阁""燕居""艺术""文学""饭余""机警""解脱""尘悟""禅悟"和"清言"各章，选译的文章经林语堂编排之后，实际上成为英语读者了解中国古代生活的读本②。本书在"人生"一章中收录了李白《春夜宴从弟桃花园序》的部分内容③。

1960年，美国Peter Pauper Press公司出版的《玉笛：散体汉诗》（*The Jade Flute*：*Chinese Poems in Prose*）中收录李诗23首，但未提供译者信息。1964年，该出版公司出版了由保罗·麦法林（Paul McPharlin）主编的《中国情诗：从远古到今天》（*Chinese Love Lyrics*：*From Most Ancient to Modern Times*），其中收录李诗共8首，其中6首为乔里逊翻译④。

享誉世界的企鹅出版社于1962年推出一本汉诗集《企鹅版中国诗词》（*The Penguin Book of Chinese Verse*），译者为中国

---

① LIN Y T. The importance of understanding: translations form the Chinese[M]. Cleveland: The World Publishing Company, 1960.

② 林语堂1937年曾在美国出版英文著作《生活的艺术》（*The Importance of Living*），大获读者喜爱。《生活的艺术》的英文标题和《古文小品译英》的英文标题"The Importance of Understanding"极为神似，其中的市场考量不言而喻。

③ 林语堂译出的部分为："夫天地者万物之逆旅也；光阴者百代之过客也。而浮生若梦，为欢几何？古人秉烛夜游，良有以也。" LIN Y T. The importance of understanding: translations form the Chinese[M]. Cleveland: The World Publishing Company, 1960.100.

④ MCPHARLIN P. Chinese love lyrics: from most ancient to modern times[M]. Mount Vernon, NY: Peter Pauper, 1964.

香港首位华人太平绅士罗旭龢（Robert Kotewall，1880—1949）和英国人史美（Norman L. Smith）。书中收录4首李诗：《赠汪伦》《山中问答》《山中与幽人对酌》《清平乐·其一》。由于罗旭龢本人笃信儒家思想，这也导致他在书中对李白做出了道德挖苦："作为一名十足的酒徒和半吊子道教徒，李白是最没有责任感的中国诗人当中最具代表性的人物"[1]。

1966年，美国著名诗人威廉·卡洛斯·威廉斯（William Carlos Williams，1883—1963）生前同华裔诗人王燊甫（David Rafael Wang）合作译出的30余首汉诗，以《桂树集》（*The Cassia Tree*）为题发表[2]，大部分诗歌由王燊甫主译，威廉斯润色[3]。《桂树集》中译有李诗13首[4]。

1972年，英裔澳大利亚诗人约翰·斯科特（John Alan Scott，1948—）编译的《爱与怨：6世纪至17世纪中国诗选》（*Love and Protest*：*Chinese Poems from the Sixth Century B.C. to the Seventeenth Century A.D*）出版[5]。这本诗集编选了大量不为当时英语世界所重视的中国古典诗歌类型，如赋、讽刺诗、散曲、山歌等，通过这样的"另类"诗歌选录，编者有意更新

① KOTEWALL R，SMITH N L. The Penguin book of Chinese verse[M]. Baltimore：Penguin Books，1962：x. 原文："A great drinker and dabbler in Taoism，Li is the supreme example of irresponsibility among Chinese poets."

② WANG D R，WILLIAM C W. The cassia tree[M]//LAUGHLIN J. New directions in prose and poetry 19，New York：New Directions，1966：211-231.

③ 欧荣.火大王王燊甫——湮没无闻的华裔美国文学的先行者[J].英美文学研究论丛，2017，26：126.

④ 它们依次是：《静夜思》《赠孟浩然》《寄远·其十一》《子夜吴歌·春歌》《子夜吴歌·夏歌》《金陵酒肆留别》《拟古十二首·其二》《少年行·其二》《扶风豪士歌》《山中与幽人对酌》《军行》《长干行·其一》《幽州胡马客歌》。

⑤ SCOTT J. Love and protest：Chinese poems from the sixth century B.C. to the seventeenth century A.D.[M]. London：Rapp and Whiting，1972.

英语读者对中国古典诗歌多样性的认知。集中收录《宣州谢朓楼饯别校书叔云》《长相思三首·其三》等7首李诗。但这几首诗都已是其他出版的英译诗集中的常选诗目，所以并没有体现出斯科特提出的目标；而且翻译质量并不高，较为枯涩，没有很好传递出李诗的风格。

1974年，曾在20世纪30年代编辑出版过中国诗歌集《百姓》和《牡丹园》的哈特推出了他的新著《卖炭翁及其他诗歌》（*The Charcoal Burner and Other Poems*）[①]。这本诗选主要选译唐宋诗歌，其中收录李白诗18首[②]。

1975年，大卫·戈登（David Gordon，1929—2011）的《昼夜平分时：唐代诗人汇编》（*Equinox： A Gathering of T'ang Poets*）出版[③]。戈登在前言中提到，与西方文化中的心物二分相反，中国文化强调心物统一，并介绍了这种思想观念背后的中国传统哲学的包容思想，以及人与自然和谐共处的思想。在这一思想观照下，书中选译出李诗3首：《战城南》《秋浦歌·其十三》《秋浦歌·其十》。诗集中的诗歌大都采取意译的方式，译文中多有改变原诗之处，李白这三首诗歌也未例外。

1975年，美籍华裔学者柳无忌（Wu-chi Liu）和罗郁正（Irving Yucheng Lo）有感于当时英语世界的中国诗歌选集多集中于一个相对较短时期的诗人作品，而较少对长达三千年而从

---

① HENRY H H. The charcoal burner and other poems[M]. Norman：University of Oklahoma Press，1974.

② 它们依次是：《听蜀僧濬弹琴》《子夜吴歌·秋歌》《塞下曲六首·其一》《山中与幽人对酌》《咏萤火》《访戴天山道士不遇》《侍从游宿温泉宫作》《自遣》《金陵酒肆留别》《秋思》《春夜洛阳城闻笛》《下终南山过斛斯山人宿置酒》《渌水曲》《塞下曲·其五》《春思》《渡荆门送别》《忆东山二首·其一》《乌夜啼》。

③ GORDON D. Equinox：a gathering of T'ang poets[M]. Columbus：Ohio University Press，1975.

未中断过的中国诗歌进行全景式译介，编辑出版了一本影响巨大的中国诗集《葵晔集：三千年中国诗歌》（*Sunflower Splendor*： *Three Thousand Years of Chinese Poetry*）（由印第安纳大学出版社推出精装本，Anchor Press推出平装本）[①]。这部选集由50多位北美汉学研究者撰稿，选用最新的诗歌译本。这本诗集中的翻译采用忠实原文原则，尽量保留原诗的修辞、语序、对仗、诗行长度和音韵效果，尽量保留原诗语法和风格，但不保留原诗的韵脚。这本涵盖三千年历史长河的中国诗歌选集收录了李诗18首，主要译者为美国密歇根州州立大学人文系及语言学系的华裔教授李珍华（Joseph J. Lee）。

1976年，耶鲁大学出版社出版了美国著名汉学家傅汉思（Hans H. Frankel）的《梅花与宫闱佳丽——中国诗选译随谈》（*Flowering Plum and the Palace Lady*： *Interpretations of Chinese Poetry*），此书按不同主题和体裁译出百余首中国古诗并提供解释。书中除多处引用李诗片段外，收录有4首完整的李诗：《月下独酌·其一》《独坐敬亭山》《寄远十二首·其十一》和《宣城见杜鹃花》。

1976年，英国传教士及汉学家唐安石（John A. Turner）生前花20年时间翻译的汉诗经长期在台湾任教的美国汉学家李达三（John J. Deeney）的整理与编辑，最终以《汉诗金库》（*A Golden Treasury of Chinese Poetry*： *121 Classic Poems*）为名结集出版。唐安石对1919年之前的中国古代诗歌情有独钟，视其为中国绘画和中国瓷器的姐妹艺术，以其精巧的结构和细

① LIU W, LO I Y. Sunflower splendor：three thousand years of Chinese poetry[M]. Bloomington：Indiana University Press，1975.

腻的情感见长①。所以与之相应，他的汉诗翻译旨在传递这种古典文学情怀，力求保留原诗风格。他反对当时用现代自由体翻译汉诗的风尚，采用传统韵体形式来翻译。令人印象深刻的是，唐安石的这些汉诗译文句意忠实原文，并无早期汉诗译者笔下那种过度的意译。《汉诗金库》中选译李诗9首②，大都坚持传统的英语格律形式，例如，《下终南山过斛斯山人宿置酒》的英译采用了标准的莎士比亚十四行诗的诗体形式，《清平调三首》则采用了传统歌谣体。

1980年，香港三联书店出版了由新西兰作家路易·艾黎（Rewi Alley，1897—1987）选译的《李诗二百首》（*Li Pai: 200 Selected Poems*）。路易·艾黎自1927年便来到中国，一生支持中国的革命和建设事业，他本人系作家和翻译家，翻译出版过杜甫、白居易诗选。艾黎这本诗集采用自由体形式，比较符合这一时期英语读者的审美期待。

1990年，英国汉学家葛瑞汉（A. C. Graham）出版了一本很有特点的译诗集《西湖诗选》（*Poems of the West Lake*）③，收录的是葛瑞汉1984年春访问杭州时所翻译的有关杭州的中国古代诗歌，其中收录李白的《送崔十二游天竺寺》。

1991年，在美国马里兰大学任教的邦妮·麦坎德利斯（Bonnie McCandless，1945—2020）选编的《中国诗》（*Chinese*

---

① TURNER J A. A golden treasury of Chinese poetry: 121 classic poems[M]. Hong Kong: The Chinese University of Hong Kong, 1976: 9-10.; NAYLOR H. Review on A Golden Treasury of Chinese Poetry[J]. Philippine studies, 1976, 24(3): 348-350.

② 这9首李诗依次是：《下终南山过斛斯山人宿置酒》《清平调三首》《春日醉起言志》《黄鹤楼送孟浩然之广陵》《望庐山瀑布》《静夜思》《古朗月行》（节选）《宣州谢朓楼饯别校书叔云》《乌夜啼》

③ GRAHAM A C. Poems of the West Lake[M]. London: Wellsweep, 1990.

102

Poetry: *Through the Words of the People*）在纽约出版[①]。这是一本面向普通大众的汉诗读物，诗集封底上介绍说，"在全世界所有国家中，中国拥有最悠久的持续的诗歌传统。但迄今为止，英译中国诗集大多是学术编译，不适合非专业读者阅读。因此，本书首次为一般读者进行了全面的诗歌筛选"[②]。因为这个原因，这本诗集的选诗范围跨度较大，从远古到现代诗歌都有收入，同时因其篇幅有限，所以选诗力求少而精。"著名唐代诗人"一章中收录三位诗人作品：杜甫4首、李白3首和白居易3首，其中李诗为：《山中问答》《黄鹤楼送孟浩然之广陵》《月下独酌·其一》；"中国女性与诗歌"一章中收录李白诗1首《玉阶怨》。这些诗歌均系旧译，译者分别是郭长城与麦克休、格雷格·温卡普、艾斯柯与洛威尔。

2001年，美国华裔诗人施家彰（Arthur Sze）出版英译中国诗集《丝龙：中国诗选译》（*Silk Dragon*：*Translations from the Chinese*）[③]。书中收录十八位中国古今诗人作品，其中李白作品5首：《月下独酌·其一》《长干行》《静夜思》《渌水曲》和《清平调》。

2003年，美国作家、翻译家赤松（Red Pine）[本名为波特尔（Bill Porter）] 出版《千家诗：经典唐宋诗歌选集》（*Poems*

---

① MCCANDLESS B. Chinese poetry：through the words of the people[M]. New York：Writers Print Shop，1991.

② 同①封底. 原文："China has the longest continuous poetic tradition of any nation in the world. Yet up to now most anthologies of Chinese verse in English translation have been scholarly compilations ill-suited for the non-specialist. Here，for the first time，is a far-ranging survey of Chinese poetry meant for the general reader."

③ SZE A. Silk dragon：translations from the Chinese[M]. Port Townsend：Copper Canyon Press，2001.

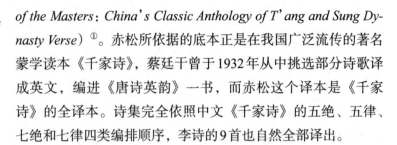

of the Masters：China's Classic Anthology of T'ang and Sung Dynasty Verse）①。赤松所依据的底本正是在我国广泛流传的著名蒙学读本《千家诗》，蔡廷干曾于1932年从中挑选部分诗歌译成英文，编进《唐诗英韵》一书，而赤松这个译本是《千家诗》的全译本。诗集完全依照中文《千家诗》的五绝、五律、七绝和七律四类编排顺序，李诗的9首也自然全部译出。

2005年，美国当代诗人、惠蒂尔学院英文系教授托尼·巴恩斯通（Tony Barnstone）和周平（Chou Ping）主编的《安克尔版中国诗歌选集》（The Anchor Book of Chinese Poetry）出版②。集中收录李诗30首，其中26首为巴恩斯通、周平、及同为诗人的巴恩斯通的父亲威利·巴恩斯通（Willi Barnstone）所译，3首为山姆·汉米尔（Sam Hamill）所译，1首为大卫·辛顿（David Hinton）所译。

第二次世界大战之后，美国将视野转向全球，开始了解国外文化成为美国发展自身的内在驱动力，美国高校中的世界文学课程因此开始激增；而随着全球化时代的到来，美国世界文学教育在最近十余年更是迎来了新高潮③。在这种背景下，英语世界已推出多种世界文学作品选和作品指南类著作。

1956年，诺顿出版社推出享誉世界的六卷本《诺顿世界文学作品选》（The Norton Anthology of World Literature），共中收录了来自多个国家和地区的200多位作家的、共计1000余部作

---

① PINE, R. Poems of the masters：China's classic anthology of T'ang and sung dynasty verse[M]. Washington：Copper Canyon Press，2003.

② BARNSTONE T，CHOU P. The Anchor book of Chinese poetry[M]. New York：Anchor Books，2005.

③ 刘洪涛，周淑瑶.《朗文世界文学作品选》与全球化时代的世界文学理论与实践[J]. 南京师范大学文学院学报，2014（3）：100.

品。2012年推出了第三版，由哈佛大学比较文学系教授马丁·普契纳（Martin Puchner）等人主编①。根据第三版第二卷（即B卷）的收录情况，共有11首李诗入选②，出自美国汉学家宇文所安（Stephen Owen）、印度海外作家维克拉姆·赛思（Vikram Seth）和美国汉学家柯睿（Paul Kroll）三位名家之手。

1993年，美国萨勒姆出版社推出六卷本《马吉尔世界文学纵览》（*Magill's Survey of World Literature*），由得州大学圣安东尼奥分校文学教授史蒂文·凯勒曼（Steven G. Kellman）主编，收录除美国之外的从古至今300多位作家的作品。在2007年推出的修订版第四卷中对李白进行了详细介绍，并分析解读了《玉阶怨》和《访戴天山道士不遇》两首诗③。

2000年，纽约出版一套三卷本的大型教学用书《世界诗人》（World Poets），在第一卷中，美国翻译家大卫·辛顿为李白撰写了诗人小传，重点介绍了李白生平中的"谪仙人"身份、仙风道骨、交友等情况，其中收录由辛顿本人翻译的7首李诗④。

2003年，美国圣詹姆斯出版社出版《世界文学参考指南》（*Reference Guide to World Literature*）第三版，收录李白《蜀道难》和《将进酒》两首诗的词条，并在词条中对两首诗给予详

① PUCHNER M, AKBARI S, DENECKE W, et al. The Norton anthology of world literature[M]. Vol.B. 3rd ed. New York: W. W. Norton, 2012: 1022-1029.

② 这11首李诗依次是:《日出入行》《战城南》（去年战，桑乾源）《将进酒》《山中问答》《夏日山中》《月下独酌·其一》《行路难·其一》《黄鹤楼送孟浩然之广陵》《静夜思》《独坐敬亭山》《梦游天姥吟留别》。

③ KELLMAN S G. Magill's survey of world literature[M]. Rev. ed. Pasadena: Salem Press, 2008: 1559-1563.

④ PADGETT R. World poets[M]. Vol.2. New York: Charles Scribner's Sons, 2000: 101-109.

细的介绍和导读①。

2004年，培生教育出版集团推出由著名比较文学学者、哈佛大学比较文学系主任大卫·达姆罗什（*David Damrosch*）等人主编的六卷本《朗文世界文学作品选》（*The Longman Anthology of World Literature*）②。这部卷帙浩繁的世界文学选集总页数超过6500页，收入了约60个民族、国家和地区约230位作家，1000余种作品③。2008年推出的第二版收录11首李诗④，同《诺顿世界文学作品选》一样，这些译诗均出自翻译家、汉学家或诗人之手，译者包括赛思、韦利、庞德、余宝琳（Pauline Yu）和宇文所安。

2008年，专注于美国高中教材出版发行的McDougal Littell出版社推出一本针对美国高中生的教材《*McDougal Littell*世界文学》（*McDougal Littell World Literature*），该书第三单元"中国和日本文学传统"选编了3首李诗，分别是庞德译的《长干行》、华兹生译的《静夜思》、辛顿译的《望庐山瀑布》⑤。

除此之外，近几十年间英语世界中的亚洲文学选集也不断涌现，这些选集一般也收录有李白的作品。

1979年，纽约Weatherhill出版社出版《亚洲诗歌》（*Poetry of Asia*），收录中国、日本、印度尼西亚等亚洲国家共33种语

① PENDERGAST S, PENDERGAST T. Reference guide to world literature[M]. Vol.2. 3rd ed. Detroit：St. James Press, 2003：1295,1328.

② DAMROSCH D, PIKE D L. The Longman anthology of world literature[M]. Vol.B. 2nd ed. New York：Pearson Education, 2004：86-93.

③ 刘洪涛,周淑瑶.全球化时代的世界文学理论与实践——评达姆罗什等主编《朗文世界文学作品选》[J].中国比较文学, 2014（3）：209.

④ 这11首李诗依次是：《月下独酌·其一》《战城南》《蜀道难》《将进酒》《玉阶怨》《长干行》《听蜀僧浚弹琴》《送友人》《静夜思》《独坐敬亭山》《山中问答》。

⑤ APPLEBEE A N, BERMúdez A B, Blau S. et al. McDougal Littell world literature [M]. Evanston：McDougal Littell，2008：454-458.

言的诗歌①，其中李诗两首，分别是庞德所译《长干行》和库柏（Arthur Cooper）所译《梦游天姥吟留别》。

同年，时任夏威夷大学马诺阿分校比较文学与朝鲜文学教授的李彼得（Peter H. Lee）出版《传承：东亚古典诗歌中的主题》（*Celebration of Continutity*：*Themes in Classic East Asian Poetry*）一书，讨论了中、日、韩三国诗歌传统中的"颂""自然""爱情""友谊"与"时间"几个主题，书中列举了大量诗人作品，其中包括12首李诗。

1996年，美国哈珀柯林斯出版集团出版由伊恩·麦格雷尔（Ian McGreal）主编的《东方世界的伟大文学》（*Great Literature of the Eastern World*），这是一本亚洲文学百科全书式的资料书，介绍了中国、日本、朝鲜和中东地区的主要小说、诗歌和戏剧作品，其中"李白的诗歌"的词条专门介绍了李白及其诗歌特点②。

2002年，美国诗人托尼·巴恩斯通（Tony Barnstone）出版了由他本人选编的《亚洲文学选集》（*Literatures of Asia*）③。书中收录了南亚三国（印度、巴基斯坦、孟加拉国）、中国和日本文学作品选，其中李诗共有20首，是所有亚洲诗人中作品收录最多的一位。集中所录的李诗由巴恩斯通本人、他的父亲、同为诗人的威利·巴恩斯通（Willi Barnstone）和周平（Chou Ping）所译。

① BOSLEY K. Poetry of Asia：five millenniums of verse from thirty-three languages [M]. New York：Weatherhill, 1979.

② MCGREAL I. Great literature of the Eastern world[M]. New York：Harpercollins，1996：76-78.

③ BARNSTONE T. Literatures of Asia：from antiquity to the present[M]. Upper Saddle River, New Jersey：Prentice Hall, 2002.

近十年来，李诗在英语世界之中继续得到译介与出版。2010—2016年，美国纽约退休数学教师詹姆斯·墨菲（James R. Murphy）凭一己之力完成了四卷本《墨菲的李太白》（*Murphy's Li Tai Bo*）[1]，陆续译出数百首李诗。墨菲的译诗系转译，依据的原本是奥地利汉学家赞克（Erwin von Zach，1872—1942）的德译本《李太白诗集》（*Li T'ai-po，Gesammelte Gedicht*），他的转译含有很大的创造性成分，他自称这些诗歌与其说是真正的翻译，不如说是诗歌感受[2]。

2017年，英国苏塞克斯学术出版社出版诗集《归去来兮：二千年中国自然诗人与诗歌》（*Oh, Let Me Return!：Nature's Poets：Chinese Poetry of Two Millennia*），编译者金河风（Ha Poong Kim音译）从《诗经》《楚辞》到唐宋诗词二千余年间的中国诗歌传统中，梳理出一条书写自然与山水的诗歌发展线索，将陶渊明、谢灵运、鲍照、李白、陆游等三十三位诗人都纳入这个传统中，其中译有李诗19首[3]。

2019年年初，美国华裔小说家、诗人哈金（Ha Jin）的传记作品《通天之路：李白传》（*The Banished Immortal：A life of Li Bai（Li Po）*）在纽约出版[4]，这是英语世界中第二部李白传记著作，与1950年出版的汉学家韦利的《李白的诗歌与生平》已相距半个多世纪。相对于韦利传记深厚的学术著作气质，哈金的这部传记主要面向大众市场。他将历史资料与文学素材融

① MURPHY J R. Murphy's Li Tai Bo（4 volumes）[M]. Charleston：CreateSpace Independent Publishing Platform，2010-2016.

② 参见该诗集的封底。

③ KIM H P. Oh, let me return!：nature's poets：Chinese poetry of two millennia[M]. Brighton：Sussex Academic Press，2017.

④ HA J. The banished immortal：a life of Li Bai（Li Po）[M]. New York：Pantheon Books，2019. 该书中译本《通天之路：李白传》于2020年2月由北京十月文出版社出版。

为一体，用流畅的文笔记述了李白的生平，具有较强的故事性。同时这本传记嵌有大量李诗，均出自哈金的译笔，具有很高的可读性。

在当代的英美杂志和网页上仍然能看到李诗的身影。例如，美国军事杂志《军事史季刊》（*MHQ: The Quarterly Journal of Military History*）2017年夏季号上刊登了一首李白的《战城南》（"去年战，桑乾源"）[①]。这首诗中最后的点睛之笔"乃知兵者是凶器，圣人不得已而用之"与这份军事杂志的特点，倒是相映成趣。

经过20世纪上半期至中期的传播与译介，英语世界的读者对中国古典诗歌有了更多的认识，读者市场已经做好了迎接单个诗人作品集出版的准备。除以上概述的情形外，20世纪下半期的李诗传播与译介还出现以下几个重要的新趋势：一是诗人合集的出版，涌现出一批只收录李白、杜甫、王维等少数大诗人的集子；二是只收录李白和杜甫诗歌的集子；三是李白专集的出现。这些诗集的出版大大提升了李诗在英语世界的知名度。本章接下来将针对这几种情况进行评述。

第二节　李杜诗集的译介

从中国古典诗歌进入英语世界伊始，李白和杜甫就作为最伟大的中国诗人而为英语读者所知。无论是在早期传教士的著作中，还是在汉学家或诗人们的译著中，李白和杜甫（简称"李杜"）二人似乎总是如影随形。李杜在中国诗歌史上的地

---

① LI B. The long war[J]. MHQ: The quarterly journal of military history，2017，29（4）：89. 这首译诗最早于1925年3月发表在《威斯康星文学杂志》（*The Wisconsin literary magazine*）第24卷第4期上面，译者为You Sun Cheng。

位，李杜在诗歌创作风格上的反差，以及两人之间的友情，引起了英语世界的译介者们强烈的兴趣。因此20世纪后半时期开始出现了专门收录李杜诗歌的集子，其中重要的几部是库柏的《李白与杜甫》、西顿和克莱尔的《明月栖鸟》和霍尔约克的《对月》。

一、库柏的《李白与杜甫》

1973年，美国企鹅出版公司出版由英国汉学家和翻译家阿瑟·库柏（Arthur Cooper，1916—1988）选译的李杜诗歌合集《李白与杜甫》（*Li Po and Tu Fu*），其中李诗25首，杜诗18首，这是英语世界的第一本李杜诗集。

库柏为这本诗集撰写了一篇长达87页的"导言"，其中涉及诗人时代背景、唐代之前的诗歌发展和诗体形式。在导言中，库柏为读者做了题释。他称对中国人而言，李白和杜甫被称为最伟大的诗人，而且常常将他们二人相提并论。库柏作为汉学家，本应对中国诗评史上的李杜比较做一些说明，但他只字未提，不免令人遗憾。相反，他根据自己对中国文化的理解，从中国人的阴阳观来区别李白与杜甫；他认为在中国文化中，儒家为阳，道家为阴，前者强调"有为"而后者强调"无为"。而对于个人而言，则既有阳的一面也有阴的一面[①]；总的来说，李白可称为"阴"的代表，而杜甫则为"阳"的代表："李白是道家诗人，他笔下不断出现的符号是夜晚的月光；而杜甫自小便尊奉儒家思想，代表阳的火鸟即凤凰是他的符号"[②]。但是，库柏反对这种李杜对比：李白缺乏道德感因此

---

① COOPER A. Li Po and Tu Fu[M]. Harmondsworth：Penguin，1973：15-18.

② 同①19. 原文："Li Po is the Taoist in this pair of poets, and his constantly recurring symbol is the reflected light of the Moon at night; whilst Tu Fu is the Confucian who from early childhood made the Phoenix his symbol, the Fire Bird symbolizing the Yang."

作诗不讲章法，杜甫具有高度道德感故而作诗讲究严谨①。他提醒读者，与杜甫具有历史和个人传记风格的诗作不同，李白主要的诗歌多是"梦境诗"，其创作时间无从稽考②；而正是由于这个特点，李白完全可被称为浪漫主义诗人③。

不仅如此，从这本诗集收录的李杜诗数量和译文质量来看，我们甚至可以发现库柏似有意为李诗正名的隐约企图。在诗集导言中，库柏称集中李白和杜甫各有26首入选，但事实上，他选译的李诗为25首，杜诗18首。此外，他翻译的李诗和杜诗在质量上也并不均衡。牛津大学教授T. T. 桑德斯（Tao Tao Sanders）就认为，集中译出的杜诗没能体现杜甫律诗创作水准，而相较之下，李诗的翻译质量更高④。

2015年，为庆贺成立八十周年，著名的企鹅图书公司出版了一套经典文学短篇作品系列丛书"经典小黑书"，其中一册为《唐代三大诗人》（*Three Tang Dynasty Poets*）⑤，书中收录李诗10首，全都出自于《李白与杜甫》。

二、西顿和克莱尔的《明月栖鸟》

1987年，《明月栖鸟：李白与杜甫诗选》（*Bright Moon, Perching Bird：Poems by Li Po and Tu Fu*）出版，编者为时任北卡罗来纳大学教学分校教授的杰罗姆·西顿（Jerome P. Seaton，1941—）和当时还是研究生的詹姆斯·克莱尔（James Cryer）。他们共同翻译了近百首李白与杜甫诗歌。西顿

---

① COOPER A. Li Po and Tu Fu[M]. Harmondsworth：Penguin，1973：19.

② 同①23-24.

③ 同①35.

④ SANDERS T T. Review of Li Po and Tu Fu[J]. Bulletin of the school of Oriental and African studies，1974，37（2）：491-492.

⑤ ROBINSON G W，COOPER A. Three Tang Dynasty poets[M]. London：Penguin Books，2015.

（James Cryer）。他们共同翻译了近百首李白与杜甫诗歌。西顿除本书外，还曾出版了大量有关中国古典诗歌的翻译和研究著作①。西顿翻译中国诗歌范围广泛，数量众多，他自诩为"翻译中国诗歌选集的美国第一人"②。克莱尔是加州大学伯克利分校的研究生，他曾在牛津大学、北卡罗来纳大学和普林斯顿大学学习中文③。《明月栖鸟》共收录李白诗57首，④杜诗43首。李诗部分全由克莱尔译出，杜甫诗歌部分全由西顿译出。

这是一本以英语世界大众读者为对象的诗集。本书集书法、绘画、诗歌一体，中英文对照，排版考究，极具特点，是两位英译者和两位中国艺术家合作的成果。书中毛笔书法出自

---

① 这些著作包括《漫漫人生之酒：自元朝始的道家饮酒歌》(*The Wine of Endless Life: Taoist Drinking Songs from the Yuan Dynasty*, 1968)；《爱与时间：欧阳修诗选》(*Love and Time, selected poems of Ou-yang Hsiu*, 1989)，《浮舟：中国禅诗》(*A Drifting Boat: Chinese Zen Poetry*, 1995)；《见佛我不拜：袁枚诗选》(*I Don't Bow t to Buddhas: Selected Poems of Yuan Mei*, 1997)；《庄子精要》(*The Essential Chuang Tzu*, 1998, 同 Sam Hamill 合著)；《禅诗》(*The Poetry of Zen*, 2002, 同 Sam Hamill 合著)；《寒山诗：寒山、拾得和王梵志禅诗选粹》(*Cold Mountain Poems: Zen Poems of Han Shan, Shih Te, and Wang Fan-chih*, 2009)。

② 参见由西顿和斯图尔特·卡敦纳(Stuart Carduner)主编的中国诗歌英文网站"诗海"(http://poetrychina.net/wp/about/the-editors)及北卡罗来纳大学网页对西顿的介绍(http://www.unc.edu/~jpseaton/)。

③ 克莱尔曾翻译出版过李清照诗歌集《梅花：李清照的诗歌》(*Plum Blossom: Poems of Li Ch'ing-chao*, 1984)；后来与西顿合编《香巴拉中国诗集》(*The Shambhala Anthology of Chinese Poetry*, 2006)。

④ 它们依次是：《戏赠杜甫》《山中问答》《夏日山中》《山中与幽人对酌》《九月十日即事》《自遣》《估客乐》《高句骊》(乐府)《白鼻骢》(乐府)《越女词·其一》《越女词·其五》《清平调词·其一》《渌水曲》《玉阶怨》《春思》《菩萨蛮》《忆东山·其一》《送韩侍御之广德令》《待酒不至》《月下独酌·其一》《春日醉起言志》《友人会宿》《静夜思》《游秋浦白苈陂二首》《秋浦歌十七首》《清溪半夜闻笛》《送郄昂谪巴中》《酬崔十五见招》《寄远·其十一》《金乡送韦八之西京》《长相思》《月夜听卢子顺弹琴》《对雪献从兄虞城宰》《独酌》《春日独酌·其一》《宫中行乐词·其四》《宫中行乐词·其七》《沙丘城下寄杜甫》。

桂林书法家莫继愚之手；集中三幅中国画则是中国著名画家黄永厚的作品，其中一幅画用作封面，画中背景是一轮硕大的圆月，前景是一根苍劲有力的枯枝，两只鸟栖于其上，"明月""栖鸟"自然象征着李白和杜甫；另两幅人物写意画，则分别嵌于两位诗人作品起始之处。李诗部分的是"李白醉酒图"，题诗为李白《行路难·其一》；杜诗部分的画描绘的是面对"茅屋为秋风所破"时的忧国忧民的诗人形象，并配有今人所创作的诗词。此外，诗集仅在书末提供一些简单注释，正文诗歌中未出现注释或引用序号。

　　诗集前言部分对李杜生平以及两人交集、诗歌在唐朝的地位、近体诗与古体诗、律诗与绝句、李杜各自擅长、李杜诗歌翻译中的挑战等方面进行了介绍。其中最饶有趣味的是对李白生平做的简介：

　　李白身高七尺，是一位传奇式人物。他生于701年，少年时可能是侠客，也可能是歹徒。曾授业于一位道士，曾为了金钱而结婚，也曾获邀走过当时世界上最雄伟的帝国首都长安。他后来成为长安的桂冠诗人。这位桂冠诗人喜欢饮酒，常与王公大臣结伴骑猎，应诏作诗而下笔如飞，但有时也会径直告诉明皇帝，他乃酒仙，不能离开酒馆。他生性狂放，曾命令当时最有权势的宦官为他脱掉满是泥污的靴子，并因此流放十年。尚处安禄山叛乱期的757年，李白支持永王推翻他的兄弟，而永王这位兄弟正是明皇帝的合法继位者肃宗。叛乱结束后，李白因此获死罪，后改判缓刑，于是他人生最后十年再次处于流放之中。762年，在一次醉酒之后，他为了拥抱水中月亮，也或许为了拥抱月光下他在水中的倒影，最终溺水身亡。李白真

乃人间罕见——他创作的那些调子高亢的英雄史诗、异想天开的戏谑诗、真实细腻的个人抒情诗，不仅在他那个时代，而且在任何其他时代，都难有匹敌。他是诗歌精神的化身。①

　　我们可以看到，两位编译者为读者建构了一个传奇式的诗人形象。但细察之下，可以发现其中有一些地方与历史上的李白传记不符。李白"年少时可能是侠客，也可能是歹徒"，虽应是源自唐代魏颢所写的《李翰林集序》中的记叙："少任侠，手刃数人"，但据此便称李白可能为歹徒，太过牵强。此外，从唐代李阳冰的《草堂集序》和魏颢的《李翰林集序》这两篇重要的文献来看，并无李白"为了金钱而结婚"的内容，或许二位译者是根据李白于公元727年娶前宰相许圉师孙女为

① SEATON J P, CRYER J. Bright moon, perching bird: poems by Li Po and Tu Fu[M]. Middletown: Wesleyan University Press, 1987: iv. 原文："Li Po, the legend, was eight feet tall. Born in the year 701, he was, in early manhood, perhaps a knight errant, perhaps a brigand. He was initiated by a Taoist mystic, married for money, and was invited to Ch'ang-an, the capital of the world's brightest empire in that empire's brightest moment. He was to become its poet laureate, a laureate who drank, rode to the hunt with princes and ministers, and appeared at court, at the imperial command, to dash off masterpieces—or did not appear, instead in forming the Brilliant Emperor that he, the God of Wine, could not be bothered to leave his tavern. A wild man, he suffered exile for ten years after forcing the chief imperial eunuch, among the most powerful and most corrupt men in the realm, to remove his street-soiled boots. In 757, during the unsuccessful rebellion of the Turkish general An overthrow his brother, by then the legitimate successor to the Brilliant Emperor under the title Su-tsung. In the aftermath, Li Po was reprieved from a death sentence and spent his last years in exile again. In 762, drunk, he was drowned when he tried to embrace the image of the moon in the water, or perhaps his own image in the image of the moon. Beyond facts, beyond legend, he was a man who wrote resounding heroic poems, whimsically humorous poems, and personal lyrics of a gently authentic delicacy unrivaled in his time, or any other. His was the spirit of poetry incarnate."

妻这个事实所做的附会。二位译者还认为李白因得罪高力士而被流放十年，这与李白生平也不相符。颇有意味的是，这篇英文传记把李白之死的传说变成了实事。我们知道，李白因水中捉月而溺水身亡，这本是后人对大诗人的怀念而增添的一段传说，并无史实可以佐证。

那么二位英译者何以这般写作呢？如果我们把这篇传记中的几个关键概念联系起来，问题就会清楚了：可疑的歹徒身份，为金钱而结婚，违抗君命，藐视权贵，参与叛乱，判处死缓，屡遭流放，捉月而亡。不难发现，本书的读者了解到的李白，活脱脱就是一个无法无天、不择手段却又命运多舛的"反英雄"式的诗人形象。二位译者这样做的目的，无非是想建构一种耸人听闻的效果，以此撩拨起读者对这位"另类"的中国诗人产生好奇心。

"诗如其人"，李白创作的诗歌又会是什么样子呢？这段文字的最后一句话，其实已经向英语读者预先给出了答案：李白的诗歌具有"调子高亢""异想天开"和"真实细腻"的特点。这本诗集的选诗有意体现出这些特点。不过，从入选的李诗篇目来看，几乎均为"明月""醉饮""别离""漫游"等主题，鲜见"调子高亢的英雄史诗"和"异想天开的戏谑诗"。可能有一首勉强符合这个条件，即李诗部分的第一首诗《戏赠杜甫》，诗中最后两句"借问别来太瘦生，总为从前作诗苦"，确有戏谑风格。当然，这首诗也是为了突出李杜之间的友谊。恰如李诗部分的最后一首诗是《沙丘城下寄杜甫》，而杜诗部分的第一首诗则是《梦李白其一》。相比库柏1973年出版的《李白与杜甫》更注重李杜之间的对比，克莱尔和西顿合作这本李杜诗集更注重突出李杜之间的呼应。

三、霍尔约克的《对月》

2007年，加州大学洛杉矶分校认知心理学教授、诗人基思·霍尔约克（Keith Holyoak，1950—）出版译诗集《对月：李白与杜甫诗选》（*Facing the Moon: Poems of Li Bai and Du Fu*），其中收录李诗27首，杜诗28首，选诗以不超过八行的诗篇为主。2008年，霍尔约克根据这些李诗出版了CD《李白诗朗诵》（*Poems of Li Bai，2008*），由他本人朗读，并配以古琴演奏。

霍尔约克本人不通中文，但痴迷于李白和杜甫的诗歌，对许渊冲、特纳、韦利、库柏、辛顿、汉米尔等人翻译的李杜诗歌也十分熟悉。他终于按捺不住自己作为诗人的冲动，要在李杜翻译上一显身手，最终在几位华人博士生（其中一位后来成为他的夫人）的帮助下，得以完成这本李杜诗歌选集①。集中的译诗可归为诗人译诗的范畴，如他自己坦言，"尽管我通常对学者们怀有更多的尊敬，但命中注定我要站在诗人这一边"②。因此，他的译诗首要任务是传递李杜诗歌的神韵，向英语读者展现原诗中美妙的意象和主题。

在诗集的序言中霍尔约克延续了库柏在《李白与杜甫》之中的阴阳二分法，将李杜分别比作"阴"和"阳"，"李白为阴——一个逍遥自在、遗世独立的神秘道教徒"，而"杜甫为阳——一个人民的诗人"③。

---

① HOLYOAK K. Facing the moon: poems of Li Bai and Du Fu[M]. Durham: Oyster River Press, 2007:xiii.

② HOLYOAK K. Foreigner: new English poems in Chinese old style. Loveland, Ohio: Dos Madres Press, 2012: "Preface". 原文："Though I generally have greater respect for the scholars, I was fated to stand on the side of the poets."

③ 同①xv. 原文："Li Bai is yin—mysitic, escapist, braggart, student of Daoist magic"，"Du Fu is yang—poet of the people."

霍尔约克的李杜诗歌翻译对他本人的诗歌创作也产生了重大的影响。他2012年出版的诗集《外国人：用中国古体创作的英文诗》（*Foreigner*: *New English Poems in Chinese Old Style*）就采用了其在《对月》中运用的规整的"中文诗"形式，将其作为自己创制新诗作的基本手段。当然他这个做法也是对中国古代诗歌的致敬。为了让读者感受他的诗歌创作所采用的中国诗体形式，他特地将他译的李白和杜甫诗各选3首录入集中（李诗为《山中问答》《蜀道难》和《梦游天姥吟留别》），与自己的创作编在一起。

第三节　唐代大诗人合集的译介

除李杜诗集外，这一时期还出现同时收录李白与其他唐代大诗人的诗歌合集，这种现象客观上促进了英语世界的读者对李诗特点的了解。本节重点介绍梅维恒的《四位内省诗人》、大卫·杨的《四位唐朝诗人》和赛思的《中国三大诗人》。

一、大卫·杨的《四位唐朝诗人》

1980年，美国诗人、俄亥俄州欧柏林学院教授大卫·杨（David Young，1936—）选译的《四位唐朝诗人》（*Wang Wei*, *Li Po*, *Tu Fu*, *Li Ho*: *Four T'ang Poets*）出版①，选译了王维、李白、杜甫、李贺四位诗人的诗歌。1990年，他加入李商隐的诗歌，再以《五位唐朝诗人》（*Five T'ang Poets*: *Wang Wei*, *Li*

① YOUNG D. Wang Wei, Li Po, Tu Fu, Li Ho: four T'ang poets[M]. Ohio: Field Translation Series, 1980.

Po，*Tu Fu*，*Li Ho*，*Li Shang-yin*）为名推出新版。这部诗歌集选译出《晓晴》《月下独酌四首·其一》《戏赠杜甫》等李诗共计17首。

值得注意的是，杨本人并不通汉语，因此他采用的办法是，比照已有的英译文，查阅相关的学术讨论，请人进行字对字的直译，通过与他人合作来了解汉语语法和诗歌传统。在诗集的前言中，杨对选诗情况和翻译特点进行了说明，对我们理解这部诗集很有帮助。诗集所选诗歌都是前人曾翻译过的，但由于杨不满于旧有的翻译，认为那些译者虽然熟悉汉语，了解原诗的背景，译出来的东西却不像诗，像《葵晔集》中那样的英译"使汉诗看上去、听起来都相当愚蠢"①。身为诗人的他自豪地宣称自己的优势在于英文文笔与诗歌素养，誓与庞德、韦利、雷克斯罗思（Kenneth Rexroth）和施耐德（Gary Snyder）这些汉诗翻译名家比肩②。

在诗集中杨为每位诗人撰写了简介，与以往汉诗集的诗人介绍侧重诗人生平不同，杨的介绍主要关注诗人的诗歌特色。尤其值得称许的是，杨并没有人云亦云式的重复别人的观点，而是为读者提供了自己独特的观察。他在介绍李白的诗歌时，将其与王维的诗歌进行对照。首先，他对比了两位诗人的登高诗，并以李白的《访戴天山道士不遇》和王维的《过香积寺》为例指出，王维诗意象明确清晰，引人入胜，最终效果呈现出一种"封闭状态"；而李白诗的意象轻快流动，出乎意料，最终呈现出一种"离心状态"。其次，与王维相比，李白常常能

---

① YOUNG D. Five T'ang poets：Wang Wei，Li Po，Tu Fu，Li Ho，Li Shang-yin[M]. Oberlin，Ohio：Oberlin College Press，1990：10. 原文："… make Chinese poetry look and sound rather silly."

② 同①10-11.

够以《长干行》中那种他人视角来抒发情感。杨认为，这种能力使李白能对他周遭的人和世界感同身受，因此李白笔下那些抒写与友人离别的诗歌，比起王维那一类仪式化的书写，感情要真挚得多[1]。

这本诗集选译了多位诗人作品，但在译诗风格上并未对这几位诗人进行区分，统一采用松散的诗行方式[2]。他解释称，"他们对我们的吸引力，并不在于他们作为单独的诗人有多么伟大，而是在他们的诗歌传统中的那些独特的力量——信奉意象并置的力量、含蕴的效果和话音的直接，这些正是我们现代诗中的基本原理"[3]。由此可以看出，杨深受意象主义诗学的影响，倾向于从美国现代诗的发展与作为整体的中国诗歌之间的联系来挑选诗人作品。这本诗集对于那些想要了解李白与王维等其他诗人作品差异的读者来说，可能并无多少帮助，毕竟正如我们所了解到的，这本诗集针对的是一般英语读者。

二、梅维恒的《四位内省诗人》

1987年，美国汉学家、敦煌学家和语言学家梅维恒（Victor H. Mair，1943—）的著作《四位内省诗人：阮籍、陈子昂、张九龄、李白诗选索引》（*Four Introspective Poets: A Concor-*

---

① YOUNG D. Five T'ang poets: Wang Wei, Li Po, Tu Fu, Li Ho, Li Shang-yin[M]. Oberlin, Ohio: Oberlin College Press, 1990: 48-49.

② 但杨可能后来也意识到这种不区分诗人风格的翻译存在着一定问题。在1990年出版的《五位唐朝诗人》中，新增的李商隐诗歌全部采用二行一节对应原诗一行的方式译出，从而使李商隐诗歌呈现出一种独特的风格，明显不同于其余四位诗人的诗歌。

③ 同①17. 原文："Their appeal to us lies not only in their greatness as individual poets, but in the peculiar strengths of their tradition—faith in the power of juxtaposed images, trust in the effectiveness of implication, an immediacy and directiveness in the use of voice—that we have adopted as cardinal values of modern poetry."

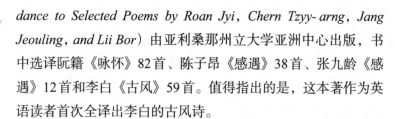

dance to Selected Poems by Roan Jyi, *Chern Tzyy-arng*, *Jang Jeouling*, *and Lii Bor*) 由亚利桑那州立大学亚洲中心出版，书中选译阮籍《咏怀》82首、陈子昂《感遇》38首、张九龄《感遇》12首和李白《古风》59首。值得指出的是，这本著作为英语读者首次全译出李白的古风诗。

众所周知，从阮籍的咏怀诗，到陈子昂和张九龄的感遇诗，再到李白的古风诗，这些"抒发性灵、寄托规讽"的诗歌已构成中国诗歌史上一类独特的传统。梅维恒选编此集正是有意向英语读者呈现这个传统。他在书的导言中指出，英语读者通常认为中国古典诗歌的突出特点是抒写真实生活，因此往往不可避免地会造成一种偏见，以为中国诗歌缺乏西方诗歌中常见的思想深刻性。为此，他有意从比较诗学的立场来纠正英语读者的这一误解，指出中国有着一类"内省诗人"，也可以写出"思想深刻的"诗歌①，而阮籍、陈子昂、张九龄、李白正是这类诗人的杰出代表。

梅维恒此书分为两编，上编为诗歌翻译，下编为诗歌索引。根据梅维恒撰写的前言，他为这本诗集设定的理想读者有三类，一是能查阅中文原文的汉学专家，二是从事比较文学研究的一般学者，三是那些喜欢阅读中国诗歌的诗歌爱好者。这无疑是一个非常具有挑战性的目标。为此，梅维恒在翻译时尽量将词义在诗行内说明，而不提供学术化的注释，他称"这些译文设定为，凭借自身就可清楚明了，同时又尽可能地反映出

---

① MAIR V H. Four introspective poets: a concordance to selected poems by Roan Jyi, Chern Tzyy-amg, Jang Jeouling, and Lii Bor[M]. Tempe, Arizona: Arzona State University, 1987:2.

中文原诗的风貌"①。在这个翻译原则的指导下，这本诗集中的李诗译文不可避免地呈现出句子较长、密度较大的特点。

此书下编中的诗歌索引是这本著作的另一大特点。梅维恒编制索引的目的是为读者提供一种工具，以便分析上编中的191首诗中所蕴含的思想和意象。为此，他设定26个大类，再从中细分出247个小类，并以此为每首诗编好相关索引。梅维恒的这个充满实验性的索引方法其实是一种注重文体分析的语言学方法，具有实证性特点，能为英语读者欣赏和分析李诗的特点提供便利，也有利于学者对李诗做进一步研究。

三、赛思的《中国三大诗人》

1992年，印度海外诗人、小说家维克拉姆·赛思（Vikram Seth, 1952—）翻译的中国古代诗歌集《中国三大诗人：王维、李白和杜甫》（*Three Chinese Poets*: *Translations of Poems by Wang Wei*, *Li Bai*, *and Du Fu*）在伦敦出版②。集中收录王维诗12首，杜甫诗13首，李白诗11首③。诗集出版之后大获好评，短短几年中得到连续再版④。赛思1952年出生于加尔各答，在英国和美国分别获得学位后，曾于1980—1982年在南京大学攻读经济学博士学位，他本人对中国古代文学特别是唐代

① MAIR V H. Four introspective poets: a concordance to selected poems by Roan Jyi, Chern Tzyy-amg, Jang Jeouling, and Lii Bor[M]. Tempe, Arizona: Arzona State University, 1987: xi. 原文: "The translations are designed to be intelligible on their own terms while, at the same time, reflecting the original language of the Chinese poems as closely as possible."

② SETH V. Three Chinese poets: translations of poems by Wang Wei, Li Bai, and Du Fu[M]. London: Faber and Faber, 1992.

③ 收录的李白诗歌依次是《静夜思》《秋浦歌十七首·其五》《望庐山瀑布》《山中问答》《黄鹤楼送孟浩然之广陵》《金陵酒肆留别》《听蜀僧浚弹琴》《古风五十九首·其二十四》《月下独酌四首·其一》《将进酒》《蜀道难》。

④ 卢可非.印度公路继续延伸[DB/OL]. (2012-06-24)[2020-05-10]. http://www.hiart.cn/news/detail/3f0ioz.html

诗歌非常钟情①。赛思的中英文能力俱佳，对李诗十分谙熟，他在《中国三大诗人》的"致谢"部分专门提到，书中选录的李诗依据的是两卷本《李太白全集》。

在长达 13 页的英文引言中，赛思对三位唐代诗人作了详细介绍。赛思选译这三位诗人的原因，一方面是出于三人的共同之处，如生活在同一时代，有着共同的地方，如对音乐的欣赏，对自然的敏锐认识，对过往的缅怀，等等②；而另一方面，更在于三人之间的不同之处。人们常称王维为"诗佛"，李白为"诗仙"，杜甫为"诗圣"。赛思对此显然十分熟悉，所以他在引言中称王维是"佛家隐士"，李白是"道家仙人"，杜甫是"儒家圣人"，并称这种三分法对于初次接触中国诗歌的读者来说比较实用。赛思进一步介绍说，李诗激情洋溢，感情充沛，不过有时会夸大其词，使诗歌失去平衡；诗人通过诗歌、音乐或美酒将人生转变为欢乐或者遗忘③。

在这本诗集中，赛思信守翻译的忠实原则。他在引言中称，在翻译汉诗时尽量保留押韵和格律规范，他反对那种以"以诗译诗"为借口的过度自由的翻译，并视庞德为这种反面典型："埃兹拉·庞德的翻译混合着他对中文的一窍不通和随心所欲地发挥，对此我始终引以为戒"④。由于赛思对忠实原则的坚持，加上他对汉诗特点的精准认识，《中国三大诗人》

---

① 尹锡南.20 世纪印度与中国文化[DB/OL]. (2012-09-29)[2020-05-10]. http://www.zgnfys.com/a/nfrw-33640_4.shtml

② SETH V. Three Chinese poets: translations of poems by Wang Wei, Li Bai, and Du Fu[M]. London: Faber and Faber, 1992:xv.

③ 同②xvi.

④ 同②xxv. 原文："The famous translations of Ezra Pound, compounded as they are of ignorance of Chinese and valiant self-indulgence, have remained before me as a warning of what to shun."

中的李诗翻译比较忠实地反映了原诗特点，能够把握李白不同体制的诗歌所具有的不同特色：赛思以抑扬格四音步来译李白的五言诗，如《静夜思》，以抑扬格五音步来译李白的七言诗，如《山中问答》，而对歌行体《将进酒》，则采用散体押韵的方式译出，诗行绵长，铿锵有力，很好地传递了原诗那种汪洋恣肆的特点。正是这些特点，使得赛思的李诗翻译深受英语读者喜爱。《朗文世界文学选集》第二卷收录的11首李诗之中有6首都出自赛思的译笔①。

第四节　重要李白诗歌专集的译介

从前节可以看出，20世纪50年代以来，英语世界的读者对中国诗歌的兴趣越来越浓厚，对李诗的了解也越来越深入，人们对李诗的兴趣更为浓厚，专门收录李诗的集子开始在这一时期涌现出来，其中三本颇有影响：汉米尔的《谪仙人》、辛顿的《李白诗选》和西顿的《明月白云》，本节将分而述之。

一、汉米尔的《谪仙人》

1987年，美国当代著名诗人山姆·汉米尔（Sam Hamill, 1943— ）出版了《谪仙人：李太白的视域》（*Banished Immortal*: *Visons of Li T' ai-po*）。如其标题所示，这是一部专选李白

① DAMROSCH D, PIKE D L. The Longman anthology of world literature[M]. Vol.B. 2nd ed. New York: Pearson Education, 2004: 86-93.

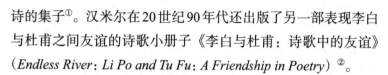

诗的集子①。汉米尔在20世纪90年代还出版了另一部表现李白与杜甫之间友谊的诗歌小册子《李白与杜甫：诗歌中的友谊》（*Endless River*：*Li Po and Tu Fu*：*A Friendship in Poetry*）②。

据汉米尔自述，他编译《谪仙人》的起因，是受到庞德翻译的李诗的吸引，后来更是通过罗郁正、叶维廉、西顿等人的翻译阅读到了大量的李诗，其中对他影响较深的是小畑薰良的《李白诗集》和韦利的《李白的诗歌与生平》。也正因如此，汉米尔在《谪仙人》中承继了韦利等人对李白的那些负面评价。例如，他认为李白性格极其矛盾："他是自吹自擂之人、游侠、天才、向亲朋乞讨无度之人、虔诚的道教徒、酒鬼"；与杜甫相比，李白是"一个声名狼藉又挥霍无度的人，完全没有他的好友杜甫那种对穷苦人的怜悯之心"③。但是有意思的是，汉米尔对李白的评价并没有妨碍他对李诗的欣赏；相反，他对李白的"谪仙人"形象十分着迷，认为这个形象为他自己提供了源源不断的灵感。

有理由相信，正是汉米尔本人的诗人身份使他对李诗如此的赏识，但同时我们也应该注意到，这部李诗专集乃是汉米尔自20世纪70年代起近十年的汉语学习过程中研读汉诗的一个"副产品"，是他在这个学习过程中对已出版的汉诗进行研究和

---

① 汉米尔不仅是一位诗人，同时也是一位著名的诗歌翻译家。他已出版过14部诗集，作品被译为10多种语言，并翻译出版多部中国、日本、爱沙尼亚、古希腊、拉丁诗集。参见美国诗人协会关于山姆·汉米尔的介绍：https://www.poets.org/poet-sorg/poet/sam-hamill

② HAMILL S. Endless river：Li Po and Tu Fu：a friendship in poetry[M]. New York：Weatherhill，1993.

③ HAMILL S. Banished immortal：visons of Li T'ai-po[M]. Fredonia，NY：White Pine Press，1987：51. 相关原文："he was a braggart, a 'knight-errant', a genius, a peerless pan-handler of friends and relatives, a devout Taoist, and a drunk." "He was a notorious spendthrift who lacked the compassion for the poor of his friend."

质疑的结果，所选李诗都是那些有助于加深他对李白"谪仙人"形象认识的诗歌①。这部诗集是汉米尔在前人翻译基础上的一次李诗翻译。作为诗人兼译者的汉米尔称，他的李诗翻译并不是纯学术式翻译，而是希望他的译诗被读者当成英语诗歌，他为读者呈现的是一个"具有道家视野的抒情诗人"的诗歌②。

《谪仙人》共选译李诗47首。在所选诗歌中，除《北风行》篇幅稍长，几乎全部是短诗。为呼应诗集标题，汉米尔将李白的《对酒忆贺监二首·其一》和《九日龙山饮》这两首诗放在诗集的开头，因为两首诗中提到"谪仙人"（"呼我谪仙人"）和"逐臣"（"黄花笑逐臣"）③。这两首诗可看作这本诗集的题解。总体而言，这本诗集具有这样几个特点：一是所选诗歌大都系偏向短小隽永、清新自然之作，这些诗歌意义晓畅，几无用典，反映的是李白诗歌"清水出芙蓉"的一面；二是译诗语言的口语体特征；三是译诗采用以诗译诗的方法，不拘泥原诗，抓住核心意象，译出了原诗的神韵；四是译诗总体上呈现出强烈的"禅意"。值得指出的是，虽然汉米尔将李白视为一位"具有道家视野的抒情诗人"，即"谪仙人"，但对于这位美国诗人来说，道家与佛禅可能并没有多大区别，再加上在当时的美国东方禅学正方兴未艾，所以他翻译的李白诗歌具有浓浓的禅诗意味。为了让李诗看起来更像禅诗，汉米尔使用了一些颇有意思的策略。其一是对标题进行改换，译文的标题使用禅家术语或富有禅意的表达，从而明确将整首诗的主题限

① 参见该书"译后序"。另一个"副产品"是于他次年出版的杜甫诗集选译集《对雪：杜甫的视域》(Facing the Snow: Visions of Tu Fu, 1988)。

② HAMILL S. Banished immortal: visons of Li T'ai-po[M]. Fredonia, NY: White Pine Press, 1987: 52. 原文："the lyrical Taoist seeker-after-visions."

③ 汉米尔将"逐臣"也译作"Banished Immortal"。

定在禅诗的范围之内，例如，他将《独坐敬亭山》的标题改写为"Zazen on the Mountain"（山中坐禅）；将道家思想比较浓厚的《拟古十二首·其九》的标题替换为"Old Dust"（古尘）（应是从原诗第四行"同悲万古尘"拈出）；《山中问答》的标题变为"I Make My Home in the Mountains"（山居）。其二是对诗歌部分内容进行改写，例如，他将《独坐敬亭山》的"相看两不厌，只有敬亭山"译作"We sit together， the mountain and me， / until only the mountain remains"（"我们坐在一起，山与我，/最后只有山在那里"），使这首诗最终归于一种宁静悠远的禅定境界。

《谪仙人》中的李诗翻译非常成功，特别是《独坐敬亭山》《拟古十二首·其九》和《山中问答》这三首诗，因浓郁的禅味而成为李白禅诗的代表作。它们后来被翻译家西顿和马隆尼（Dennis Maloney）收进他们主编的中国禅诗选集《不系舟：中国禅诗选》（*A Drifting Boat： An Anthology of Chinese Zen Poetry*，1994）[①]；2007年，汉米尔和西顿主编了一本《禅诗选》（*The Poetry of Zen*）[②]，三首李诗再次入选。

二、辛顿的《李白诗选》

美国诗人和翻译家大卫·辛顿（David Hinton，1954—）曾在康奈尔大学和中国台湾学习汉语，对中国文化和诗歌十分

---

① SEATON J P, MALONEY D. A drifting boat：an anthology of Chinese Zen poetry [M]. Fredonia, NY：White Pine Press, 1994. 两位编者认为源自中国的禅对于现代文化具有重要意义，他们注意到了禅与中国诗的合流现象，因此不仅选了像寒山、拾得这类僧人的禅诗，而且选译了唐宋以来的诗人们笔下具有禅味或禅意的诗歌。

② HAMILL S, SEATON J P. The poetry of Zen[M]. Boston：Shambhala, 2007.

熟悉，翻译出版过《道德经》《易经》《庄子·内篇》等古典典籍，选译过陶潜、谢灵运、杜甫、孟郊等中国古代诗人作品选，还翻译过当代诗人北岛。1997年获美国诗人协会颁发的翻译奖，2014年获美国艺术暨文学学会颁发的翻译奖。

1996年，辛顿选编并翻译的《李白诗选》（*The Selected Poems of Li Po*）由著名的新方向出版社出版①，共选译李诗98首。诗集按李白生平三个阶段进行编排："青年时期(701—742)"；"长安及中年时期（742—755）"；"战乱、流放与晚年（755—762）"。诗集的前言也按这三个时期向读者介绍了李白生平。

这本诗集将李诗按时间顺序编排是其一大特色。众所周知，李诗系年本是一个困难重重的问题，现存李诗当中有些作品的真伪还存有争议，辛顿对于这个事实并没否认，但他认为，"我们应该把真伪问题放在一边，尽量按年代顺序来编排诗歌，哪怕这样做不可避免地有想象成分。因为这是唯一能体现李白传奇的方式，即便这个传奇并无多少历史真实性，但恰恰就是这样的李白，1200多年来一直为人们所喜爱"②。这说明这本诗集建构的是一个"大众化"的李白，其理想读者并不是专家学者，而是大众英语读者。

与此对应，这本诗集的封面使用了南宋画家梁楷的《李白行吟图》。这幅画笔风简练，寥寥数笔就勾画出一个洒脱放达的诗仙形象，也暗示出了集子中的李诗特色。辛顿在诗集前言中多次提到李白的"仙风道骨"和"任运自成"，无论是李白的漫游、创作或是饮酒，辛顿都将其视为李白追求无为自在的

---

① HINTON D. The selected poems of Li Po[M]. New York: New Directions, 1996.

② 同①xvi. 原文："This is th e only way to re-embody the legend that Li Po is, and even if that legend has little to do with historical fact, it is the Li Po that has been revered for 1200 years."

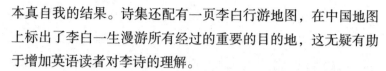

本真自我的结果。诗集还配有一页李白行游地图，在中国地图上标出了李白一生漫游所有经过的重要的目的地，这无疑有助于增加英语读者对李诗的理解。

这本诗集没有采用脚注的方式，只是在附录部分针对个别译诗有简短注释。附录部分附有一份诗歌索引目录，列出两本权威的中文版李诗全集：王琦注本《李太白诗集》和瞿蜕园、朱金城的《李太白集校注》，并为选译的98首李诗给出在这两部李诗全集中的位置和页码。

在这本诗集中，除了《日出入行》一首例外，全部李诗采用不押韵的双行体译出，每行长度相当，形式上呈现出平衡稳定的特点。辛顿在诗集中没有谈他的这种翻译策略，但是在出版《李白诗选》之前，他已翻译并出版过两部中国诗人诗歌翻译集，分别是出版于1989年的《杜甫诗选》（*The Selected Poems of Tu Fu*）和出版于1993年的《陶潜诗选》（*The Selected Poems of T'ao Ch'ien*），在这两部诗集中他采用了同样的整齐的双行体译法。我们可以通过这两部诗集来了解辛顿的译诗方法。

在《杜甫诗选》的前言中，辛顿谈到他对中国诗的认识。他认为，汉诗诗行长度有限，用字极简，但汉字本身意蕴丰富；诗句虽然欠缺语法，但却因此获得意义的开放，由此他断言，汉诗整齐划一的结构形式不会造成单调，反而会"使诗歌获得一种潜在的平衡感和秩序感"[①]。他还指出，为了让英语读者领会到汉诗传统中的五言诗和七言诗、古体诗和近体诗，他采用了一种统一的办法：用英语不押韵的四行诗体来翻译五

[①] HINTON D. The selected poems of Tu Fu[M]. New York: New Directions, 1989: xi. 原文："…the uniform structure gives the poem an underlying sense of balance and order."

言诗，而用不押韵的双行体来翻译七言诗；在古体诗的译文中，诗行第一词首字母小写（但句子首字母保持大写），而在近体诗的译文中，诗行第一词首字母采用大写。例如，辛顿所译的杜甫七古《古柏行》采用不押韵的双行体，断行时诗行首字母小写。

辛顿在《陶潜诗选》中采用的策略则有所变化，所有陶诗都被译成不押韵的双行体。此时的辛顿已认定双行体特别适合翻译较少受到格律约束的古体诗。由于李诗绝大部分都为古体诗，所以在《李白诗选》这本诗集中，辛顿延续了《陶潜诗选》中的译诗风格。而且有意思的是，辛顿似有意要传递出李白的"自然诗风"，所以不再像《杜甫诗选》中那样用大写字母标志近体诗，像《登金陵凤凰台》这样的七律也采用小写字母开头（但句子首字母保持大写）的双行体。当然，这与《李白诗选》中的选诗也有一定关系，这部诗集较少选译李白的歌行，尤其是句式多变的歌行（前述的《日出入行》之所以是个例外，是因为这首诗中李白使用了四言、五言、七言、九言多种句式）。

《李白诗选》和《陶潜诗选》中的译诗风格非常神似，辛顿在两本诗集中对诗人"自然的"生活态度和诗歌特点十分推崇，他对"纵浪大化中"的自然生活方式十分推崇，把陶渊明的"回归自然"看成是回归自我①。这与20世纪八九十年代西方社会培养出的环境意识有关，正如汉诗专家吴伏生所言，"爱护环境、回归自然日益被人们用作一种有力手段，以抵制全球化的工商业和随之而来的异化现象；在这种环境下，主张

---

① HINTON D. The selected poems of T'ao Ch'ien[M]. Port Townsend: Copper Canyon Press, 1993: 1-2.

天人合一的中国道家哲学开始在西方受到青睐"①。这正是辛顿为何要翻译李白这位"仙风道骨"般的"自然诗人"的诗歌的原因。

辛顿对中国古代诗歌中的自然诗十分推崇，因此他在2002年出版了一本题为《山水家园：中国古代自然诗选》（*Mountain Home：The Wilderness Poetry of Ancient China*）的诗集②。集中收录包括李白在内的19位中国诗人的山水诗③，其中李诗有19首。辛顿认为，中国在五世纪兴起的山水诗，形成了人类史上最早的，同时也是持续时间最长的自然（wilderness）诗歌传统④，中国自然诗中体现出来的宇宙观和自然观，对于面临着生态破坏和物种灭绝的当今全球化时代，具有重大的启示作用⑤。

我们以《庐山东林寺夜怀》为例来一窥辛顿的李诗翻译特点：

我寻青莲宇，Along，searching for blue-lotus roofs，
　　独自，去寻找青莲屋顶，
独往谢城阙。I set out from city gates. Soon，frost
　　我从城阙出发。未久，白霜

---

① 吴伏生.英语世界的陶渊明研究[M].北京：学苑出版社，2013：29.

② 此书由华盛顿Counterpoint出版社于2002年出版，纽约新方向出版社于2005年推出此书的重印版。

③ 其余诗人是：陶潜、谢灵运、孟浩然、王维、杜甫、韦应物、寒山、孟郊、柳宗元、白居易、贾岛、杜牧、梅尧臣、王安石、苏轼、陆游、范成大、杨万里。

④ 辛顿认为英语世界通常使用"nature"或"landscape"来翻译"自然"的做法都不得要领，前者常会造成一种人与自然之间的二元对立，后者常使人从居高临下的姿态来打量自然，所以他希望通过选用"wilderness"一词来传递中国文化中的"天人合一"和"道法自然"思想。参见 HINTON D. Mountain home：the wilderness poetry of ancient China[M]. New York：Counterpoint，2002：xiii-xxi.

⑤ 同④xiii.

霜清东林钟， clear, Tung-lin temple bells call out,
晶莹，东林寺的钟声响起，
水白虎溪月。 Hu Creek's moon bright in pale water.
虎溪的月在银白的水中发光。

天香生虚空， Heaven's fragrance everywhere pure
天堂的芳香处处，清澈
天乐鸣不歇。 emptiness, heaven's music endless,
空灵，天堂的乐音绵绵不绝，

宴坐寂不动， I sit silent. It's still, the entire Buddha-
我默默独坐。寂然，整个佛
大千入毫发。 realm in a hair's-breath, mind-depths
国在毫发之间，在心灵深处

湛然冥真心， all bottomless clarity, in which vast
满是无尽的澄明，在此，浩瀚的
旷劫断出没。① kalpas begin and end out of nowhere.②
劫从无始来又往无终去。

　　译诗每两行为一节，每两行对应原诗一联，每行长度大致均等，所以从形式上来看，读者多少能感受到汉诗诗联的特征。但细察下我们可以发现，与英国汉学家韦利等人翻译李诗

① 李白.李太白全集[M].王琦,注.北京：中华书局,2011：914.
② HINTON D. The selected poems of Li Po[M]. New York: New Directions, 1996：9.

时采用行末停顿来对应汉诗句法的做法不同，辛顿没有遵循汉诗的句式结构，而是其迁就英诗，尤其是当代英诗的句法特征，如行内频繁的停顿（如第1行"Along"之后的停顿、第2行句子"Soon"前后）及行尾的3处停顿和跨行连续（如第5、6两行）甚至跨节连续（如第3、4两行）停顿。这种不规则停顿加强了译诗的散文化和口语化特征，符合当代英语诗风。然而，译文仍然比较准确而完整地呈现了原诗的主题和内容。从形式和内容两方面，辛顿力图呈现他在诗集前言中所说的李诗的"自然"特点。

辛顿翻译的李诗在英语世界享有盛誉。美国汉学家和诗歌翻译家华兹生认为，"他的译诗忠实于原诗意义和精神，语言富有想象力，是非常打动人的英语诗歌；在面对不同诗人的时候，他展示了一种非凡的技艺，把握住了不同诗人的独特风格和声音"①。美国作家和翻译家艾略特·温伯格（Eliot Weinberger）也高度夸赞辛顿的翻译，认为"代表了汉诗英译新一代"的辛顿"开启了汉诗翻译史上新篇章"②。

三、西顿的《明月白云》

2012年，已年满70岁的西顿出版了由他翻译的一本李白

---

① HINTON D. The selected poems of Li Po[M]. New York: New Directions, 1996: 封底. 原文: "[His] translations, while remaining faithful to the meaning and spirit of the original, are consistently imaginative in language and effective as English poetry, and he has shown a remarkable skill in capturing the particular style and voice of the different poets he has tackled."

② WEINBERGER E. The New Directions anthology of classical Chinese poetry[M]. New York: New Directions, 2003: xxv. 相关原文: "David Hinton represents a new generation in this tradition. ... His poetry versions are a new chapter in the history of Chinese translation."

诗集《明月白云：李白诗选》(*Bright Moon, White Clouds: Selected Poems of Li Po*)[①]。西顿曾在1987年与克莱尔合作出版李杜诗集《明月栖鸟》，不过那时他负责翻译的是杜甫诗歌。他本人其实对李诗十分喜爱，持续不断地翻译着李诗，终于在他古稀之年出版了这本李白诗歌专集，诗集的名称呼应着当年的《明月栖鸟》，这自是西顿有意为之。

　　这本由香巴拉出版社出版的李诗专集是西顿几十年以来阅读和研究李白的结晶。他译出了124首李诗，在附录中为大多数诗附上注释。这本诗集中并没有列出任何参考书目，为李诗所做的注释也是他本人的理解，鲜见对他人研究成果的征引。不难理解，西顿译诗的理想读者并非学者群，而是普通大众。

　　以大众读者为导向也体现在对李诗的编排上。西顿在前言中讲述了李白生平，他的文笔绝妙，读来令人兴致盎然。西顿向英语读者全面呈现了李诗的复杂多样性：李诗按"饮酒""友谊""哲学与信仰""抗议""旅行"五个主题分类呈现。在西顿看来，这五个主题构成了一条李白生平发展线，读者从中可以感受到李白成长与变化[②]。这无疑是一个大胆之举，因为我们知道，李白饮酒可谓贯穿他一生，旅行也几乎伴随他终生，用这样的主题进行分隔并不符合事实。但很明显，西顿并不在意李诗的实际创作时间，他旨在用李诗为读者构建起李白个人的心灵成长史，他想让读者感受到的是这样一位诗人：

　　他饮酒的量和次数越来越少……他的友谊却在增加……他从享乐主义过渡到儒道并存的理性思想……从谈佛论道到越来

（侧栏）第三章　英语世界李诗传播与译介的繁荣期　◇

---

① SEATON J P. Bright moon, white clouds: selected poems of Li Po[M]. Boston: Shambhala, 2012.

② 同①21.

越严谨的道佛冥思……从自私的野心过渡到文人的社会责任心；最后，我们同他一道在中国大地上漫游，最终将定格在秋浦那个如诗般的家园。①

从这些文字来看，西顿运用"编辑的特权"，为诗人虚构出诗一般的人生。看得出来，西顿把"诗如其人"的观念运用到了极致。

正是出于这样的目的，西顿运用他独特的眼光，为李诗进行了细致分类。例如，他将李白的"饮酒诗"分为两类：一类是具有仪式感的饮酒诗，是青年李白对道家顿悟的渴慕；另一类则是为庇护人所写的饮酒诗，写得没有那么放得开。这种区分无疑可以使读者对李白的饮酒诗加深认识。另外值得一提的是，西顿将李白写的那些描写边塞士卒的反战诗和描写普通人的诗歌都归入当时"抗议诗"这个主题之下，突出了李诗关心现实的一面，这对英语世界读者来说有耳目一新之感。

西顿没有明确说明其翻译方法和原则，但整本诗集的翻译采用的是"以诗译诗"的方法，例如在下面这首《山中与幽人对酌》中，在诗行中有意增加的停顿和省略，再现了诗人的醉态，读起来别有趣味：

---

① SEATON J P. Bright moon, white clouds: selected poems of Li Po[M]. Boston: Shambhala, 2012:21. 相关原文："We see him drinking less and less, or less and less frequently. ...his friendship deepening. ... his philosophy move from a simple hedonism toward a rational mix of mature Taoist and even Confucian thought. ...begin to address the Buddhist Tao and to move toward a more and more serious mediation practice, Taoist and Buddhist. ... move from selfish ambition to ... the social duties of the educated man. Finally, we travel China with him at many different times, ending at Fall Cove, a poetic home...."

两人对酌山花开，

Together, we drink: two mountain flowers, opening.

一杯一杯复一杯。

A cup, a cup, and then, to begin again at the beginning, another cup!

我醉欲眠卿且去，

I'm drunk, would sleep … you'd better go.

明朝有意抱琴来。[1]

Tomorrow, come again, with your lute, if you will.[2]

第五节　重要文学选集的译介

20世纪下半期还见证了中国文学作品选集类著作在英语世界的蓬勃兴起。这些作品选集大都成为英美国家高校学生学习中国文学的参考书目，为包括李诗在内的中国诗歌在英语世界的进一步传播起到了重要作用。因此本节将考察几本重要的中国文学选集中的李诗译介情况，以期对这一时期英语世界的李诗译介和传播有更为全面的梳理。

一、白之的《中国文学选集》

1965年，美国著名汉学家白之（Cyril Birch，1925—）主编的《中国文学选集：从先秦到十四世纪》（*Anthology of Chinese Literature：From Early Times to the Fourteenth Century*）出

---

① 李白.李太白全集[M].王琦,注.北京:中华书局,2011:913.

② SEATON J P. Bright moon, white clouds: selected poems of Li Po[M]. Boston: Shambhala, 2012:37.

版①。这部中国文学选集选编了从先秦至元代的中国文学作品，涉及诗歌、史传文学、汉赋、散文、文论、元杂剧、元小说等多种文学体裁，其中所录的诗歌占了全书主要篇幅。白之按盛、中、晚唐三个时期收录诗人作品，盛唐诗人只有王维、李白和杜甫三位。在书中白之称："同年出生的王维和李白是中国文学史上最让人喜爱的诗人……唐玄宗时期是诗歌的黄金时代，中国诗歌正是经过这些人的手塑造出了博大精深的普遍品质"②。白之提醒读者："迟早我们会碰到李白……他醉意朦胧的优雅身影，散发着享乐主义和道家思想的光芒"③。白之的这些评论虽无新意，但对于我们理解他所选录的李诗篇目来说，还是有一定帮助的。

这本选集收有王维诗3首和杜甫诗5首，李白诗收录最多，有9首。这些李诗出自不同译者：《山中问答》《春思》《长相思三首·其三》《夜泊牛渚怀古》的译者为郭长城和麦克休；《邯郸南亭观妓》《题元丹丘山居》《流夜郎赠辛判官》《战城南》的译者为韦利；《月下独酌四首》前三首出自艾克尔，《将进酒》出自葛瑞汉④。值得一提的是，白之还收录了由美国汉学家海陶玮（J. R. Hightower）所译的《与韩荆州书》，展示

---

① BIRCH C. Anthology of Chinese literature: from early times to the fourteenth century[M]. New York: Grove Press, 1965.

② 同①217. 原文："two of the best-loved poets in all the long course of Chinese literature, were born in the same year; ... The age of the T'ang emperor Hsuan-tsung was the golden age of the shih, the common vessel of Chinese poetry which was shaped by these hands into an erudite and exquisite perfection."

③ 同①217. 原文："As sooner or later we must with Li Po, ... a haze of an elegant drinking-bout. But it is a haze shot through with the gleams of a philosophy now epicurean, now Taoist in characteristic admixture."

④ 白之误将《将进酒》当作了《月下独酌四首》的第四首。

了李白的文章特点，让英语读者对李白有了更为全面的认识，正如白之本人的介绍，读者可以"在李白那封不可多得的干谒信中略窥一下那个想用酒来逃避的世界"①。

二、华兹生的《中国抒情诗》

美国日本学家、汉学家和翻译家华兹生（Burton Watson，1925—2017）翻译过众多中国古代典籍、佛学著作，翻译过苏东坡、寒山、陆游等中国诗人作品，选编并翻译《哥伦比亚中国诗选》，还出版了中国文学研究专著《早期中国文学》和《中国抒情诗》，是20世纪下半期一位重量级的中国文学翻译专家②。

1971年，由哥伦比亚大学出版社出版了华兹生的《中国抒情诗：从二世纪到十二世纪》（*Chinese Lyricism*： *Shih Poetry from the Second to the Twelfth Century*）③，这本著作可以看作是他1962年出版的《早期中国文学》（*Early Chinese Literature*）的姐妹篇，专门讨论从汉代到南宋中国抒情诗的千年发展历程。书名中的"抒情诗"（lyric）指的就是中国文学传统中的"诗"（Shih），而把广义赋、词、曲等诗歌体裁排除在外。这本著作兼有诗歌史和诗歌选集的特点，所选的诗歌按年代编排，并且与诗歌发展史紧密结合，以说明诗的形式、风格和主题在历史长河中的演变。该书对李诗创作特点的介绍非常全面。

① BIRCH C. Anthology of Chinese literature：from early times to the fourteenth century. New York：Grove Press，1965：217. 原文："Something of the sophistication of the world from which wine opened a refuge is to be glimpsed in Li Po's precious begging-letter to a potential patron."

② 学者黄灿然将华兹生称为"继阿瑟·韦利之后最伟大的中、日文学翻译家"。参见黄灿然.华兹生在日本[DB/OL]. (2006-09-25)[2020-05-10]. http://ent.sina.com.cn/x/2006-09-25/09431262051.html

③ WATSON B. Chinese lyricism：shih poetry from the second to the twelfth century [M]. New York：Columbia University Press，1971.

由于深受英美新批评余绪的影响，华兹生在这本著作中并未按中国文学的"知人论世"传统保留对诗人的介绍。他认为西方并无此传统，所以要尽量控制对诗人背景的介绍[①]。虽然在介绍李白、杜甫、王维几位盛唐诗人时，华兹生对诗人背景多有提及，但其目的也只是便于读者理解他们的诗歌。

这本著作的前半部分讨论了"古诗十九首"、乐府诗、建安诗人的创作、陶渊明为代表的隐逸诗和《玉台新咏》为代表的爱情诗的发展，为读者理解李白对中国诗歌发展做出的贡献做好了铺垫。华兹生专列出"盛唐"一章，只谈李白和杜甫的诗。他称李白本质上来说是一位"向后看"的诗人，他的诗歌"想要复兴峥嵘往昔，而不是面向未来"[②]。在华兹生看来，不管是近体诗还是旧体诗，李白都直接使用，并没在这些诗歌形式上做出什么创新；而且在主题和内容上，李白喜欢沿用旧有的元素，其现存诗歌中近六分之一是乐府诗，59首古风诗的内容也主要是表达的汉魏时代的人情风物。虽然诗歌创新上不足，但并未妨碍李白写出优秀的诗歌，所以华兹生接下来介绍了李诗的优点：其一是为乐府这类旧诗歌形式带来新面貌、新叙述方式和语词表达；其二是李诗展现出的想象力和乐观态度。

华兹生分析并翻译了多首李白诗歌。他认为李白的乐府诗过于程式化而缺乏个人情感，为此他列举了李白两首乐府诗：《子夜吴歌·秋歌》和《将进酒》。但他同时指出，《将进酒》一诗中的优雅与尊严使李白这首诗超越了已往的那些同题诗

---

① WATSON B. Chinese lyricism：shih poetry from the second to the twelfth century [M]. New York：Columbia University Press，1971：3.

② 同①141. 原文："…it represents more a revival and fulfillment of past promises and glory than a foray into the future."

歌。华兹生选译了2首"向后看"的怀古诗，分别是《苏台览古》和《越中览古》。为展现李白对绝句这种诗歌体裁的精湛驾驭，华兹生共选译了6首：《秋浦歌十七首·其五》《望庐山瀑布》《春夜洛城闻笛》《静夜思》《夏日山中》《赠汪伦》。最后华兹生还选译了李白的古体诗7首：《送友人》《友人会宿》《对酒忆贺监二首·其一》《酬中都小吏携斗酒双鱼于逆旅见赠》《古风五十九首·其十九》《寄东鲁二稚子》《梦游天姥吟留别》。

不难看出，这些诗歌都属于李白的优秀诗作，华兹生将它们分门别类地列举出来，显然十分有利于英语读者更加具体地认识李诗的特点。这本中国古典诗歌研究专著出版后大获好评，迄今为止依然是英美大学中文系学生学习研究中国诗歌的基础性读物或参考书。

三、叶维廉的《中国诗歌》

1976年，美国加州大学出版社出版了著名诗人和翻译家叶维廉（Wai-lim Yip，1937—）编选并翻译的《中国诗歌：主要模式及体裁》（*Chinese Poetry*： *Major Modes and Genres*）①。此书后于1997年由杜克大学出版社推出新版本，并更名为《中国诗歌：主要模式及体裁选集》（*Chinese Poetry*： *An Anthology of Major modes and Genres*）②。在这部诗歌选集中，收录有

① YIP W. Chinese poetry：major modes and genres. Berkley and London[M]：University of California Press，1976.

② YIP W. Chinese poetry：an anthology of major modes and genres[M]. Durham and London：Duke University Press，1997.

第三章　英语世界李诗传播与译介的繁荣期　◇

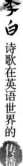

李诗18首①。

如书的标题所示，这部选集介绍了中国古典诗歌的主要体裁：从诗经、楚辞、乐府诗、拟乐府、山水诗、田园诗、近体诗、古体诗、词、曲，呈现出一条诗歌发展线。集中李诗共18首，分别被编入"近体诗"（又分为五律、七律、五绝、七绝）和"古体诗"这两部分之中：五律5首，七律1首，七绝2首，古体诗（含乐府）9首，词1首。众所周知，李白尤擅古体诗，但叶维廉选译的李白近体诗有8首之多，与其所选的李白古体诗在数量上不相上下；而相比七绝，李白的五绝尤为人称道，但叶维廉一首都没有选。这与该诗集的目的有关——诗集以介绍中国诗歌类型和体裁为主，诗歌仅是作为示例②。不过值得一提的是，由于叶维廉对庞德的汉诗翻译十分推许③，他选译的这18首李诗中，包含了庞德《神州集》中全部12首李诗。

这本选集对于英语读者重新认识李诗的翻译极具启发。叶维廉认为，以往的汉诗英译几乎全是将西方语言习惯强加在中国古典诗歌语言上面，没有考虑到后者具有独特句法结构和审美传统。有鉴于此，他为这部选集制定了一个"三分法"：先给出中文原文，再按汉语句法结构进行逐字翻译，在此基础之

---

① 这18首诗分别是：五律《送友人》《渡荆门送别》《听蜀僧濬弹琴》《访戴天山道士不遇》《送友人入蜀》；七律《登金陵凤凰台》；七绝《黄鹤楼送孟浩然之广陵》《春夜洛城闻笛》；古体诗《宣州谢朓楼饯别校书叔云》《古风第六》《古风第十四》《古风第十八》《江上吟》《侍从宜春苑奉诏赋龙池柳色初青听新莺百啭歌》《忆旧游寄谯郡元参军》《长干行》《玉阶怨》；词《菩萨蛮》。

② 这本诗集1997年推出新版，加上了副标题"An Anthology of Major modes and Genres"。

③ 叶维廉在新版前言中提到，庞德、威廉斯、施耐德等人在汉诗翻译中进行的句法创新为英语打开了一种新的表达方式。参见 YIP W. Chinese poetry: an anthology of major modes and genres[M]. Durham and London: Duke University Press, 1997.xiv.

上最后再给出诗歌的翻译。英语读者在这个"三分"阅读过程中，就可体会到中文诗歌语言的特点，如无主语、少逻辑词汇、无时态、意象并置等等，从而有助于他们思考译文是否保留住汉诗原来的审美维度。恪守原文意象并置的特点，尽力对应原文的语法结构，使这部诗集别具一格，收获很多好评，但同时也招致一些汉学家的批评，例如，宇文所安就认为，叶维廉的这种译法可能会抹除掉汉诗的多样性[1]。尽管如此，选集中的"三分法"对于英语读者认识李诗及其汉诗英译问题，依然有着积极的作用。这部诗集在今天依然是美国大学中国古典诗歌相关课程的重要参考书。

四、华兹生的《哥伦比亚中国诗歌选》

华兹生另一部重要著作《哥伦比亚中国诗歌选》（*The Columbia Book of Chinese Poetry： From Early Times to the Thirteenth Century*）出版。这本诗选收录先秦到宋代的诗歌，华兹生重点介绍了陶渊明、王维、李白、杜甫、韩愈、白居易、寒山、苏轼、陆游等九位诗人的作品，并撰写了诗人简介。他对李白的简介令人印象深刻。他指出，"尽管李白一生坎坷，但其诗歌中很少表露出绝望与痛苦；相反，他的诗歌总体上显得十分平静，甚至有时还表现出积极的人生态度"[2]。这个看法无疑为英语读者理解李白的诗人形象带来新的视角。

① OWEN S. Review on Chinese Poetry： Major Modes and Genres[J]. The journal of Asian studies，1977，37（1）：100-102.

② WATSON B. The Columbia book of Chinese poetry： from early times to the thirteenth century[M]. New York： Columbia University Press，1984：206. 原文："In spite of such vicissitudes of fortune，Li Po is little given to expressions of unmitigated despair or bitterness，his poetry on the whole being unusually calm，even at items sunny in outlook."

这部诗歌选集共收录李诗19首①。华兹生译诗十分严谨，不仅忠实原意、以一行对应原诗一行的方式译出，而且还为每一首诗歌标明诗歌类型，方便英语读者辨识。例如，《将进酒》的标题之下就注明"7-ch. old style, yueh-fu"（"七言，古体，乐府"）。此外，这些诗歌的标题完全依据原诗标题译出，如"Facing Wine with Memories of Lord Ho: Introduction and Two Poems"就是《对酒忆贺监二首》标题的逐字翻译，并且还把这首诗的题记完全译出。

这部选集所选诗歌，大致按早期诗歌、汉乐府、六朝乐府、唐诗、宋诗排序；出于编排结构考虑，华兹生未能兼及诗歌体裁的共时发展，所以具体到李白作品而言，李白的赋就未能收录，也未给予介绍。此外，华兹生所选的李诗还过于集中在一些读者十分熟悉的短诗上，美国汉学家柯睿（Paul W. Kroll）对此颇有微词，认为对华兹生选译过多李白绝句，会误导读者②。

五、温卡普的《中国诗歌之心》

1987年，曾在加拿大多伦多大学获汉语学位的学者格雷格·温卡普（Greg Whincup）选译的中国诗集《中国诗歌之

---

① 它们依次是:《子夜吴歌·秋歌》《将进酒》《苏台览古》《越中览古》《秋浦歌十七首·其五》《望庐山瀑布》《春夜洛城闻笛》《静夜思》《山中夏日》《赠汪伦》《黄鹤楼送孟浩然之广陵》《忆东山二首·其一》《送友人》《友人会宿》《对酒忆贺监二首·其一》《酬中都小吏携斗酒双鱼于逆旅见赠》《古风五十九首·其十九》《寄东鲁二稚子》《梦游天姥吟留别》。这些诗歌除个别篇目外，基本和华兹生1971年出版的诗歌研究专著《中国抒情诗》中收录的李白诗歌篇目相同。

② KROLL P W. Book review on The Columbia Book of Chinese Poetry and Twenty-five T'ang Poets[J]. The journal of Asian studies, 1985, 45(1): 131-134.

心》（*The Heart of Chinese Poetry*）出版①。标题源于温卡普对跨文化的共同诗心的体认，他称"诗歌是中国文化之心，而中国诗歌之心也在我们的胸中跳动"②。温卡普认为，"在传统的中国，诗歌是艺术中的女王，每位受过教育的中国人都会写诗，任何时代最好的诗人都是杰出的名人"③。带着这种共同的诗心，温卡普精选了57首中国古诗，并试图让英语读者直接感受中国诗原貌："此书旨在把这57首中国诗生动地呈现给西方读者，让他们直接面对中文原文，面对诗人创作这些诗歌所处的世界"④。为此，诗集采用译文加中文原文、再加拼音对照和英文注释的顺序。中文原文和对照的拼音均采用竖排方式，并为每个汉字附上基本上只有一个单词的英文释文。这样的排列方式符合温卡普对中国诗的认识，他认为"中国诗歌就像串串珠链一样"⑤。

诗集分为"中国诗歌之心""中国诗歌的历史""黄金时代三诗人""战争诗""关于女性的诗和女性创作的诗""风景与

① 温卡普在加拿大多伦多大学获得汉语专业学位，并曾在英国伦敦大学从事大量的中国诗歌研究工作。他现在多伦多皇家安大略博物馆远东部工作。他曾著有《重释易经》（*Rediscovering the I Ching*）一书。参见加拿大兰登书屋相关介绍：http://penguinrandomhouse.ca/authors/32975/greg-whincup。

② WHINCUP G. The heart of Chinese poetry[M]. New York: Anchor Press, 1987: vii. 原文："Poetry is the heart of Chinese literature. The heart of Chinese poetry beats in us, too."

③ 同①vii. 原文："Poetry was queen of the arts in traditional China. Every educated person wrote verses, and the best poets of any age were great celebrities."

④ 同①vii. 原文："The aim of this book is to make fifty-seven of the greatest Chinese poems come alive for Western readers. It presents the poems in a new way that brings the reader face to face with their original Chinese texts, and with the worlds of the poets who wrote them."

⑤ 同①4. 原文："Chinese poems are like strings of jewels."

娱乐"等六个部分。温卡普对李诗的译介集中在前五部分。第一部分"中国诗歌之心"为引言，以李白、杜甫和杜牧三位诗人各自的一首代表作来展示中国诗歌的一般特点，李白的代表作为《山中问答》。在英文注释部分，温卡普指出中国诗人惯用自然世界来表达人的情感，"中国诗歌的本质是与风景所联系在一起的情感"①。第二部分"中国诗歌的历史"列出了9首诗，为读者勾勒出从春秋时代到南宋约1700年的诗歌发展粗线条，其中包括李白的《送友人》。第三部分"黄金时代三诗人"用孟浩然、李白和杜甫的诗歌展现了中国诗歌鼎盛时期的风貌，其中孟诗3首，李诗5首，杜诗6首；李诗分别是《赠孟浩然》《黄鹤楼送孟浩然之广陵》《横江词》《自遣》和《早发白帝城》。第四部分"战争诗"中，收录李白的《春思》。第五部分"关于女性的诗和女性创作的诗"，收录李白的《玉阶怨》和《听蜀僧濬弹琴》。令人不解的是温卡普在本部分收录了《听蜀僧濬弹琴》，因为在该诗中，诗人描写了来自蜀地的一位僧人的高超琴艺，并兼及诗人对遇有知音的感慨和对故乡的眷恋，并不关乎任何女性。

在整部选集中，李诗入选最多，共有10首诗歌入选，占本诗集所录诗歌总数的1/5。温卡普这些译诗主要采用了自由体，并能兼顾李白原诗的节奏，具有较高的质量。

六、梅维恒的《哥伦比亚中国古典文学选集》

1994年，哥伦比亚大学出版社出版了由美国著名汉学家梅

---

① WHINCUP G. The heart of Chinese poetry[M]. New York：Anchor Press，1987：7. 原文："The essence of Chinese poetry is emotion linked to landscape. Chinese poets make the natural world an expression of human emotion."

维恒（Victor H. Mair，1943—）编选的《哥伦比亚中国古典文学选集》（*The Columbia Anthology of Traditional Chinese Literature*）[①]。这部规模宏大的中国古典文学选集，有意重塑西方读者心目中的中国文学印象，收录涉及诗歌、散文、戏剧、民间文学、口头文学等多个文类的作品，每个文类还细分不同亚类，仅诗歌部分就分为"古典诗歌""词与曲""骚与赋""民歌、歌谣及叙事诗"等多种体裁。

在这部中国古典文学选集中，李白是入选作品最多的诗人。"古典诗歌"部分收录李诗9首：宇文所安译的《赠孟浩然》，艾龙译的《上云乐》《庭前晚开花》《戏赠杜甫》《月下独酌四首·其一》，华兹生译的《秋浦歌十七首·其五》《望庐山瀑布》《静夜思》，梅维恒译的《古风》三首（其一、其二十一、其五十四）。"词与曲"部分收录有艾龙译的李白词《清平调三首》；"骚与赋"部分收录有艾龙译的《剑阁赋》。此外，在散文部分的"书信"体裁部分，收录有梅维恒译的《与韩荆州书》。

从作品体裁来看，梅维恒选录的李白作品十分有新意，几乎囊括了李诗所有类型：五言、七言、乐府诗、古风、绝句、词，而且还收录了不易被人注意到的"书"，即李白的书信体散文；从风格上来看，既有李白那些清新隽永的诗篇，也有涉及上溯风骚、复归风雅的古风体。可以看出，这部选集在有限的篇幅内为读者呈现了较为完整的李白作品形象。值得注意的是，梅维恒所选李诗并非出自为英语世界一般读者所熟悉的那些诗人兼翻译家之手，而是出自汉学家的译笔。究其原因，一

① MAIR V H. The Columbia anthology of traditional Chinese literature[M]. New York: Columbia University Press, 1994.

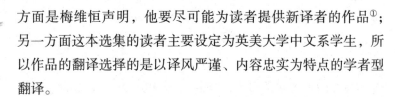

方面是梅维恒声明，他要尽可能为读者提供新译者的作品①；另一方面这本选集的读者主要设定为英美大学中文系学生，所以作品的翻译选择的是以译风严谨、内容忠实为特点的学者型翻译。

正是由于《哥伦比亚中国古典文学选集》的阅读对象为英美大学中文系学生，所以为了教学使用方便，梅维恒对这部选集的内容进行了精简，于2000年推出《哥伦比亚中国古典文学简编》（*The Shorter Columbia Anthology of Traditional Chinese Literature*），将原来的1335页精简到741页。集中的李白作品也有一定删减，删去了《上云乐》《秋浦歌十七首·其五》《望庐山瀑布》和《剑阁赋》，保留了9首作品，但仍是收录作品最多的诗人。

七、宇文所安的《中国文学选集》

1996年，美国诺顿出版社出版《中国文学选集：初始至1911年》（*An Anthology of Chinese Literature*：*Beginnings to 1911*）②，由美国著名汉学家宇文所安（Stephen Owen，1946—）编选。集中作品除个别篇目外，均出自他一人之手。面对体量庞大的中国文学作品，宇文所安自然只能选择代表性作品入选，但他希望通过他所选择的作品能"构造中国文学的传统，而不是简单地编选一些名作名篇，然后按照年代顺序排

① MAIR V H. The shorter Columbia anthology of traditional Chinese literature[M]. New York：Columbia University Press，2000：xix.

② OWEN S. An anthology of Chinese literature：beginnings to 1911[M]. New York：W. W. Norton，1996.

列出来"①。

全书整体叙述框架采用历时方式，分为"早期中国、中国中世纪、唐代、宋代、元、明、清代"六编，在每一编下，以相应历史时期下最突出的文类为标题。为体现诗歌传统的继承与发展，宇文时常会打破诗人的先后顺序，以便体现同一种文类下诗人的不同特色，或同一位诗人的不同特点。

在这本选集的前言中，宇文所安提醒读者李诗在中国人心目中的位置："19世纪的商人、僧侣和士大夫可能具有极其不同的价值观，他们的学识也可能千差万别，但他们可能都熟悉、喜爱甚至能背诵同样的一些李诗。他们在童年就记下了这些诗，将在余生中的某个恰当场合把它们背诵出来"②。正因如此，宇文所安在这部中国文学选集中较全面地展现出了李诗的特色。

选集第一章是对唐代诗歌的概述，介绍了唐代诗歌的主要类型：应景诗、送别诗、咏怀诗、游仙诗、咏史诗、咏物诗、人物类型诗（包括士兵、游侠、宫女、村女、樵夫、商贾等）。由于李白送别诗特别出名，所以宇文所安在介绍送别诗时，除了编选王维和孟浩然的诗外，列出了李白的《送友人》和《鸣皋歌送岑征君》；在介绍人物类型诗时，译出了李白的《采莲曲》和《越女词五首》。由于这章重点在于介绍唐代诗歌

---

① OWEN S. An anthology of Chinese literature：beginnings to 1911[M]. New York：W. W. Norton，1996：xl. 原文："… that make up a 'tradition' rather than simply collecting some of the more famous texts and arranging them in chronological order."

② 同①xxxix. 原文："A nineteenth-century merchant, a Buddhist monk, and a Confucian official may have held profoundly different values; the nature and depth of their educations may have differed greatly; but all three would probably have known, loved, and memorized a few of the same poems by Li Bo."

的一些主要类型，所以无法使读者更全面了解李诗。为此宇文所安在第二章"盛唐诗歌"专门介绍了三位大诗人：王维、孟浩然、李白①。

在第二章中宇文所安介绍了李诗的三大特点。一是对乐府诗歌中的人物与传说的借用与改写。他指出李白是一位善于想象的诗人，并译出《远别离》《乌夜啼》以作例证。二是李白游仙诗是他那个时代"反文化运动"的一部分。他列举了《古风第五》《古风第七》《梦游天姥吟留别》《山中问答》。三是李白描写现世的诗歌也充满想象，他是一个表演者，行动和思想都超越了生活，普通人都被他那无拘无束的艺术形象所吸引，因此"李诗之所以如此受欢迎，在很大程度上是因为他在诗歌中展现出来的自我形象"②。为例证这一特点，宇文所安译出《月下独酌四首·其一》《夏日山中》《春日醉起言志》《自遣》和《哭宣城善酿纪叟》。由于这是一本文学作品选集，所以宇文所安并没有就他提出的这些特点做进一步的阐释。但他指出，选译的这些李白诗歌能反映出李白善乐府旧题、多道教主题和在诗中有意建构自我形象的特点。特别是最后一个特点，历来的李诗评论家都未能指出，因此极有新意，能为读者和研究者带来诸多启发。第二章最后一节还介绍了唐代的绝句，其中选译了5首李白绝句（《陪族叔刑部侍郎晔及中书贾舍人至游洞庭五首》）。此外，在"唐代"这一编中还专门辟有一章介绍边塞文学，其中列举了李白描写战争给士卒及家人带来死

---

① 相比之下，宇文对杜甫诗歌似乎更加欣赏，专门用了一章来介绍他的诗歌。

② OWEN S. An anthology of Chinese literature：beginnings to 1911[M]. New York：W. W. Norton，1996：403. 原文："He was a performer, whose gestures and claims were larger than life. ... The great popularity of Li Bo's poetry was in no small measure due to such an image of himself displayed in his poems."

亡与痛苦的两首诗《古风其十四》和《关山月》，同时还列举出李白的《胡无人》，并指出其中的血腥味与诗人的极端爱国主义。

在这本选集中，宇文所安遵循的翻译原则既不是归化也不是异化，而是一种折中的办法。针对诗歌的翻译，他把四言和五言诗行译为一行，七言诗行译成两行且第二行缩进。他认为汉诗一联为诗歌基本单位，所以在译文中，除了唐之前的诗、绝句和明显分成几个段落的诗歌，译文用一节来对应原诗一联。

宇文所安这本《中国文学选集》以其别具一格的编排体例和严谨的学术翻译，为英语读者深入了解李诗提供了更加全面的视角。

八、温伯格的《新方向中国古典诗歌选集》

2003年，美国作家和翻译家艾略特·温伯格（Eliot Weinberger，1949—）主编的《新方向中国古典诗歌选集》（*The New Directions Anthology of Classical Chinese Poetry*）出版①。这是中国古典诗歌英译史上一部集大成之作，它选编了新方向出版社出版过的五位重量级译家的作品。这五位译家分别是诗人庞德、威廉斯、雷克斯罗思、施耐德和汉学家兼诗人辛顿，他们的汉诗翻译在时间上跨越了几乎整个20世纪，因此可以把这本诗歌选集看作百年汉诗翻译的一次"回顾展"。

根据该书勒口的介绍，这本诗集是从汉诗对美国诗歌产生巨大影响的角度来选诗②，因此集中选编的诗歌可以看作英译

① WEINBERGER E. The New Directions anthology of classical Chinese poetry[M]. New York: New Directions, 2003.
② 参见该书前勒口，原文："It is the first to look at Chinese poetry through its enormous influence on American poetry."

汉诗的代表性作品，它们对美国当代诗歌的发展起到过积极的作用。正是出于这个原因，这本诗集甚至为一些篇目提供了不同译者翻译的版本。这对我们了解李诗翻译的总体水平有一定帮助。这部诗集共收录李诗24首①，主要出自庞德《神州集》、威廉斯《桂树集》（*The Cassia Tree*）和辛顿《李白诗选》。庞德翻译的李诗共13首②，威廉斯5首，辛顿14首，其中《长干行二首·其一》同时提供了这三位译者的翻译，其余篇目则有一至两个译本不等。温伯格所选的这些篇目集萃了20世纪在英语世界最广为传播、最有影响力的李诗代表作。

---

① 这24首李诗依次是：《长干行二首·其一》《玉阶怨》《古风·其十八》《古风·其十四》《忆旧游寄谯郡元参军》《送友人》《黄鹤楼送孟浩然之广陵》《Wine》《登金陵凤凰台》《古风·其六》《送友人入蜀》《子夜吴歌四首·其一》《子夜吴歌四首·其二》《山中与幽人对酌》《游南阳清泠泉》《战城南》《长相思三首·其三》《忆东山二首·其一》《登新平楼》《山中问答》《登新平楼》《题江夏修静寺》《静夜思》。

② 庞德译诗中有三首需要说明：题为"Wine"的这首诗最早由庞德1918年11月发表在《小评论》（The Little Review）上面，但笔者经过反复阅读，无法考证到底是何首李诗。汉诗翻译家柏艾格（Steve Bradbury）认为这是编者温伯格的张冠李戴（参见 BRADBURY S. On the Cathay tour with Eliot Weinberger's New Directions Anthology of Classical Chinese Poetry[J]. Translation review，2003，66(1)：39-52.）；《乌栖曲》和《静夜思》系庞德根据费诺罗萨笔记完成的草稿，未正式发表，后来经他人整理于1988年发表（参见 WEINBERGER E. The New Directions anthology of classical Chinese poetry[M]. New York：New Directions，2003：217.）

第四章

李诗英译策略研究

面对李白这样一位来自异质文化和诗歌传统的诗人，英语世界的译者们在翻译策略和方法选择上自然面临诸多困难。如何采用恰当的诗体形式，呈现含有中国文化和文学意象的诗歌内容，如何传递原诗的节奏与格律，成为译者们需要考虑的问题。本章考察具有代表性的李诗译者及其译作，来展现英语世界的李诗翻译形式上所呈现出的主要特征，以及译者们所采用的相应策略。需要申明的是，本章所讨论的翻译策略并非专属于某些译者，译者在翻译实践中往往会采用不同的策略和方法，本章目的在于展现李诗在英语世界中的主要形式面貌，故将重点放在这些译者的李诗翻译中最引人注目的策略上面。

第一节　创意英译：李诗英译中的创造性叛逆

创造性翻译几乎发生在所有的诗歌翻译当中，因为没有哪两种语言是完全对等的，如果对等也就没有翻译的必要了。李白诗歌翻译也是如此，从早期的传教士和汉学家译者，到后来的诗人和学者译者，他们笔下的李诗总是呈现出不同的样貌，即使针对同一首李诗的翻译也绝无重复，而这种差异之处体现的正是译者自觉不自觉的创造性。在李诗英译历程中，译者总会出于种种原因对李白原诗进行"变异"式处理，或压缩原诗信息，或扩展原诗内容，或结合原文进行大胆变形以至达到改写的境地。创造性翻译又常被称为"创意翻译"，是一种诗歌翻译中的"创造性叛逆"①。这类翻译在20世纪上半时期李诗英译发展阶段中尤为明显，本节以丁韪良和翟理思的翻译实践来加以说明。

一、丁韪良的创造性翻译

美国传教士、汉学家丁韪良在翻译李诗时主要采取了一种创造性的归化翻译策略。从第一章中我们已经看到，他翻译《长干行二首·其一》时采用缩译，而《月下独酌四首·其一》中则采用扩译，似无定规，但如果我们仔细检视可以发现，他的翻译是一种典型的归化式翻译，即试图将李白这位中国诗人的诗歌纳入英语诗歌传统规范。但他在李诗翻译实践上往往走向极端，达到创译的程度，常增加原诗并没有的信息。最能反映这个特点的译诗，是下面这首收录在丁韪良《中国传说与抒情诗》（1912）当中的《行路难》（*Troubles of a Traveller*）：

金樽清酒斗十千，At meat I sat in lordly hall,
　　　　　　　我坐在豪华的大厅中吃着肉，
玉盘珍羞直万钱。A weary hungry guest,
　　　　　　　我是一个疲倦又饥饿的宾客，
停杯投著不能食，When forced to drop my cup and dish
　　　　　　　但此时我不得不放下肉和酒

---

① 谢天振.译介学[M].上海：上海外语教育出版社,1999:137.

And miss my needed rest.

放弃我渴望已久的休息。

拔剑四顾心茫然。 With sword and shield, for anxious hours

提着剑，举着盾，几个焦急的时辰

I paced the rampart high,

我穿过高高的壁垒，

And strained my eyes on everyside

张望着每一个方向

A lurking foe to spy.

警惕着敌人的埋伏。

欲渡黄河冰塞川， To reach the river's hank I push,

我终于到达了河岸，

The boat beyond is seen,

能看见远处的小船，

Yet must I camp and wait a week

但我必须驻扎下来等上一周

With floating ice between.

因为河里还有浮冰。

将登太行雪满山。 Olympus' peak I strive to scale

我想要登上奥林匹斯山顶

To scan the world's wide face,

就能够一览那辽阔的大地，

But blinding snow blots out the view

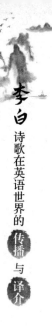
但弥漫的大雪遮挡了视线
And back my steps I trace.
我只有返回找寻我的来路。

闲来垂钓碧溪上，Like princely fisherman of yore，
就像往昔那位高贵渔夫，
Beside a babbling brook，
守候在汩汩的溪水之旁，
I sat upon a mossy bank
我坐在长满青苔的河畔，
And watched my baited hook.
注视着放好诱饵的鱼钩。

忽复乘舟梦日边。
行路难，行路难，
多岐路，今安在？
长风破浪会有时，Then suddenly a favoring breeze
突然一阵怡人的和风
直挂云帆济沧海。Called me to spread my sail，
呼唤着我去张开船帆，
To try again the treacherous seas
再次驶向危险的海洋
And tempt a furious gale.
再次穿越怒号的狂风。

[行路难，行路难，] How oft in danger and despair
一个时运不济的游子
Do hapless travellers roam!
要经多少危险与绝望！

[多岐路，今安在？]①   By land or sea alike unsafe,

陆地和海洋都不安全，

Why don't I stay at home? ②

我何不守在我的家乡？

与原文对照可以看出，丁韪良差不多如脱缰野马般在自由发挥，译文几乎见不着原作的影子。与几年后美国诗人庞德对李诗的创造性翻译相比，丁韪良堪称英语世界创译李诗之鼻祖。从创译的程度来看，这位译者也令后来者难望其项背。如不是这首译诗的标题（"Troubles of a Traveller"）明确指向李白这首脍炙人口的名篇《行路难》，仅凭诗歌内容，我们是很难将二者联系在一起的。与《长干行二首·其一》译诗中的"缩译"相比，这首诗显然使用了极度"扩译"的方法。如第二节和第四节各用四个诗行来翻译原诗诗句（"拔剑四顾心茫然""欲渡黄河冰塞川"及"将登太行雪满山"），且这些诗行中的内容全是对原诗句的想象式重构。最后三节则显然都已经超越"扩译"，几近"无中生有"的地步。

"行路难"本系乐府旧题，多用作咏叹世事艰难、困顿贫苦之处境。李白用此题来抒发自己怀才不遇的境况，全诗虽然笼罩着悲愤之情，但结尾处却明确表达了诗人的豪迈气概。而译者却全然改写了这一主题，这可称为彻头彻尾的诗歌创作。原诗乃典型的中国抒情诗的特征。抒情诗往往为因某一具体景物、时间、空间或事件所触发，所谓"情动于中而形于言"。

① 李白.李太白全集[M].王琦，注.北京：中华书局，2011：167-168.

② MARTIN W A P. Chinese legends and lyrics[M]. Shanghai：Kelly and Walsh，1912：58-59.

反观译诗，则可发现它明显违背抒情诗这种特点。译诗开篇第一节就设置了一个紧张不安、充满张力的时刻，这种戏剧化的开篇方式使诗歌更接近西方叙事诗的特点。诗中叙述的是一个为报主人之恩的侠士，提剑举盾穿越敌人的壁垒，想去远方寻求神的援助——"我想要登上奥林匹斯山顶"，但由于大雪弥漫、河流冰冻，最后不得不停在河岸等待机会。很明显，译诗中的叙事轨迹已完全改写了李白原诗中的抒情特征，而成为英语读者熟悉的叙事诗。

二、翟理思的创造性翻译

英国汉学家翟理思是一位坚定的韵体翻译实践者，主张翻译用传统的押韵体来翻译汉语抒情诗①。他在《古今诗选》（1898）中译出的李诗体现出了这一特点。但从诗歌翻译的变异角度来看，翟理思所译李诗还体现出了创造性翻译特点。

和丁韪良一样，翟理思也采用归化翻译策略，力图使译文更符合英语诗歌传统，所以他常将李白原诗中富有中国文化特色的词汇直接省略，或是将其替换为英语文化中的词语，例如下面这首《秋思》：

> 燕支黄叶落，With yellow leaves the hill is strown,
> 　　　　　　*山中黄叶纷飞，*
> 妾望自登台。A young wife gazes o'er the scene,
> 　　　　　　*少妇将这景象凝望，*
> 海上碧云断，The sky with grey clouds overthrown,
> 　　　　　　*天空碧云翻转，*

---

① 吴伏生.汉诗英译研究：理雅各、翟理思、韦利、庞德[M].北京：学苑出版社，2012：117-118.

单于秋色来。While autumn swoops upon the green.

秋色扑向绿色。

胡兵沙塞合，See， Tartar troops mass on the plain;

看，胡人的军队在原上集结，

汉使玉关回。Homeward our envoy hurries on;

我们的使节赶在归途路上。

征客无归日，When will her lord come back again?...

她的主人何时才能返乡？……

空悲蕙草摧。[①]To find her youth and beauty gone![②]

来发现她的韶华已然飘散。

"燕支"和"登台"本系山名，而翟理思在翻译"燕支黄叶落，妾望自登台"时，直接将它们省略："With yellow leaves the hill is strown，（山中黄叶纷飞）/ A young wife gazes o'er the scene（少妇将这景象凝望）"。同样，"单于秋色来"句中的"单于"和"汉使玉关回"句中的"玉关"，在译文中都不见踪影。

基于同样原因，凡李诗标题中有地名，翟理思都不予保留。如他将《江夏别宋之悌》译为"At Parting"（分别），将《独坐敬亭山》译为"Companions"（相伴）。这种省略掉文化关键词汇的例子在《古今诗选》中俯拾皆是。

翟理思上面这种简化的处理方式可以看成是一种"克制

---

① 李白.李太白全集[M].王琦,注.北京:中华书局,2011:304.

② GILES H A. Chinese poetry in English verse[M]. London: Bernard Quaritch, 1898:62.

型"创造性翻译，而他的其他一些李诗翻译则体现出更为大胆的创造性翻译实践。以《金陵酒肆留别》为例：

风吹柳花满店香，　The breeze blows the willow- scent in from the dell,

　　　　　　　　　微风吹来山谷中柳花的香味，

吴姬压酒唤客尝。　While Phyllis with bumpers would fain cheer us up；

　　　　　　　　　村姑举着美酒劝我们品尝。

金陵子弟来相送，　Dear friends press around me to bid me farewell：

　　　　　　　　　亲爱的朋友们围着向我道别：

欲行不行各尽觞。　Goodbye！and goodbye！— and yet just one more cup ....

　　　　　　　　　再会！再会！再来一杯……

请君试问东流水，　I whisper，　Thou'lt see this great stream flow away

　　　　　　　　　我悄声说，就像这流着的江水

别意与之谁短长。[①]Ere I cease to love as I love thee today![②]

　　　　　　　　　我今日对诸君的爱将永远流淌。

翟理思将此诗标题译为"Farewell by the River"（江边留别），将"金陵酒肆"这一方位变换成了"江边"。第一行译文

① 李白.李太白全集[M].王琦,注.北京：中华书局,2011：621-622.
② GILES H A. Chinese poetry in English verse[M]. London：Bernard Quaritch, 1898：65.

李白 诗歌在英语世界的 传播 与 译介

本可以为"店"（即"酒肆"）留下位置，但译者却没有这样做，而且在余下的诗行中也没有进行任何的补救措施。这样一来，翟理思将这首李诗中所反映出的具体生活场景，抽象为一般意义上的反映离别之情的诗歌。这便与原诗有些出入了。此外，译诗最后两行也与原诗有出入。原诗那种深情、豪迈又不失幽默的意境，已变成了英国诗人勃朗宁夫人（Elizabeth Barrett Browning，1806—1861）笔下那种痴情与决绝："我爱你，它将与我终生的呼吸、/微笑、泪水为伴"①。翟理思的曲笔发挥，使这首诗歌与李白原诗大相径庭。

相比上面这些做法，翟理思对李诗《秋风词》的翻译更为大胆：

秋风清，	The autumn breeze is blowing,
	秋风吹，
秋月明，	The autumn moon is glowing,
	秋月明，
落叶聚还散，	The falling leaves collect but to disperse.
	落叶聚拢又散开。
寒鸦栖复惊。	The parson-crow flies here and there
	寒鸦飞来又飞去
	with ever restless feet;
	露着不安的双爪；
相思相见知何日？	I think of you and wonder much
	想着你，想着

① 此句出自勃朗宁夫人创作的"葡萄牙诗人抒情十四行诗"第四十三首。参见勃朗宁.勃朗宁夫人诗选[M].袁芳远,译.石家庄:花山文艺出版社,1995:147-148.

when you and I shall meet…
我们何时能相见……
此时此夜难为情！①Alas tonight I cannot pour my feelings
哎，今夜我无法将情感
forth in verse!②
注入诗篇！

　　在这首译诗中，翟理思不仅在句子层面进行了一些创造性发挥，例如，第五行中为寒鸦增加了"双爪"，最后一句将相思之情附会成"诗篇"，而且更加值得注意的是，他还改变了原诗的结构。原诗有三联，前两联写景，末联抒情。而译诗的标点符号使用和诗行情况来看，第二联被译者打散，前句与第一联构成了译诗的前半部分，后句与第三联构成译诗的后半部分。这显然与李白原诗大异其趣。当然，我们不能就此认定译诗质量低下。恰好相反，翟理思的这首译诗，因其创造性的发挥，而获得了特别的诗歌效果。尤其是最后一句犹如神来之笔："今夜我无法将情感/注入诗篇！"它呼应了翟理思为这首诗确定的英文标题："No Inspiration"（可译为"没有灵感"）。这首译诗具有自己独立的品质，堪称一首绝妙的英文诗。

　　虽然在《古今诗选》中翟理思并未申明其翻译的原则，但根据他在《古文选珍》首版中的自序，他翻译中国诗歌时秉持三个原则。其一，译文应保持准确；其二，专名或用典可以删去。他认为译本的真正读者是普通人，他们往往很难忍受那些难以拼读的长长的人名和地名，以及那些很难再重现其全部意

---

① 李白.李太白全集[M].王琦,注.北京：中华书局,2011：993.

② GILES H A. Chinese poetry in English verse[M]. London: Bernard Quaritch, 1898:67.

义的典故，所以只要不妨碍文本的主旨，这些人名、地名和典故都应予删除；其三，译文允许扩译和缩译①。那么，是什么样的翻译观使翟理思为他的翻译定下这几个原则呢？对这个问题的回答我们不妨引述一下他的原话："我们需时刻铭记，译者充其量也就是个背叛者，如果原作是阳光和美酒的话，那译作只是月光和水"②。从这段话来看，翟理思为原作和译作定下了一个等级制的二元结构：阳光/月光，或美酒/水，即是说，原作始终要高于译作，译作只能借助原作"发光"，而且可能会失去原作之"美"，而变成淡淡的"水"。当然我们一方面可以将此看作是翟理思的谦辞，因为如前所示，他在《古今诗选》中的一些李诗翻译并不逊色于原作；但另一方面也可将此看作是他的托词，既然已注定是个"背叛者"，索性就在译文中放开手脚，大胆创译。

第二节　诗体创新：李诗英译中的实验性翻译

李诗本身具有多种面貌，五言与七言，古体与近体，绝句与歌行，这些诗歌体制上的变化自然会引起李诗翻译者们的注意。如何选择恰当的诗体形式来对应李诗，翻译者们进行了多种翻译尝试，尤其是对于早期的李诗翻译者来说，汉英语言形式的悬殊，汉英诗歌传统的迥异，使诗歌翻译实践染上了浓郁的实验气息。本节以英国汉学家艾约瑟为例来展现这一特点。

---

① GILES H A. Gems of Chinese literature[M]. London: Bernard Quaritch, 1884: v.

② 同①v. 原文："It must however always be borne in mind that translators are but traitors at the best, and that translations may be moonlight and water while the originals are sunlight and wine."

艾约瑟于1888年发表在《北京东方学会会刊》上的文章《关于李太白》含有22首李诗，由他本人翻译。对于这些李诗，艾约瑟并没有坚持单一的翻译方法，而是尝试了多种办法。有的使用韵体意译，有的使用散体直译，有些译诗坚持与原诗诗行数量对应，有些译诗的诗行则远远多于原诗诗行。例如，艾约瑟对李白《怨情》一诗的翻译使用的是规范的抑扬格五音步诗体形式，韵脚采用也是AABB双行押韵这种基本形式：

美人卷珠帘，A lovely woman draws a pearl strung blind.
一位美丽的女子拉开珠帘。

深坐蹙蛾眉。She knits her brows where she sits far behind.
她蹙着眉坐在帘子的后面。

但见泪痕湿，Wet marks of tears are all I see.
我只看到她脸上湿湿泪痕。

不知心恨谁。[1]The man she is angry at， who is he?[2]
她定恨着一个人，他是谁?

译诗虽是采用传统的英诗格律，但内容却富有东方韵味，完全是李白原诗的那种含蓄蕴藉、言短意长的风格。译诗的抑扬格五音步也在节奏上大致与原诗五言诗行对应。所以这是艾约瑟的一首成功译作。而艾约瑟对李诗《早发发帝城》的翻译就值得商榷了：

---

① 李白.李太白全集[M].王琦，注.北京：中华书局，2011：1006.
② EDKINS J D. On Li T'ai-po, with examples of his poetry[J]. Journal of the Peking Oriental Society, 1890, 2(5): 323.

朝辞白帝彩云间，To the white god in the coloured clouds
向着彩云中的白帝
I said farewell in the morning grey.
我在灰蒙蒙的清晨道别。

千里江陵一日还。After sailing a thousand li I returned to Ki-ang- ling before the setting of the same sun.
航行千里后我在落日前回到了江陵。

两岸猿声啼不住，On each craggy shore is heard without ceasing the monkey's saddening cry.
崎岖的两岸不断传来猿猴悲戚的叫唤。

轻舟已过万重山。[1]Among these rocks there have been ten thousand changes of scene.
岩礁之间藏有千万种风景。
How swiftly has my boat passed them by![2]
我的船穿过它们多么迅速！

这首脍炙人口的诗，是李白在流放夜郎途中突遇赦免返回江陵时所作。全诗抒写的是突然而至的惊喜交加和返还路上的畅快兴奋。而艾约瑟的译诗却让我们怀疑他是否真正理解原诗，因为译诗一些地方体现了他对原诗的误读与误译。译诗中对"白帝"的理解有误，它本是指白帝城，而艾约瑟却将之理

① 李白.李太白全集[M].王琦,注.北京:中华书局,2011:871.
② EDKINS J D. On Li T'ai-po, with examples of his poetry[J]. Journal of the Peking Oriental Society, 1890, 2(5): 323-324.

解成了"白色的神"，于是就出现了"彩云中的白帝"。译诗因此凸显出了神的庄严灿烂的形象，并用"灰蒙蒙"的色调将"我"所处的人的世界与神的世界区别开来。沿着这种分离，译诗余下部分将诗歌的意义带向了以毅力和虔诚来克服人世的困境（"千里的航行"和"悲戚的猿声"）和诱惑（"千万种风景"）的主题。最终，艾约瑟将西方宗教诗歌的意境植入了李诗。可能正是这一"误读"导致了艾约瑟对原诗第二行至第四行的误译："一日千里"的心情的轻快变成了对"千里之途"的地理距离的实写；原诗暗示出来的心情与航行双重之"轻"（"轻快"或"轻盈""轻松"）在译诗中被缩减为单一的航行之"快"。整体效果而言，原诗蕴含的轻快调子在译诗中已难觅踪影，反而变得拖沓凝滞。

作为早期的李诗英译者，艾约瑟自然体会到了诗歌翻译的困难，为了让英语读者能通过译诗了解李诗原来的风格，他甚至尝试为同一首诗提供两种译文。我们可以通过《渌水曲》的译文对比来领略艾约瑟的实验性翻译。

译文一：

渌水明秋月， On the green water shines the autumn moon,
　　　　　　 绿水之上倒映着秋月，

南湖采白蘋。 Where someone plucks white water shields.
　　　　　　 那里有人采摘着浮萍。

荷花娇欲语， The lotus with its enticing beauty seems ready to speak.
　　　　　　 迷人的荷花好像有话要倾诉。

愁杀荡舟人。[1] The boatman as he rows is grieved to the brink of despair.[2]

摇桨的船夫悲伤得快要绝望。

译文二：

There where the lake is green	在绿绿湖水之上
The autumn moon is seen,	可见秋天的月亮，
And water shields are spread	水上的浮萍铺展
Along the tangled bed.	沿着交错的湖岸。
Their leaves are snowy white	它们在温暖阳光下
Beneath the sun's warm light.	闪耀着雪白的叶片。
See here the lotus grow	看！荷花正在生长
Making a glorious show,	尽情地自由绽放，
Floating in loveliness,	漂动婀娜身姿，
And wishing to express	希望能够倾诉
The thoughts which come to flowers,	已开成花儿的思想，
But lacking speech like ours.	但无法像我们一样言语。
The boatman rowing by	船夫荡起了双桨
Is sad he knows not why.[3]	莫名地感到忧伤。

　　译文一则以四行对应原诗四行。从视觉效果上来讲，译文一更忠实于原诗；从意象传递来说，译文一完整地译出了原诗中的意象，没有随意的增减。译文二则采用了一种十四行诗变

---

① 李白.李太白全集[M].王琦,注.北京：中华书局,2011：301.

② EDKINS J D. On Li T'ai-po, with examples of his poetry[J]. Journal of the Peking Oriental Society, 1890, 2(5)：330.

③ 同②330.

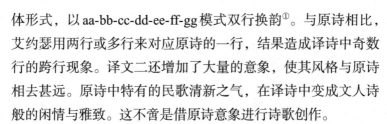

体形式，以 aa-bb-cc-dd-ee-ff-gg 模式双行换韵①。与原诗相比，艾约瑟用两行或多行来对应原诗的一行，结果造成译诗中奇数行的跨行现象。译文二还增加了大量的意象，使其风格与原诗相去甚远。原诗中特有的民歌清新之气，在译诗中变成文人诗般的闲情与雅致。这不啻是借原诗意象进行诗歌创作。

对这两种实验性译文，艾约瑟没有作过多的评论，他只提到译文一是用散体方式直译出来的②。我们可以发现，从诗歌可读性的角度来说，两首译诗都比较成功。虽然译文二有更多的创译成分，但抑扬格与双行换韵的运用使它具有较强的音韵效果。

值得指出的是，译文一使用了一个重读音对应一个汉字的方法（如笔者在译文中使用的下划线所示）。我们可以发现，译诗每行有五个重读音词，正好对应着原诗的五言诗行。这种方法正是后来著名汉学家韦利所发现的一种翻译汉诗的方法。可惜艾约瑟并没有将这一方法运用在其他李诗的翻译上面。《关于李太白》中的其他李诗的翻译大多采用散体无韵方式译出，多数诗行显得拖泥带水，这种译文正是后来韦利所批评的那种"被切割成长短不一的散文写作"③。

有意思的是，艾约瑟的实验性翻译其实预示了后来的李诗译者们会在两极之间摇摆：一极是紧贴原诗形式特征，努力让

① 英国浪漫主义诗人约翰·克莱尔（John Clare，1793—1864）尤擅使用这种诗体，他的诗集《乡村缪斯》（The Rural Muse）中有 86 首十四诗，其中 17 首均采用这种变体。参见 GRIGGS T S. Combinatorics of the sonnet[J]. Journal of humanistic mathematics，2016，2(6)：38-46.

② EDKINS J D. On Li T'ai-po, with examples of his poetry[J]. Journal of the Peking Oriental Society，1890，2(5)：330.

③ MORRIS I. Madly singing in the mountains：an appreciation and anthology of Arthur Waley[M]. New York：Walker and Company，1970：139. 原文："…they were mostly writing prose chopped up into lengt

读者感受到中文诗的特点；另一极则是不拘泥于原诗形式特征，以更自由化的诗行将原诗神韵传递给读者。

第三节　汉字美学:李诗英译中的拆字法翻译

　　"汉字是先民们通过观物取象，将自身对客观物象世界的探索与主观的情意相结合，创造出来的一种文字符号，具有意象性特征"①。作为一种表意文字，汉字具有明显的象形成分，这种特点迥异于西方基于字母的表音文字，因此在汉诗英译的早期历程中，引起了汉学者和翻译者们的极大兴趣，费诺罗萨、庞德、洛威尔等人甚至认为在中国诗歌中，汉字的偏旁部首本身就是构成诗歌意义的不可分割的部分②。他们认为可以用"拆字法"来进行翻译，从而确保原诗意象得到最充分的表达，甚至费诺罗萨本人还将汉字看成是所有语言中最理想的诗歌媒介。对汉字意象的偏执，使得这种译诗往往形成"意象增殖"效果而备受争议，拆字法后来并未成为汉诗翻译的主要方法③。这种"拆字法"最具代表性的当数洛威尔和艾斯柯，

---

① 蒋乃玢.论汉字意象的象征性特征[J].西北民族大学学报(哲学社会科学版),2019(2): 173.

② 庞德曾在他根据费诺罗萨笔记整理出的论文《作为诗歌媒介的中国文字》中讨论过这一问题，但庞德的《神州集》中的翻译并没采用拆字法。关于对费诺罗萨和庞德中国文字问题的讨论，可参见吴伏生.汉诗英译研究:理雅各、翟理思、韦利、庞德[M].北京:学苑出版社,2012:322-325; 石江山.虚无诗学——亚洲思想在美国诗歌中的嬗变[M].姚本标,译.北京:中国社会科学出版社,2013:64-69.

③ 后来的汉诗英译者们几乎很少采用这种拆字法。美国华裔作家黄运特曾于1997年在一本解读中国古诗的著作中使用过这种拆字法，并将其命名为"部首翻译"(radical translation)，不过他的目的在于向英语读者解读汉诗的构成，并没有将这种方法用于诗歌的最终译本上面。参见 HUANG Y T. SHI: a radical reading of Chinese poetry[M]. New York: Roof Book, 1997.

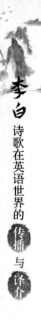

她们在《松花笺》中译出的李诗有多处使用了这种方法。

《松花笺》中的第一组李诗便是洛威尔和艾斯柯拆字法翻译的佳例。这组诗是李白的乐府诗《塞下曲》。《塞下曲》本有六首，洛威尔与艾斯柯只选译了其中四首，重新编序以组诗形式译出，我们这里以第二首（译自《塞下曲·其三》）为例：

骏马似风飙，Horses!

马群!

Horses !

马群!

Swift as the three dogs' wind!

迅如三犬之风!

鸣鞭出渭桥。Whips stinging the clear air like the sharp calling of birds,

马鞭声像鸟儿的呖叫刺破清澈的长空，

They ride across the camel-back bridge

他们跨过驼峰桥

Over the river Wei.

在渭水之上。

弯弓辞汉月，They bend the bows，

他们弯弓，

Curving them away from the moon which shines behind them

逆着身后那照耀着大汉土地的月光

Over their own country of Han.

蜿蜒行进。

插羽破天骄。They fasten feathers on their arrows

他们把羽毛插在箭上

To destroy the immense arrogance of the foe.

要灭掉敌人不可一世的傲慢。

阵解星芒尽，Now the regiments are divided

现在军营已经解散

And scattered like the five-pointed stars,

散作一片片的五角星，

营空海雾消。Sea mist envelops the deserted camp,

海雾笼罩了被弃置的军营，

功成画麟阁，The task is accomplished,

任务已经完成，

独有霍嫖姚。[1]And the portrait of Ho P'iao Yao

霍嫖姚的画像

Hangs magnificently in the Lin Pavilion.[2]

高挂在麟阁之中。

很明显，这首诗并没有按照原文句式译出，诗行长短不一，间有断行，不押韵，典型的自由体风格。细察译文，可发现共有四处地方使用了"拆字法"。第一处发生在诗的开头。两位译者将原诗第一句中的"骏马"分两行译出，重复使用"horse"，这自然是译者看到了"骏"字中还有一"马"。虽然"骏"在原诗中为形容词，有"迅速"之义，但它亦可做名词，指"良马"。如此，两位译者从"骏"中拆得一马也算说

① 李白.李太白全集[M].王琦,注.北京:中华书局,2011:249-250.
② AYSCOUGH F, LOWELL A. Fir-flower tablets: poems translated from the Chinese [M]. Boston: Houghton Mifflin, 1921:2.

第四章 李诗英译策略研究 ◇

得过去。第二处针对原诗第一句中的"飙"字。两位译者将此字拆为"三犬之风"。按许慎《说文解字·风部》"飙：扶摇风也，从风猋声"①。"飙"应为形声字，与"三犬之风"没有什么直接联系。但两位译者使用拆字法，为"迅速的马"赋予了更生动的形象。而这一拆字并非没有根据。《说文解字·犬部》将"猋"字解释为"猋：犬走貌，从三犬"②。这正好说明了译文中的"三犬之风"其来有自。其实艾斯柯对《说文解字》并不陌生，她在《松花笺》的"导言"中提到过许慎这部著作，并介绍说这部著作保留了汉字的原始形态③。第三处发生在"鸣鞭出渭桥"这一句。两位译者将"鸣"字拆为"口"和"鸟"，所以译为"鸟儿的呖叫"。原诗只是说催马过桥，而译诗中为了将"鸟儿的呖叫"描写得更加具体，不惜增殖出原文没有的意象"刺破清澈的长空"。第四处拆字也发生在这一句。译文中出现了原文并没有的"驼峰桥"，桥的"驼峰"状极可能来自李诗原句中的"出（屮）"，这个字的形状与耸起的驼峰多少有些接近，而"驼峰桥"指的也正是中国传统桥梁类型——拱桥。可以断定，正是这二者之间的联系让两位译者采用了拆字法。

从译诗效果来看，以上四处拆字有得其妙处者，也有失之累赘者。第一处尤为精彩，借拆字而来的重复诗行"马阵！/马阵！"尽得原文马阵呼啸而出之势。第三处略显冗长，但"鸣鞭"之"鸣"虽为动词，但确有声音之意。译文将原诗的打马前行之动作转换为"刺破清澈的长空"的打马扬鞭之声

① 许慎.说文解字[M].北京：九洲出版社，2001：793.
② 同①572.
③ AYSCOUGH F, LOWELL A. Fir-flower tablets：poems translated from the Chinese [M]. Boston：Houghton Mifflin, 1921：lxxxviii.

音，将战前紧张骚动的气氛渲染得更加生动形象。但另外两处的拆字并未让译诗增色，反倒有多此一举之嫌。第二处的"三犬之风"可能会让英语读者莫名其妙，因为英语之中并无类似的表达；第四处增加的"驼峰"突出了拱桥的样式，但对于烘托原诗中的征战前场景并无助益，反倒显得多余。从全诗来看，两位译者拆掉的字都具有强烈的视觉特征："马""犬""鸟""驼峰（桥）"，突出这些物象为译诗增殖了意象。如前所述，两位译者采用这种拆字法，是因为她们相信汉诗中的某些汉字会为全诗带来某种言外之意。

　　总体而言，在这首李诗中，两位译者对拆字法的使用还是较为克制，而且能够根据原诗结构的变化而做出相应的变化。我们可以发现，拆字现象主要集中在原诗的前两句，这两句重在刻画战前的情境，所以译者有意用拆字法来造成意象增殖，为译文增色。原诗第三、四句已转为战事一触即发的状态，译者没有使用拆字手段。第五、六句描写的是战后的场景，译者同样没有使用拆字法。可能是为了突出"破天骄"之后的景象，第四句增加了"五角星"这一意象，这里译者对原文的理解有误。星芒是指客星之芒，古人认为客星有白芒，乃兵气之象，故"星芒尽，谓兵气解也"①。原诗最后两句是陈述性的句子，乃全诗主旨句，显然不适于进行拆字。值得注意的是，译诗从对应"阵解星芒尽"的诗行开始直到最后一行，使用了一个英语句子，将原诗的第五、六句和第七、八句变成了一个整体，这样一来，译诗在结构上就形成了注重动态描写的前半部分和注重静态描写的后半部分。概而言之，译者在前半部分多处使用了拆字法，而在后半部分显得十分克制；战前人马喧嚣的生动场面同战后了无生气的冷清战场形成了强烈的对比，

---

① 詹福瑞,刘崇德,葛景春.李白诗全译[M].石家庄:河北人民出版社,1997:170.

原诗中对造成"一将功成万骨枯"的战争的控诉，因此在译诗中变得异常醒目[①]。

正如前文所述，在《松花笺》中并不是每首诗都使用了这种拆字译法，洛威尔和艾斯柯申明只有需要在诗中增加附加意义的时候才会使用。从以上这首《塞下曲》译诗我们发现，只有那些与原诗的主题、情绪和氛围紧密相连的意象，使用拆字法翻译时才能获得更好的效果，而与此无关或只是以增殖意象为目的拆字法翻译则会陷入败笔的风险。我们可以从《松花笺》找到更多的例子来证明这个结论。其中运用得当的例子有（诗例中的中文加点字与英文斜体字相对应，下同）：

苍苍横翠微（《下终南山过斛斯山人宿置酒》）：（把"翠"字中的"羽"引申为"翠鸟"）

Green, green, the sky; the horizontal, kingfisher-green line of the hills is fading.[②]

与君两乡对酒而相忆（《剑阁赋》）：（将"忆（憶）"拆为两个"心"与一个"音"）

I and you, even though in different provinces, may drink our wine opposite each other, /And listen to the talking /Of our hearts.[③]

运用不当的例子有：

犬吠水声中（《访戴天山道士不遇》）：（将"吠"拆为"口"和"犬"）

---

① 《松花笺》的出版正值一战结束后不久，对战争的反思成为当时文艺界的主潮，这正是艾思柯和洛威尔将李白这首反战诗放在集中首位的原因。

② AYSCOUGH F, LOWELL A. Fir-flower tablets: poems translated from the Chinese [M]. Boston: Houghton Mifflin, 1921:51.

③ 同②53.

A dog, /A dog barking. /And the sound of rushing water.[①]

白云堪卧君早归（《白云歌送刘十六归山》）：（从"早"中拆出"日"；将"君"看作戴着头盔的人）

My Lord will go back /To where he can sleep /Among the white clouds, /When the sun is as high /As the head of a helmeted man.[②]

　　正是基于以上原因，《松花笺》出版后赢得了读者广泛兴趣的同时，也引发了巨大的争议。这些争议主要来自汉学家，如陶友白、张歆海、张安妮、叶维廉等人[③]。他们认为《松花笺》中译诗最大的问题在于往往用词过多，显得冗长累赘，而拆字法所引起的问题尤为突出。英国汉学家和汉诗翻译专家葛瑞汉对此的评价具有代表性："这种做法的结果是把译诗中和英语词的联想——同样遥远含蓄的联想——推到前面来了，同时显得不必要地啰唆"[④]。但我们不能过分夸大拆字法对两位译者产生的负面影响，因为正如她们在《松花笺》中已经申明的那样，这个方法她们用得极为克制。两位译者将汉字美学实验性地融入了她们的意象主义诗学，赋予了她们的李诗翻译一种强烈的创新气质。

① AYSCOUGH F, LOWELL A. Fir-flower tablets：poems translated from the Chinese [M]. Boston：Houghton Mifflin, 1921：68.

② 同①36.

③ 卡茨.艾米·洛威尔与东方[M]//张隆溪.比较文学译文集.北京：北京大学出版社，1982：178-203.

④ 格雷厄姆(葛瑞汉).中国诗的翻译[M]//张隆溪.比较文学译文集.北京：北京大学出版社，1982：223.

第四节　意象美学:李诗英译中的
意象主义翻译

　　针对英语传统诗歌,尤其是维多利亚时期诗歌的臃肿浮华、矫揉造作的特点,诗人庞德主张在诗歌节奏上打破传统的抑扬格,使用更加符合现代人习惯的语言风格,他反对用韵,认为"韵脚会让使人变得冗长啰唆,偏离想要表达的事物"①。庞德的这种诗歌观念正是当时英美诗坛兴起的现代自由诗思想的反应,庞德把这种观念同他的意象主义诗学思想相结合,用于李诗翻译,起到了重要的引领作用,之后韦利、洛威尔、陶友白等诸多译者在使用现代诗体翻译李诗时,都注重再现原诗中的意象。以意象美学为导向的这种现代诗体遂成为李诗英译的主流形式。本节主要以庞德、洛威尔与艾斯柯的翻译来展现这种翻译的魅力。

一、庞德的自由诗翻译

　　在《神州集》(1915)的李诗翻译中,庞德尝试了打破诗行的方式。诗行可以看作构建诗歌意义的基本单位,而庞德创造性地打破汉诗的诗行,往往从诗行内部进行中断或者断行,从而阻断诗行变成英语传统诗行的样子。诗歌评论家帕洛夫认为这正是庞德对现代英语诗歌体制所做的巨大贡献:"他关注的是诗行而不是诗节,……他的诗行不断地打破抑扬格规

---

① POUND E. Selected prose, 1909-1965[M]. New York: New Directions, 1973:42. 原文:"It [Rhyme] tends to draw him into prolixity and pull him away from the thing."

则"①。其实，庞德打破诗行与他注重意象表现的诗学主张密切关联。本节以此为视点来考察庞德针对李诗的现代诗体翻译。先以李诗《江上吟》（*The River Song*）前六行为例：

木兰之枻沙棠舟，	This boat is of shato-wood, and its gun- wales are cut magnolia,
	船是沙棠木，舷是木兰状，
玉箫金管坐两头。	Musicians with jewelled flutes and with pipes of gold
	演奏着金箫和玉笛的乐师
美酒樽中置千斛，	Fill full the sides in rows, and our wine
	坐满两边，而我们的酒
	Is rich for a thousand cups.
	足够满上一千杯。
载妓随波任去留。	We carry singing girls, drift with the drift- ing water,
	我们载着歌女，随波荡漾，
仙人有待乘黄鹤，	Yet Sennin needs
	仙人需要
	A yellow stork for a charger, and all our seamen
	一只黄鹤来当坐骑，而我们全体船员
海客无心随白鸥。	Would follow the white gulls or ride them.②
	会追随或者骑上白色的海鸥。

---

① PERLOFF M. The contemporary of our grandchildren, Pound's influence[M]// BORNSTEIN G. Ezra Pound among the poets. Chicago: University of Chicago Press, 1985:203. 原文："His focus [is] on the line rather than the larger stanzaic block. ... Pound's line repeatedly violates the iambic norm."

② POUND E. Cathay[M]. London: Elkin Mathews, 1915:8.

这部分译诗中只有第1和第5行与原诗完全保持一致，而译诗第2~4行用三行来对应原诗两行（"玉箫金管坐两头/美酒樽中置千斛"），译诗第6~8行也用三行来对应原诗两行（仙人有待乘黄鹤/海客无心随白鸥）。庞德这样的处理方法，让译诗摆脱了整齐的长度与音步，使诗歌的节奏发生了变化。调整诗行之后译诗产生了这样一种效果：庞德采用了意象并置方法（译诗第1行用"and"将事物并列起来，第5行用逗号将两个动作"carry"和"drift"连接起来），使第1、5行成为描写性的句子，而其余诗句中的跨行使第2~4行、第6~8行各自成为一个独立的部分。庞德研究专家谢明认为，庞德的断行在这首诗中造成一种歌曲分节效果，似乎模仿了诗中那"随波逐流"的意境①。我们接着来看看《江上吟》的后六行：

屈平辞赋悬日月，　Kutsu's prose song
　　　　　　　　　　　屈子的辞赋
　　　　　　　　　　　Hangs with the sun and moon.
　　　　　　　　　　　与太阳和月亮同悬。
楚王台榭空山丘。　King So's terraced palace
　　　　　　　　　　　楚王的楼台
　　　　　　　　　　　is now but a barren hill,
　　　　　　　　　　　现在只不过是一座荒山，
兴酣落笔摇五岳，　But I draw pen on this barge
　　　　　　　　　　　但我在这艘船上提笔挥毫
　　　　　　　　　　　Causing the five peaks to tremble,

---

① XIE M. Ezra Pound and the appropriation of Chinese poetry[M]. New York: Garland Publishing, 1999:186.

让五座山峰产生摇晃，

诗成笑傲凌沧洲。And I have joy in these words

我对这些文字满怀喜悦

like the joy of blue islands.

就像蓝色岛屿的喜悦。

功名富贵若长在，(If glory could last forever

(要是荣耀能持续永远

汉水亦应西北流。[1]Then the waters of Han would flow

northward.) [2]

那汉江的水便可流向北方。)

  译诗这一部分除最后两行外，均以两行对应原诗一行，而且译诗针对"楚王台榭空山丘"和"诗成笑傲凌沧洲"两句，还采用了同样的处理方式：不仅有跨行，而且采用空白来加强打破诗行的效果。如此一来，这一部分的译诗便取得了对比的效果：富贵易朽而诗歌长存，而这正是李白原诗要传递的意义。虽然庞德并没有按照诗两行一联的形式进行翻译，但经过诗行变化之后，庞德还是准确地再现了原诗的意蕴。

  本书第二章中提到，庞德将两首李诗当成一首合并译出，《江上吟》正是其中之一，另一首则是《侍从宜春苑奉诏赋龙池柳色初青听新莺百啭歌》，被庞德放在《江上吟》之后。李白这两首诗的风格并不相同，《江上吟》表现对逍遥人生的追求，对个人诗才的自信，刻画出傲岸不羁的诗人形象，诗歌语言流畅，气势豪迈；而《侍从宜春苑》则是李白在翰林院时的

① 李白.李太白全集[M].王琦,注.北京:中华书局,2011:325.

② POUND E. Cathay[M]. London: Elkin Mathews, 1915:8.

应制之作，虽词采句丽，但其阿谀皇帝之意清晰可见。庞德误将两首诗当成一首，并将"侍从宜春苑奉诏赋龙池柳色初青听新莺百啭歌"这一标题也当成诗行加以译出。由于这两首诗在风格上有着巨大的差异，庞德在翻译时必然要思考如何将它们统合在一个完整的主题之下。

汉诗研究专家吴伏生观察到，《侍从宜春苑》这首诗的标题的英文中采用了过去时态，而在诗歌正文的译文中采用了现在时态，因此认为，庞德这一选择的目的是为了让诗歌后半部分（即《侍从宜春苑》）的官场奉迎的主题能与前半部分（即《江上吟》）的及时行乐的主题并列起来，从而组成一个完整的叙事结构①。这一判断准确地说明了庞德有意调和这两首李诗，并为译诗赋予有机统一的主题。笔者认为，这一主题还可从《侍从宜春苑》译诗的诗行上得到证明。

在翻译这一部分时，庞德一改在翻译《江上吟》时所采用的"从诗歌内部中断诗行"的做法，让译诗十七行中的十六行均与原诗保持一致：（限于篇幅，此处仅以前四行为例）

东风已绿瀛洲草，The eastern wind brings the green colour into the island grasses at Yei-shu,
东风将绿色带进瀛洲上的草地，
紫殿红楼觉春好。The purple house and the crimson are full of Spring softness.
紫房子与深红色载满了春天的温柔。
池南柳色半青青，South of the pond the willow-tips are half-blue and bluer,

---

① 吴伏生.汉诗英译研究:理雅各、翟理思、韦利、庞德[M].北京:学苑出版社,2012: 374-375.

李白 诗歌在英语世界的 传播 与 译介

178

池塘南端柳梢上的青色正由浅变浓，

萦烟袅娜拂绮城。Their cords tangle in mist,　against the
brocade-like palace.[1]

薄雾里柳枝袅袅，掩映着锦绣般的宫殿。

译诗这一部分的诗行数量与原诗保持一致，与原诗词采句丽的风格也十分吻合。在前半部分《江上吟》译诗的衬托下，这一部分突出了富贵如云烟而诗名永长存的主题。在此，译诗后半部分整齐的诗行映射着锦绣般的宫殿——繁华却容易腐朽，而前半部分中的断行则暗示着律动着的生命的真谛——享受当下及时行乐。译诗的最后两行更是加强了这一印象：

愿入箫韶杂凤笙。[2]Their sound is mixed in this flute,

它们的歌声在这支笛中，

Their voice is in the twelve pipes here.[3]

它们的声音在这十二箫管之中。

庞德在此再次使用了打破诗行的方式，在形式上呼应了译诗的前半部分，让宜春苑所代表的不可驻留的富贵往事（诗中的现在时态对读者来说具有警世的作用），消退在诗歌前半部分"玉箫金管"所代表的快意人生的现世之中。庞德利用打破诗行这一手段，神奇般地将原本不同的两首诗整合成了一首完整的诗歌。

---

① POUND E. Cathay[M]. London：Elkin Mathews，1915：9.

② 李白.李太白全集[M].王琦,注.北京：中华书局,2011：327.

③ 同①10.

值得注意的是，纵观《神州集》中全部李诗，庞德这种打破诗行的策略，主要针对李白的七言诗，或以译诗两行来对应原诗一行，或以译诗三行来对应原诗两行，而对于李白的五言诗则几乎没有使用。诗行的增加，表明译诗具有了"扩容"的潜能，在庞德眼里，这就有了在译文中提升诗意的机会。如他翻译的《黄鹤楼送孟浩然之广陵》（Separation on the River Kiang）：

故人西辞黄鹤楼，Ko-Jin goes west from Ko-kaku-ro,
　　　　　　　　故人从黄鹤楼向西而去，
烟花三月下扬州。The smoke- flowers are blurred over the river.
　　　　　　　　如花的烟雾模糊了江水。
孤帆远影碧空尽，His lone sail blots the far sky.
　　　　　　　　他孤零零的帆船成为远空中的斑点。
唯见长江天际流。[①]And now I see only the river,
　　　　　　　　而现在我看见的只有江水，
　　　　　　　　The long Kiang,　reaching heaven.[②]
　　　　　　　　这长长的江水，流向天边。

前三行与原诗诗行保持一致，但庞德打破了原诗最后一行。李白这首诗写的虽是送别时的眼前景，但并不是单纯的写景，因为这些景也暗示出了送别故人的依依不舍之情。原诗最后一行既是"景语"也是"情语"。显然庞德领会到了这一点，因此特意打破这一行，突出了原诗惜别的意境。

① 李白.李太白全集[M].王琦,注.北京：中华书局,2011:627.
② POUND E. Cathay[M]. London: Elkin Mathews, 1915:28.

上例中的情景交融其实是汉诗一个突出的特征，这显然引起了庞德的注意。寓情于景或借景抒情本是中国诗歌常常用来创造意境的手段，而在庞德眼里，这种方法与他所倡导的意象主义原则具有惊人的一致性。在此我们不妨将景看作客观物，可以是景物、自然或物体，而情即是情感，是诗人想要表达的属于主观层次的东西。这与庞德本人对意象主义的定义十分接近："一个'意象'就是一瞬间构成的理性与情感的复合体"[1]。庞德在翻译李诗时，往往能抓住情景交融之处，用打破诗行的方法加以突出。庞德翻译的李诗《送友人》(*Take Leave of a Friend*) 最后一行也是如此：

萧萧班马鸣	Our horses neigh to each other
	我们的马相互嘶鸣
	as we are departing.[2]
	在我们要分别的时候

此外，庞德在开始尝试翻译《神州集》中这些李诗的那段时间里，他本人的诗歌创作已经出现这些句式特点：不用复杂句、陈旧的词和倒装句，而《神州集》所使用的语言正是这一趋势的延续[3]。不仅如此，庞德在李诗翻译中还创新性地使用了短语并置式翻译方法，使得某些诗行呈现出与原诗相同的意

① POUND E. Literary essays of Ezra Pound[M]. New York：New Directions，1968：4. 原文："An 'Image' is that which presents an intellectual and emotional complex in an instant of time."

② POUND E. Cathay[M]. London：Elkin Mathews，1915：29.

③ YIP W. Ezra Pound's Cathay[M]. Princeton：Princeton University Press，1969：56.

象并置的特点：

惊沙乱海日（《古风·其六》）

Surprised. Desert turmoil. Sea sun.[1]

惊异。沙乱。海日。

荒城空大漠（《古风·其十四》）

Desolate castle, the sky, the wide desert.[2]

荒城，天空，大漠。

在这两个诗句中，庞德都忽略了其中的动词，由此造成三个名词意象的并列："惊—沙乱—海日""荒城—空—大漠"。当然这种意象并置式翻译在庞德的李诗翻译中并不普遍，在某些译诗中并没得到坚决地贯彻，我们不妨将其看作他的翻译实验。例如，叶维廉认为，庞德在《送友人》这首李诗中，并没有完全重现原诗中的意象并置特点，因为诗句中的"like"属于逻辑分析词汇，破坏了原诗意象并置的风格：

浮云游子意，Mind like a floating wide cloud,

思绪像一片辽阔的浮云，

落日故人情。Sunset like the parting of old acquaintances.[3]

落日像老朋友之间的分离。

庞德在翻译这些李诗的时候并不懂汉语，他所依赖的完全

---

① POUND E. Cathay[M]. London：Elkin Mathews，1915：31.

② 同①16.

③ 同①29.

是费诺罗萨用英文所做的笔记，而这份笔记因种种原因本身并非完美，甚至还有很多错误，但是庞德天才般地克服了这些问题，将李白的这些诗歌译得十分出色，正如学者威特梅耶（Hugh Witemeyer）的评价，"庞德完全不懂中文，而且依赖的还是不完善的英文，但他最终却成功地用充满活力、极富原创性的英语诗歌为原诗赋予了生命"[1]。而这种"不完善的英文"与庞德注重打破诗行、强调意象再现的诗歌翻译实践互为表里，用崭新的现代诗体为英语读者创造出了李诗。

二、洛威尔与艾斯柯的自由诗翻译

洛威尔与汉艾斯柯在《松花笺》（1921）里也采用自由诗体来翻译李诗，她们在李诗翻译中尝试用不同的策略来翻译李白原诗中丰富的意象，其对于叠字的翻译和破折号的使用尤有特点。

李诗继承了古代民歌的特点，常使用叠字来增加诗歌的音乐美，增进情感的强度。叠字往往具有强烈的听觉和视觉效果，这一特点自然引起了看重诗歌意象表达的艾斯柯和洛威尔的注意。出于对李诗中叠字及其携带的意象的尊重，她们在译文中保留了叠字用法。下面仅举三例：

夜夜常孤宿（《清平乐·其二》）：Nightly, nightly, I drowse alone.[2]

① WITEMEYER H. The poetry of Ezra Pound: forms and renewal, 1908-1920[M]. Berkeley: University of California Press, 1969:147. 原文："Not knowing Chinese at all, dependent on imperfect English versions, Pound still managed to bring the original poems to life in vigorous and radically original English verse."
② AYSCOUGH F, LOWELL A. Fir-flower tablets: poems translated from the Chinese [M]. Boston: Houghton Mifflin, 1921:10.

第四章　李诗英译策略研究 ◇

声声滴断愁肠（《清平乐·其二》）：Sheng! Sheng! it drips, cutting my heart in two.①

小小生金屋 / 盈盈在紫微（《宫中行乐词八首·其一》）：From little, little girls, they have lived in the Golden House. / They are lovely, lovely, in the Purple Hall.②

第一例中的"Nightly"的重复加强了原诗中孤独的感觉；第二例中的"Sheng"堪称极具创意的翻译，译者为了模拟漏壶的滴水声，为并不是拟声字的"声"在译文中创造了一个拟声字；而第三例中上下两句中叠字的保留则强化了诗歌的节奏效果。

两位译者对于李诗中意象的捕捉与表达，还体现在译诗诗行内运用破折号，如《秋浦歌·其十三》：

渌水净素月， In the clear green water — the shimmering moon.
清清的绿水里——粼粼的月亮。

月明白鹭飞。 In the moonlight — white herons flying.
盈盈的月光下——飞翔的白鹭。

郎听采菱女， A young man hears a girl plucking water-
chestnuts;
少年听见少女采着乌菱；

一道夜歌归。③They paddle home together through the
night, singing.④
他们摇着桨儿一起回家，夜色深处，歌声袅袅。

---

① AYSCOUGH F, LOWELL A. Fir-flower tablets: poems translated from the Chinese [M]. Boston: Houghton Mifflin, 1921:11.

② 同①12.

③ 李白.李太白全集[M].王琦,注.北京:中华书局,2011:368.

④ 同①67.

译诗前两行中的破折号延缓了节奏，使诗行变得更加舒缓，同时有利于突出诗中几个关键性意象：渌水、明月和白鹭，在视觉上为全诗构建了一个宁静悠远的空间。而译诗的后两行没有使用破折号，因为其内容重在描写人物行动。所以两位译者使用破折号取得了意象并置的效果。她们常常是在描写景物或场景的李白诗句中使用这个方法，比如：

旧苑荒台杨柳新（《苏台览古》）：

The old Imperial Park — the ruined Terrace — the young willows.[1]

长洲孤月向谁明（《鹦鹉洲》）：

The long island — the solitary moon — facing each other in the brightness.[2]

在李诗《江上吟》中，两位译者用断行的方式也取得了类似的效果：

美酒樽中置千斛，	Amidships,
船中央，	
	Jars of delectable wine,
坛坛美酒，	
	And ten thousand pints
千只杯	
	Put by.
已放好。	

① AYSCOUGH F, LOWELL A. Fir-flower tablets: poems translated from the Chinese [M]. Boston: Houghton Mifflin, 1921:56.
② 同①61.

第四章 李诗英译策略研究 ◇

载妓随波任去留。A boat-load of singing-girls

一船歌女

Following the water ripples—

随着涟漪——

Going,

走走

Stopping,

停停

Veering —①

回回——

　　译文对原诗诗行进行多处打断，不仅使译诗产生了强烈的视觉效果，如视水上泛舟之景，而且让译诗产生了某种节奏，恰有水波荡漾之感，使诗的形式和内容非常统一。

　　艾斯柯和洛威尔对李诗的翻译并没有采用单一的模式，而是根据具体诗篇的风格运用多种形式。即使在一首诗中，诗行也富于变化，没有拘泥于原诗的格律和节奏，而是力图再现，用洛威尔自己的话来说——"诗歌的芳香"。所以我们在两位译者的笔下看到的李诗，少了些中国诗歌的形式，更像是英语现代诗歌创作。虽然"形"已变，但细读之下依然能感受到李诗的"神"，这正是她们用现代诗体翻译李诗的价值所在。

----

① AYSCOUGH F, LOWELL A. Fir-flower tablets: poems translated from the Chinese [M]. Boston: Houghton Mifflin, 1921:42.

第五节　简洁散体：李诗英译中的
新派自由体翻译

从前面几节可以看出，自由体已成为20世纪上半叶李诗英译的主流。但如何兼顾英语自由体与李诗本身的神韵，还有待译者们做出更多的探索。著名的李诗英译专家、旅美日裔学者小畑薰良曾宣称，"我尽量贴近原诗，尽量保存每首诗独特的情感色彩。……我认为我的翻译比其他译者的翻译更加简洁、准确"①，并将庞德、洛威尔、他本人以及陶友白视为"新派自由体译者"。可见新派自由体翻译采用的是一种更为综合的方法来翻译李诗。本节以小畑薰良、陶友白为例来说明这些译者们如何运用以不押韵、不追求严谨格律而著称的自由体来传递李诗的多种特点。

一、小畑薰良的新派自由体翻译

与本书第二章所述的韦利用直译方法和自由体来翻译李诗不同，小畑薰良声称他要更灵活地使用增译、意译和省译的方法。小畑的这种译诗方法对于李诗英译倒颇有借鉴的价值，正如吕叔湘所言，"以诗体译诗，常不免于削足适履，……逐字转译，亦有类乎胶柱鼓瑟。硬性的直译，在散文尚有可能，在诗殆绝不可能"②。

---

① OBATA S. The works of Li Po, the Chinese poet[M]. New York：E. P. Dutton & Co.，1922：ix-x. 原文："I have honestly tried my best to follow the original poems closely and to preserve the peculiar emotional color of each poem. […] I am inclined to believe that my renderings are often simpler and more exact than other extant versions."
② 吕叔湘.中诗英译比录[M].北京：中华书局,2002:11.

小畑薰良的新派自由体尝试首先体现在对文化词汇的变通处理上。李诗中的典故和文化词汇对外语读者来说往往难于理解，译者们常常采用加注的办法来解决这个问题。小畑认为典故和文化词汇是诗歌不可分割的一部分，如果完全直译往往会令译文晦涩难懂，而将它们放到脚注中去则会牺牲掉那些蕴含的丰富内容。[①]为此，他在《李白诗集》(1922)中采用了一种折中的解决办法。对于不影响诗意的人名、地名等文化词汇，以及对理解诗歌有用的背景信息，在诗后进行注释，诗中并不标上注释号。这样做的结果，便是使每首译诗看上去像是一首完整而独立的作品。但对那些与诗歌所要表达的意义有紧密关联的典故或文化词汇，小畑采用变通的手段在译文中予以保留。以《江上吟》中的诗句为例：

仙人有待乘黄鹤，I am happier than the fairy of the air, who rode on his yellow crane.
我比骑着黄鹤的空中仙女还要快乐。
海客无心随白鸥。And free as the merman who followed the sea-gulls aimlessly.[②]
像随意追随着海鸥的渔人一样自由。

李白在此用了两个典故，其一出自《南齐志》中记载仙人子安乘黄鹤事，其二出自《列子》："海上之人有好鸥鸟者，每旦之海上，从鸥鸟游，鸥鸟之至者百住而不止"[③]。值得注意的是，小畑没有在诗后为这两个典故加注，而是抓住李白借用

① 吕叔湘.中诗英译比录[M].北京：中华书局，2002：x.

② OBATA S. The works of Li Po, the Chinese poet[M]. New York：E. P. Dutton & Co., 1922：25.

③ 李白.李太白全集[M].王琦，注.北京：中华书局，2011：326.

这两个典故来表达江上泛舟行乐自由惬意之感的这一点，将其意图在译文中和盘托出，成为译诗诗行的一部分。再如，对于李诗《送友人入蜀》的人物"君平"，即使不加注英语读者也完全能够理解：

升沉应已定，Go, my friend! Our destiny's decided...
走吧，我的朋友！我们的命运已定……
不必问君平。[1]You need not bother to ask Chuan-ping, the fortune teller.[2]
你不必去问君平，那位算命先生。

　　其次，小畑还注重使诗行富于变化。他并没刻意遵循李白原诗诗行形式，而是根据诗意的发展，灵活地选择诗行长度和数量。同是五言绝句，有些李诗的英译采用四行，有些采用五行。译诗既有不分节的，也有分为若干节的，还有采用双行体的。小畑最大胆的做法，是对李白原诗诗句进行大刀阔斧的摘选重组，这体现在他对李诗《自代内赠》(*I Am a Peach Tree*)的翻译上面：

妾似井底桃，I am a peach tree blossoming in a deep pit
我是深井中开花的一株桃树
开花向谁笑？Who is there I may turn to and smile?
我可以朝他微笑的人儿在哪？
君如天上月，You are the moon up in the far sky;

---

① 李白.李太白全集[M].王琦,注.北京：中华书局,2011：718.
② OBATA S. The works of Li Po, the Chinese poet[M]. New York：E. P. Dutton & Co., 1922：36.

你是苍穹中高挂的月亮；

不肯一回照。 Passing, you looked down on me an hour;
then went on forever.

经过的时候，你曾垂目过我一小时；然后永
远地走开。

宝刀截流水， A sword with the keenest edge,
一柄最锋利的剑

无有断绝时。 Could not cut the stream of water in twain
无法将流水斩为两段

妾意逐君行， So that it would cease to flow.
以让它停止流淌。

缠绵亦如之。[①]My thought is like the stream; and flows and
follows you on forever.[②]
我的心意就像这流水；流啊流啊，随你到永远。

《自代内赠》原诗长达三十行，小畑只选择了原诗第二
十三至二十六句作为译诗第一节，而将原诗前四句作为译诗的第
二节。原诗被省去的部分多为对妻子怀念丈夫的详细情形的细
腻描写。小畑如此选译重组，使李白的长诗变成了一首简洁的
抒情短诗。

小畑薰良的新派自由体翻译还特别注重意象表达。例如，
下面这首《越女词五首·其五》的译文比原文更具有意象性：

镜湖水如月， The water of the Mirror Lake

① 李白.李太白全集[M].王琦,注.北京：中华书局,2011:1012.
② OBATA S. The works of Li Po, the Chinese poet[M]. New York：E. P. Dutton & Co., 1922:104.

镜湖的水

Is clear like the moon.

盈盈如月。

耶溪女如雪。The girl of Yeh-chi

耶溪少女

Has a face white as snow.

面庞如雪。

新妆荡新波，Her silvery image

银色的身影

Trembles in the silvery ripple ….①

在银波里荡漾……

光景两奇绝。②

译诗保留了原诗中的湖水、少女、月光，并将原诗中前两句中暗含的颜色——银白色在译诗中贯穿到底，比起李白原诗，译诗的意象更为突出且完整。最能体现小畑对意象的看重，体现在对原诗最后一句的省略。原诗最后一句是陈述性句式，具有意象派诗人竭力避免的"抽象"特点。而译诗的精彩之处在于用最末两行暗示出原诗最后一句：译诗把原作中的"新妆""新波"转换为"银妆""银波"，月光下少女与水中倩影构成的美景如在眼前。

在一些译诗中，小畑为了追求这种意象性甚至不惜改变原诗的结构，如他译的李诗《清平调词三首·其一》：

① OBATA S. The works of Li Po, the Chinese poet[M]. New York：E. P. Dutton & Co., 1922：52.

② 李白.李太白全集[M].王琦,注.北京：中华书局,2011：1017.

云想衣裳花想容，　The glory of trailing clouds is in her garments,

绵绵的云朵灿烂在她的衣裙里，

And the radiance of a flower on her face.

花儿的晕眩盛开在她的脸庞上。

若非群玉山头见，　O heavenly apparition, found only far above

啊！天仙只能天上见：

On the top of the Mountain of Many Jewels,

在群玉山头，

会向瑶台月下逢。Or in the fairy Palace of Crystal when the moon is up!

或是在月光下的水晶宫里！

Yet I see her here in the earth's garden —

但我在这儿看见她，在这地上的花园——

春风拂槛露华浓。[1]The spring wind softly sweeps the balustrade,

春风吹拂着栏杆，

And the dew-drops glisten thickly...[2]

浓浓的露水闪着光亮……

　　我们可以发现，与原诗相比，译诗的结构已发生变化，原诗第二句被调至译诗末尾。原诗第一、三、四句虽用了比喻和联想手法，但属于陈述性质的句子，唯第二句相比之下更接近

---

① 李白.李太白全集[M].王琦，注.北京：中华书局，2011：266.

② OBATA S. The works of Li Po, the Chinese poet[M]. New York：E. P. Dutton & Co., 1922：31.

直接描写事物。小畑显然了解这一点，所以他将第二句变成结束句，句中的意象"春风""栏杆""露水"使译诗的结尾变得意味悠长。这种结尾方法在意象派诗人的一些诗歌中十分常见，如庞德的名诗《刘彻》（*Liu Ch'e*）：

The rustling of the silk is discontinued，
丝绸的窸窣已不复闻，
Dust drifts over the court-yard，
尘土在宫院里飘飞，
There is no sound of footfall， and the leaves
听不到脚步声，而树叶
Scurry into heaps and lie still，
卷成堆，静止不动，
And she the rejoicer of the heart is beneath them：
她，我心中的快乐，长眠在下面：

A wet leaf that clings to the threshold.[1]
一张潮湿的叶子粘在门槛上。[2]

对意象性的追求还体现在对标点符号特别是省略号的使用上。正如前面我们提到的艾斯柯和洛威尔常使用破折号为李诗增加了一种特殊的效果，小畑在翻译李诗时也喜欢一种标点符号——省略号。可以发现，小畑常常是在原诗物象词汇中间插

---

[1] POUND E. New selected poems and translations[M]. New York：New Directions，2010：43.

[2] 译者为赵毅衡先生，参见赵毅衡.远游的诗神——中国古典诗歌对美国新诗运动的影响[M].成都：四川人民出版社，1985：70.

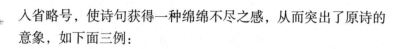

入省略号，使诗句获得一种绵绵不尽之感，从而突出了原诗的意象，如下面三例：

> 渌水净素月，月明白鹭飞。（《秋浦歌·其十三》）
> Blue water ... a clear moon …
> In the moonlight the white herons are flying.[①]

> 不向东山久，蔷薇几度花。（《忆东山》）
> I have not turned my steps toward the East Mountain for so long.
> I wonder how many times the roses have bloomed there. ...[②]

> 桃花流水窅然去，别有天地非人间。（《山中问答》）
> It dwells in another heaven and earth belonging to no man.
> The peach trees are in flower, and the water flows on. ...[③]

二、陶友白的新派自由体翻译

陶友白也采用新派自由体来翻译李诗，力图完整传递原诗魅力。他十分推崇中国诗歌简约的特点。他认为，中国诗人善于用最简练的笔法直接处理诗歌的主题，即使要用比喻，也必定与诗歌主题紧密相关，使之成为情与景不可分割的一部分；中国诗歌常常用简单而轻松的方式，将美好和永恒带进平凡的当下生活[④]。在他和江亢虎合译的《玉山诗集》（1929）的导言中，陶友白还提到两点关于翻译的说明，他认为由于汉诗通常

---

① OBATA S. The works of Li Po, the Chinese poet[M]. New York：E. P. Dutton & Co., 1922：28.

② 同①63.

③ 同①71.

④ BYNNER W，KIANG K H. The Jade Mountain：a Chinese anthology[M]. New York：Alfred A. Knopf, 1929：xvi-xvii.

缺少时态、人称代词、连接词，所以译者就有一定的阐释空间，这即是说，在面临原诗具有多种解读可能的时候，译者只能选择一种自认为更确切的意义。此外，他还提到如果汉诗中的人名和地名对于理解原诗并不太重要，译文中将用泛指的方式来处理①。

由于以上思路，陶友白的李诗翻译总体而言显得比较自由。陶友白对李白的大部分诗歌采用了散体直译，但也有部分诗歌采用了散体意译。如《子夜吴歌》：

长安一片月，A slip of the moon hangs over the capital;
　　　　　　一片月悬挂在都城之上；

万户捣衣声。Ten thousand washing-mallets are pounding;
　　　　　　万根捣衣杵传来捶击声；

秋风吹不尽，And the autumn wind is blowing my heart
　　　　　　秋风吹我心

总是玉关情。For ever and ever toward the Jade Pass.
　　　　　　总是向玉关……

何日平胡虏，Oh, when will the Tartar troops be conquered,
　　　　　　啊，何时荡平鞑靼人的军队，

良人罢远征。②And my husband come back from the long
　　　　　　campaign!③
　　　　　　好让我的夫君告别那长久的征战回到我的身边！

① BYNNER W, KIANG K H. The Jade Mountain: a Chinese anthology[M]. New York: Alfred A. Knopf, 1929: xvii-xviii.
② 李白.李太白全集[M].王琦,注.北京:中华书局,2011:306.
③ 同①46.

这首诗是陶友白李诗翻译中较为成功的一首。全诗采用直译的方法，与原诗内容基本保持吻合，准确传递了原诗的内涵。译诗将"一片月"置于句首，增强了原诗第一句和第二句之间的对仗，虽将"万户"改为"万根捣衣杵"，但并未影响原诗句中暗示的风格。特别是译诗第三、四行将"秋风吹不尽，总是玉关情"改为"秋风吹我心，总是向玉关"，更显含蓄；而且这两行运用抑扬格所产生的节奏感，将诗中思念丈夫的那种幽幽之情表达得令人动容。

但陶友白的某些李诗翻译得又过于自由，如《清平调三首·其一》：

云想衣裳花想容，Her robe is a cloud, her face a flower;
她的衣裳是一朵云，她的脸是一朵花；
春风拂槛露华浓。Her balcony, glimmering with the bright spring dew,
她的露台，在明亮的春露中微微闪亮，
若非群玉山头见，Is either the tip of earth's Jade Mountain
它或是这尘世的玉山的顶峰
会向瑶台月下逢。[1]Or a moon-edged roof of paradise.[2]
或是天堂上月亮镶边的穹顶。

这是一首大胆的译作。陶友白对这首李诗的理解有些特别。原诗系唐明皇携杨贵妃赏牡丹时李白应诏而作的诗，其意在"赏名花，对妃子。"诗既写牡丹，也写贵妃，这从原诗缺

---

① 李白.李太白全集[M].王琦,注.北京:中华书局,2011:266.
② BYNNER W, KIANG K H. The Jade Mountain: a Chinese anthology[M]. New York: Alfred A. Knopf, 1929: 41.

少人称代词这一现象可以看出。原诗用云、花、露、玉山、瑶台、月色等一系列丰富的形象既比喻了牡丹之美，也赞美了贵妃的丰满姿容。原诗之巧贵在含蓄。而译诗通过将描写的对象确定为"她"，将这种含蓄变得确凿。更值得我们注意的是，由于将贵妃确定为歌咏的对象，译者开始将这首李诗引向了令人意想不到的方向。译诗中对她的描写共有三处：衣裳、面容和露台。在第一行的简要比喻之后，描写重点放在了"露台"之上。可能是受原诗第二句中有受君王宠幸的暗示之意的影响，陶友白将"槛"（栏杆）变为"balcony"（露台），而"balcony"可作女性乳房的婉语词①，于是译诗从第二行开始顿生香艳之气。原诗中的典故——西王母所居的玉山和瑶台指代的帝喾之妃（一说西王母之宫）②——在译文中已被悄然改写，代之而起的是对贵妃丰乳的赞美：或如玉峰，或如银色穹顶。这无异于将原诗改写成了西方诗歌传统中那种大胆直陈的艳情诗。

陶友白译诗的另一个特点是旨在简洁，不愿让原诗中的人名、地名、典故等文化词汇阻断诗歌的流畅性。我们可以来考察一下看看他是如何处理的，此处以《怨情》为例：

美人卷珠帘，How beautiful she looks, opening the pearly
　　　　　　casement,
　　她打开珍珠窗帘，看上去那么美丽，
深坐颦蛾眉。And how quiet she leans, and how troubled

---

① SMITH M D. Cultural encyclopedia of the breast[M]. Lanham：Rowman & Littlefiled：223.
② 李白.李太白全集[M].王琦,注.北京:中华书局,2011:310.

her brow is!

她倾斜着那么安静，她的眉毛又那么忧伤！

但见泪痕湿，You may see the tears now, bright on her cheek,

你现在可能看见她的眼泪，晶莹地淌在脸上，

不知心恨谁。[①]But not the man she so bitterly loves.[②]

但是看不见她如此又爱又恨的那个男人。

　　"蛾眉"本指蚕蛾触须细长而弯曲的眉毛，常用来比喻中国古代女子美丽的眉毛。译诗并未将此文化词译出，而是将其简化成"眉毛"。的确，蛾眉与否并不影响诗意的发展，译诗通过去掉这一文化词汇，变得更为流畅。虽然与庞德所译《怨情》中的含蓄隽永相比，这首译诗要直白得多，但英语读者读到确是一首平易而流畅的诗歌。

　　最后，让我们来看一首内容更丰富、篇幅更长的李白七古《行路难》，以此领略陶友白的新派自由体翻译特点：

金樽清酒斗十千，Pure wine costs, for the golden cup,　ten thousand coppers a flagon,

　　　　　　凭这黄金做的酒具，一壶酒要值万个铜板，

玉盘珍羞直万钱。And a jade plate of dainty food calls for a million coins.

　　　　　　盛装美食的玉盘也得卖上万个钱币。

---

① 李白.李太白全集[M].王琦,注.北京:中华书局,2011:1006.

② BYNNER W, KIANG K H. The Jade Mountain: a Chinese anthology[M]. New York: Alfred A. Knopf, 1929: 40.

停杯投箸不能食，I fling aside my food- sticks and cup, I cannot eat nor drink...

抛开筷子和酒杯，我不能吃也不能饮……

拔剑四顾心茫然。I pull out my dagger, I peer four ways in vain.

我拔出短剑，我徒劳地四处寻路。

欲渡黄河冰塞川，I would cross the Yellow River, but ice chokes the ferry；

我想渡黄河，但冰块堵塞了渡船；

将登太行雪满山。I would climb the T'ai-hang Mountains, but the sky is blind with snow...

我想登上太行山，但天空被大雪覆满……

闲来垂钓碧溪上，I would sit and poise a fishing-pole, lazy by a brook—

我想坐下来垂钓，懒靠在溪畔——

忽复乘舟梦日边。But I suddenly dream of riding a boat, sailing for the sun...

但我突然梦到驾着舟，向着太阳的方向扬帆……

行路难！行路难！Journey is hard,

道路太艰难，

Journey is hard.

道路太艰难。

多歧路，今安在？There are many turnings—

这么多的岔路——

Which am I to follow? ...
我能选哪一条？……

长风破浪会有时，I will mount a long wind some day and break the heavy waves
终有一日我将驭长风破大浪

直挂云帆济沧海。^①And set me cloudy sail straight and bridge the deep, deep sea.^②
升起云盖般的船帆去穿越这深深的、深深的海洋。

译诗前两行采用散文体的风格，用连续的重读音突出了酒具和玉盘的价值："pure wine"（纯酒）"golden cup"（金杯）"ten thousand coppers"（万个铜板）"jade plate"（玉盘）"dainty food"（珍馐）"million coins"（万钱），从而使译诗在第三行开始的节奏转换变得更加意味深长。译诗第三至六行运用较为规整的抑扬格产生出弱强交替的节奏，暗示出主人公欲行无路、徘徊无助的仓皇之感。这种感觉也由这几行之中反复使用的"I"（"我"）以及省略号给予了呼应。译诗对"行路难！行路难！多歧路，今安在?"的断行处理，传神地表达了原诗那种无路可去的痛心情绪。译诗最后两行中的塞擦音/s/和爆破音/b/和/d/的运用，表达了诗中主人公面临人生困境但依然乐观向上的精神，特别是最后一行中"deep"（深深的）的重复，突出了克服这一困境的决心。由此可见，陶友白充分利用英语诗歌的特点，成功地将李白这首七古转化为一首比较优美的现代英语诗。

① 李白.李太白全集[M].王琦，注.北京：中华书局，2011：167-168.
② BYNNER W, KIANG K H. The Jade Mountain: a Chinese anthology[M]. New York: Alfred A. Knopf, 1929: 50.

第六节　可听节奏:李诗英译中的弹跳节奏尝试

传统英语诗歌格律严谨,节奏规整,一般以包含一个重读音的音步数量来调节诗律的变化。对于早期汉学家们如翟理思笔下那种看起来相当严谨规范的翻译,后来的译者们并不满意,所以在面对李诗文本时,如何翻译汉诗格律便成为一个巨大挑战。既能在英文中呈现汉诗节奏,又能使之悦耳可听,遂成为20世纪上半时期李诗译者重点关注的问题。在译者们做出的种种尝试中,韦利、库柏和霍尔约克为代表的弹跳节奏尝试值得我们关注。

一、韦利的弹跳节奏尝试

1916年,韦利开始尝试翻译汉诗,在《中国诗选》中,他没有对他的翻译思想或策略做任何说明。但在我们通阅他的译诗之后,立即就能看出他的译诗策略与翟理思有着巨大的差别。

《中国诗选》中的译诗均采用不押韵的方式,诗行与原诗对应,几无分成多行或将多行缩为一行的现象。从内容上来看,韦利的翻译紧扣原文,几乎达到不增不减。显然,比起之前的艾约瑟、克莱默-宾、翟理思等人的翻译,韦利更加注重直译。因此,从传递原诗内容的角度来看,韦利呈现给英语读者的李白译诗也就更接近原诗。此处以韦利翻译的李诗《口号吴王美人半醉》为例:

风动荷花水殿香, The wind stirring the lotus-flowers,
　　　　　　　　　brings their

第四章　李诗英译策略研究 ◇

201

scent to the Water Palace ;

风儿吹动荷花，将花香吹进水殿；

姑苏台上见吴王。On the Ku Su Terrace, she sees the King Wu.

在姑苏台上，她看着吴王。

西施醉舞娇无力，For his benefit she staggers through a dance, graceful in spite of her helplessness.

她为他翩跹起舞，柔弱而美丽。

笑倚东窗白玉床。[1]Then sinks laughing on to her white bed beside the eastern window.[2]

随后笑着倚倒在东窗旁的白床上。

可以看出，除了因英语语言惯例而增加的一些连接词汇外，译诗没有随意增加词汇，更没有增加凭空想象的内容。即使是这首诗的标题，韦利也采取了直译的方式："King Wu's Concubine, Half-drunk"（吴王妃半醉），与原诗标题几乎一一对应。这首诗所呈现出来的风格预示了韦利此后在翻译包括李诗在内的汉诗时所遵循的翻译方法和原则。

在1918年出版的诗集《汉诗一百七十首》中，韦利明确申明，他翻译汉诗所采用的策略是"直译"。韦利反对译者随意对原作内容进行增删或曲意发挥，认为那不是翻译而是创作，他称，"一个诗人当然可以借用异域的主题和材料，但这样的作品绝不能叫翻译"[3]。韦利有暗讽庞德之意，因为庞德

① 李白.李太白全集[M].王琦,注.北京：中华书局,2011：1008.

② WALEY A. Chinese poems[M]. Private ed. London：Lowe Bros, 1916：15.

③ WALEY A. A hundred and seventy Chinese poems[M]. London：Constable and Company, 1918：19. 相关原文："I have aimed at literal translation, not paraphrase. It may be perfectly legitimate for a poet to borrow foreign themes or material, but this should not be called translation."

这位诗人正好采用创译策略来翻译李白等人的诗歌①。韦利其实受惠于庞德不少，对庞德主张的意象主义也深以为然。他的直译策略实际上与意象派观点并不相悖，正如上面这首李诗《口号吴王美人半醉》的翻译，不仅再现了原作语义也再现了原作中的意象。

韦利的这种直译策略，还体现在对原诗节奏的传递上面。他认为节奏是诗歌的真正魅力所在，译者应该充分感受原作节奏，并在译文中加以呈现：

原作者将他的情感——他的烦恼、怜悯、喜悦——倾注到原诗之中。这些情感体现在他的节奏、强调和词语选择上，如果译者在阅读原诗时无法感受到这些，就只能译出一堆根据词典意义组织起来的毫无节奏的东西，他可能自以为译文保持了"忠实"，但实际上完全歪曲了原作。（强调为原文所加——笔者注）②

---

① 也有学者注意到了这一点，参见吴伏生.汉诗英译研究：理雅各、翟理思、韦利、庞德[M].北京：学苑出版社，2012：173-174. 此外，韦利本人在1963年接受BBC（英国广播公司）的采访时也直言，庞德的汉诗翻译没有考虑到他面对的是中国文化，他脑子里的汉诗对他来说只不过是"盎格鲁—撒克逊诗歌"（即古英语诗歌）。参见MORRIS I. Madly singing in the mountains：an appreciation and anthology of Arthur Waley[M]. New York：Walker and Company，1970：148. 相关原文："The chief thing that strikes me is that he didn't understand what kind of civilisation it was at all. He'd got it into his head that it was like the Anglo-Saxon one."

② WALEY A. Notes on translation[M]//MORRIS I. Madly singing in the mountains：an appreciation and anthology of Arthur Waley. New York：Walker and Company，1970：152. 原文："The author puts his feelings—exasperation，pity，delight—into the original. They are there in his rhythm，his emphasis，his exact choice of words，and if the translator does not feel while he reads，and simply gives a series of rhythmless dictionary meanings，he may think he is being 'faithful'，but in fact he is totally misrepresenting the original."

所以在韦利看来，直译不仅包含意象的不增不减，还应包含在译诗中重现原诗的节奏。由于汉语和英语两种语言的巨大差异，而且汉诗和英诗各有不同的诗歌传统，要想重现原诗节奏，其困难可想而知。但韦利天才般地找到了一种解决办法，这种办法源自于他对直译的观察：

任何直译汉诗的做法都会在某种程度上富有节奏感，因为原诗节奏总会自己凸显出来。直译时，如不考虑格律问题，译者就会发现，三行中有两行就会产生出和原诗一样的律动。其余各行可能长短不一，这会令读者懊恼，因为他们想听到那种节奏可以继续保持下去。所以我尽量制造出与原诗节奏类似的有规律的节奏效果。我用一个重读音来代表一个汉字，当然，重读音之间会加入一些非重读音节。少数情况下，英文译文可能比汉诗原句更短，这是因为我宁愿改变译文的格律，也不愿用些不必要的词汇来填充。①

从以上征引我们可以看出，韦利此时对再现汉诗节奏的认

---

① Waley, Arthur. *A Hundred and Seventy Chinese Poems.* p.19-20. 原文："Any literal translation of Chinese poetry is bound to be to some extent rhythmical, for the rhythm of the original obtrudes itself. Translating literally, without thinking about the metre of the version, one finds that about two lines out of three have a very definite swing similar to that of the Chinese lines. The remaining lines are just too short or too long, a circumstance very irritating to the reader, whose ear expects the rhythm to continue. I have therefore tried to produce regular rhythmic effects similar to those of the original. Each character in the Chinese is represented by a stress in the English; but between the stresses unstressed syllables are of course interposed. In a few in stances where the English insisted on being shorter than the Chinese, I have preferred to vary the metre of my version, rather than pad out the line with unnecessary verbiage."

识还停留在直觉层面，尚未能进行理论提炼，但是他这种尊重汉语原诗的出发点是值得赞许的。我们知道，汉语中一个汉字一个音节，而英语字除了有单音节字还有大量的多音节字，如果按照一个音节数对应汉诗一个字，显然并不现实。英国早期汉学家德庇时曾提出，翻译汉诗时宜用英诗中的一个音步来对应汉诗中的一个字①。但实践起来却是困难重重。无论是音节对应法，还是音步对应法，都是让汉诗来迁就英诗，即用传统的英诗格律来译汉诗。而韦利身处在英诗变革的时代，人们对以往注重规范格律和陈旧诗风的那类维多利亚式诗歌已经心有不满，庞德、艾略特等一大批英语诗人已开始探索新的表达形式，处在这样背景下的韦利自然不愿意翻译出来的诗歌成为马上会被人摒弃的"老古董"。

汉诗是与英语有着巨大差异的汉语言诗歌，具有完全不同于英诗的节奏，如果能将这种节奏在译诗中呈现，自然就能使译诗面貌一新。于是韦利提出了自己的解决之道——用一个重读音来代表一个汉字。重读音可以相连，也可以不相连，允许多至三个的非重读音将其分开，如：

On the <u>high</u> <u>hills</u> <u>no</u> creature <u>stirs</u>.② （下划线表示重音，下同）

句中"high""hill"和"no"是三个连续的重读音，在"no"与"stirs"之间隔了一个由两个非重读音构成的字"creature"。我们从这个例句中可以注意到，这种重读对应法并不是

① 吴伏生.汉诗英译研究：理雅各、翟理思、韦利、庞德[M].北京：学苑出版社，2012：9.
② 此例句引自韦利1958年文章，参见 WALEY A. Notes on translation[M]//MORRIS I. Madly singing in the mountains: an appreciation and anthology of Arthur Waley. New York: Walker and Company, 1970:158.

按实词来对应的。虽然四言、五言或七言汉诗的诗行多以实词
构成，但这并不意味着，与之对应的英译中的实词必然是重
读。如此例中的"creature"本为实词，但其前面有表达否定的
"no"，按照英语重读规则，重音应该落在"no"的上面。

这种节奏方式可以称作"弹跳节奏"（Sprung Rhythm），
它曾被19世纪英语诗人霍普金斯（Gerard Manley Hopkins，
1844—1889）用于诗歌创作。韦利创造性地将这种方法用于汉
诗的翻译，但如他本人所说，他这个方法具有原创性，系他本
人阅读和翻译汉诗的心得体会[①]。

韦利的这种"弹跳节奏"是英语使用中的自然节奏，他用
这种方式翻译的诗歌语言更接近日常口语，这就部分解释了他
在翻译汉诗时，为什么会倾向选择那些语言平实、内容直白、
风格接近口语体的诗歌（如他在《汉诗一百七十首》中选译大
量白居易诗歌）。

但我们应该看到，这种重读对应法会造成一个问题，那就
是重读的认定具有一定的主观性。比如在上例中，读者由于理
解的不同，可能将第一个字"On"重读，这样就会为英语诗行
增加一个重读。所以，在某些时候，使用重读对应法所产生的
节奏可能不会像传统的抑扬格那样清晰可辨。但总体而言，这
种重读对应法还是能较为完整地呈现出汉诗节奏，而且使译文
的风格具有口语体的流畅与平实性特点。

必须指出的是，韦利并不坚持严格的重音对应，因为在有
些情况下，不可能实现一一对应，所以他说："我宁愿改变译

---

① 韦利认为他并不是受到霍普金斯的影响才在汉诗翻译中运用这种节奏的，他还声
明在霍普金斯的诗歌出版之前，他已经使用这种节奏翻译汉诗好几年了。参见
WALEY A. Notes on translation[M]//MORRIS I. Madly singing in the mountains：
an appreciation and anthology of Arthur Waley. New York：Walker and Company，
1970：137，158.

文的格律，也不愿用些不必要的词汇来填充"①。这说明韦利的节奏观依然是以直译为准绳的，绝不因追求节奏对等而牺牲原诗的意象和内容。

韦利虽然希望使用"弹跳节奏"来直译出原诗节奏，但他并不打算直译出原诗的韵脚。他认为汉英诗歌传统有别，有不同的押韵规律，汉诗往往一韵到底，而在英诗中这种情况却极为罕见，如果一味追求押韵，要么会破坏语言的活力，要么会损害译文的直译效果②。所以他反对押韵，认为"使用韵脚的翻译只能成为意译，很容易导致蹩脚的东拼西凑"③。自20世纪10年代起，英语诗坛便兴起一场旨在打破旧有格律和形式的诗体革命④。这无疑为韦利的译诗新法提供了思想动力，使其李诗翻译得以"与时俱进"。韦利这种摒弃韵脚的做法，显然是有意针对以翟理思为代表的上一代汉学家们的汉诗翻译方法⑤。

实际上，英语诗歌中也有一种不押韵但保留固定格律的类型，这就是素体诗（blank verse），其诗行不限，不押韵，每行

---

① WALEY A. A hundred and seventy Chinese poems[M]. London：Constable and Company，1918：20. 相关原文："I have preferred to vary the metre of my version, rather than pad out the line with unnecessary verbiage."

② 同①20.

③ WALEY A. Introduction to A Hundred and Seventy Chinese Poems（1962 edition）[M]//MORRIS I. Madly singing in the mountains：an appreciation and anthology of Arthur Waley. New York：Walker and Company，1970：137. 原文："a rhymed translation can only be a paraphrase and is apt to fall back on feeble padding."

④ 关于这一自由诗体革新运动，参见 LEMARDELEY M. "Gists and piths"：the free-verse revolution in contemporary American poetry[M]// MARTINY E. A companion to poetic genre. Hoboken, N.J.：Wiley-Blackwell, 2012：306-317.

⑤ 韦利和翟理斯为此还展开了一场争论。关于这一桩汉诗译事"公案"，参见吴伏生.汉诗英译研究：理雅各、翟理思、韦利、庞德[M].北京：学苑出版社,2012：171-193.

均为抑扬格五音步。但韦利并不赞同用这种诗体来翻译汉诗，认为"用素体诗翻译汉诗是最蹩脚的办法，因为素体诗的关键在于它不固定停顿的位置，而汉诗中的停顿总是在一联结束的时候"[①]。这就是说，由于用素体诗有着固定音步，其诗行就受到了限制，因此很难承载原诗的内容；而汉诗本来是在一句结束时才停顿，如采用素体诗来翻译就可能在诗行中间停顿，这样就会打破汉诗的节奏。基于这一原因，韦利的译诗中鲜见英诗中的跨行现象。

由此可见，韦利坚持不押韵，采用"弹跳节奏"，与其直译的概念是相互关联的，它们都出自韦利对汉诗句法及其节奏特点的尊重，韦利的直译堪称"忠实的翻译"。

从最早的《中国诗选》（1916），到《汉诗增译》（1919）、《诗人李白》（1919），再到后来的《李白的诗歌与生平》（1950），韦利通过一系列著作译出大量的李白诗。随着对汉诗的深入学习与研究，韦利对李诗翻译已形成比较成熟的观念。韦利的李诗翻译坚持呈现原诗意象，不用韵、使用弹跳节奏，这些方法都与其直译策略互为表里。下面以具体实例来考察韦利的李诗翻译实践，我们先以《汉诗增译》中的《自遣》为例：

对酒不觉暝，I sat drinking and did not notice the dusk,
　　　　　我坐着饮酒没有察觉天已黄昏，
落花盈我衣。Till falling petals filled the folds of my dress.
　　　　　直到落下的花瓣覆盖了我衣上的褶皱。

---

① WALEY A. A hundred and seventy Chinese poems[M]. London：Constable and Company，1918：20. 原文："What is generally known as 'blank verse' is the worst medium for translating Chinese poetry, because the essence of blank verse is that it varies the position of its pauses, whereas in Chinese the stop always comes at the end of the couplet."

醉起步溪月，Drunken I rose and walked to the moonlit
　　　　　stream;

　　　　　醉意中的我起身往泛着月光的小溪走去，

鸟还人亦稀。[1]The birds were gone, and men also few.[2]

　　　　　鸟儿已飞走，人也没几个。

　　李白这首五绝言简意赅，篇幅虽小，意象颇丰。同原诗对照，韦利的译诗在意象处理上紧扣原文，除第二行增加一处"folds"（褶皱）外，全诗完整呈现了"对酒""黄昏""落花""醉起""溪月""鸟还""人稀"等原诗意象。至于韦利为何会增加"folds"一词，我们先不妨设想这样一个场景：落英时节，风吹花落，纷纷扬扬，诗人席地而坐，任由落花洒在身上，必然是衣服凹陷曲褶处先堆积起花瓣。这即是说，韦利增加的这个意象是可以从"盈我衣"推演出来的，是符合经验逻辑的，并非凭空添加。而更为重要的是，这一增词与韦利坚持使用弹跳节奏翻译汉诗有关，因为加上"folds"后，第二行共有五个重读音，正好对应着原诗的五言诗行，这样就能体现出原诗的节奏。另外，在这一行中，"falling""filled"和"folds"三个以塞擦音"f"开头的词，在英诗中传递出了花落的场景和风吹的声音，呼应了原诗中由"盈"与"衣"二字构成的音韵效果和情境意义。增加意象但又行之有据，韦利的译文兼顾了意象和节奏。

　　那么如何解释译诗最后一行中的重音呢？"birds""gone""men"和"few"这四个重读音词已将原诗内容完整表达出

① 李白.李太白全集[M].王琦,注.北京：中华书局,2011：917.

② WALEY A. More translations from the Chinese[M]. New York：Alfred A. Knopf, 1919：31.

来，韦利并没有为了追求五个重读音而进行增词。一方面，我们可以将此理解为，正如前文所述，韦利不强求格律；而另一方面，我们稍加观察便可发现，诗行多出一个停顿，即，在"gone"之后有一个逗号。按照英诗规则，这个属于行中停顿（caesura），在效果上能起到诗律中一个节拍的作用，相当于一个不发音的重读音。因此，我们可以说，最后一行依然是以五个重读音来对应原诗的五言诗行。

此外，在译诗中，除第二行外的其余各行均有一个"and"将重读音隔开，形成了"两个重读音＋and＋三个重读音"的结构，这恰好对应了原诗的停顿惯例（2+3）：

对酒|不觉暝，I sat drinking | and did not notice the dusk,
醉起|步溪月，Drunken I rose | and walked to the moonlit stream；
鸟还|人亦稀。The birds were gone，| and men also few.

韦利这首译诗的句式忠实地对应了原诗句法，没有出现跨行现象；用词上大多选择简单词汇，以单音节词为主，尤其是每行最后一词都是单音节重读音。这正是韦利有意在英诗中复现汉诗节奏所做的努力，而具体到李白这首五绝，上述的选词和节奏恰好对应了原诗那种玲珑剔透而又空灵悠远的风格。

韦利的这种直译是以尊重汉诗诗律为前提的，属于施莱尔马赫（Friedrich Schleiermacher，1768—1834）所谓"将读者带向作者"的一种策略①，同时由于他所采用的弹跳节奏本身就

---

① SCHLEIERMACHER F. On the different methods of translation[M]//VENUTI L. The translation studies reader. New York：Routledge，2012：49.

长期以来存在于英诗韵律传统之中，所以他的直译也兼顾了译诗在英语读者中的可接受性。艾约瑟和克莱默-宾也曾翻译过这首《自遣》，但与韦利的译诗相比，他们的译诗无疑已显过时与陈旧。

韦利在《汉诗增译》的前言中申明，他选诗的标准一是出于他自己的兴趣，二是只翻译可以充分翻译的诗歌。用语平实、意义简明的诗歌自然成为首选。韦利运用弹跳节奏，将这本诗集中的李白五言诗译得非常成功。将这种方法用于李白七言诗，情况又会如何呢？让我们来看看韦利在《诗人李白》中译出的李诗《金陵酒肆留别》：

风吹柳花满店香，The wind blowing through the willow-flow-
　　　　　　　ers fills the shop with scent;
　　　　　　　柳花吹来的风使小店生香；
吴姬压酒唤客尝。A girl of Wu has served wine and bids the
　　　　　　　traveller taste.
　　　　　　　吴女送上美酒让旅人品尝。
金陵子弟来相送，The young men of Nanking have come to see
　　　　　　　me off;
　　　　　　　南京的子弟前来为我送行；
欲行不行各尽觞。I that go and you that stay must each drink
　　　　　　　his cup.
　　　　　　　远行的我和留下的诸君都须饮完杯中的酒。
请君试问东流水，I beg you tell the Great River whose stream
　　　　　　　flows to the East
　　　　　　　我请你们告诉那东流去的长江

别意与之谁短长。①That thoughts of you will cling to my heart when he has ceased to flow.②

当他停流的时候我对诸君的思念仍会荡漾在心间。

（斜体为原文所加——笔者注）

这是一首情深意长的话别诗。全诗热情洋溢、流畅明快，话语直白，没有典故。这首诗应属于韦利"可以充分翻译"的类型。从译文来看，韦利较为准确地译出了原诗的内容，除了最后一行略显拖沓外，全诗读来流畅生动，与原诗情绪非常吻合。结尾两句虽然没有译出原诗中的反问语气，但保留了原诗中的拟人手法。按照韦利的弹跳节奏，我们可以发现译诗各行均有对应的七个重音词，英语读者可以大致感受到原诗七言诗行的特点。

但译诗最后一行为了实现五个重音而显得拖沓。这给我们一个启示：弹跳节奏应用于五言诗翻译的确显得比较贴切，但应用于七言诗翻译时可能不会那么从容。对于上面这首接近口语体的晓畅的李诗《金陵酒肆留别》，韦利译得还算成功，那么对于李白其他一些更书面化、更为典雅的七言诗，韦利又是如何处理的呢？

韦利在《诗人李白》中还选译了一首李白的歌行《忆旧游寄谯郡元参军》③。原诗较长，七言为主，间有五言。值得注意的是，韦利的译文没有采用弹跳节奏，而是采用了散体翻译方

① 李白.李太白全集[M].王琦，注.北京：中华书局，2011：621-622.

② WALEY A. The poet Li Po, A. D. 701-762[M]. London：East and West, 1919：23.

③ 歌行又称七言歌行，根据是否全为七言，可分为"齐言之七言"和"包含有七言句之杂言"两种。参见薛天纬.歌行诗体论[J].文学评论，2007(6)：5.

法。限于篇幅，此处仅选取其中几行为例来加以说明（见表4-1）：

表4-1

黄金白璧买歌笑， 一醉累月轻王侯。	With yellow gold and tallies of white jade we bought songs and laughter, and we were drunk month after month, with no thought of kings and princes, though
海内贤豪青云客， 就中与君心莫逆。	among us were the wisest and bravest within the Four Seas, and men of high promotion. (But with you above all my heart was at no cross-purpose.)
回山转海不作难， 倾情倒意无所惜。	Going round mountains and skirting lakes was as nothing to them. They poured out their hearts and minds, and held nothing back.

从这首译诗实践来看，1919年前后的韦利对于是否将弹跳节奏用于文体更为典雅的七言李诗还是非常谨慎的。由于这首七言歌行中的语言比起前面《金陵酒肆留别》的语言显得更加正式与庄重，韦利没有用弹跳节奏来翻译。相反，他选择了抑扬格这种相对传统的英诗规范。但韦利并不欣赏那种按诗行排列的散文风格的译诗方法[①]，所以这首译文并没有用分行排列来对应原诗诗行。他根据原诗诗行的意义相关性，将原诗的若干行译为一个段落。简言之，韦利采用了抑扬格散文诗体译出了这首《忆旧游寄谯郡元参军》。

有意思的是，韦利在《诗人李白》中尝试了另外一种翻译方法来翻译七言诗，如他译的李白歌行《江上吟》（限于篇幅，此处仅举最后四句）：

---

① MORRIS I. Madly singing in the mountains：an appreciation and anthology of Arthur Waley[M]. New York：Walker and Company，1970：139.

兴酣落笔摇五岳，With my mood at its height I wield my
　　　　　　　　brush
兴致高昂，我提笔
　　　　And the Five Hills quake;
　　　　五岳震动；
诗成笑傲凌沧洲。When the poem is done, my laughter
　　　　　　　　soars
诗歌写成，我狂笑
　　　　To the Blue Isles of the sky.
　　　　响彻云霄。
功名富贵若长在，Riches, Honour, Triumph, Fame,
　　　　　　　　比起功名富贵，
　　　　Than that you should long endure,
　　　　这些你渴望的东西，
汉水亦应西北流。[1]It were likelier the stream of the River
　　　　　　　　Han
汉江的水更可能
　　　　Should flow to the North-West![2]
　　　　流向西北去！

　　在这首译诗中，韦利打断了原诗诗行，用两行来对应原诗一行，这样就产生了跨行现象。韦利本人其实不喜欢这种做

---

① 李白.李太白全集[M].王琦,注.北京：中华书局,2011：325.
② WALEY A. The poet Li Po, A. D. 701-762[M]. London：East and West, 1919：20.

法①。这一点从《一百七十首汉诗》和《汉诗增译》就能看出来，对于这两部诗集中的汉诗，他基本上都是以完整诗行来对应原诗诗行。很显然，在《江上吟》这首译诗中，韦利之所以打断原诗诗行，是出于想尝试用弹跳节奏来翻译七言诗的目的。我们可以发现，《江上吟》的译文每两行中有七个重读音对应原诗七言诗行，而断行的地方在第四个和第五个重音之间，恰好与通常在第四字后稍有停顿的七言诗行节奏相吻合；译诗的偶数行往后缩进，从而在视觉上让读者感受到与汉诗相同的节奏和停顿。我们还可以发现，断行之后的译诗读起来顺畅流利，没有出现前面提到的《金陵酒肆留别》译诗最后一行因过长而产生的拖沓迟滞现象。断行与弹跳节奏相结合的办法，使这首七言诗的翻译取得了很好的效果。

正是这种尝试给了韦利信心，再加上韦利始终认为断行的方式无法完整呈现汉诗诗行特点，他后来果断地将弹跳节奏运用于其他七言李诗的翻译。例如，他在1950年出版的《李白的诗歌与生平》中重新译出《忆旧游寄谯郡元参军》（此处仅举出其中几行，以与前面提到的《诗人李白》中的译本进行对照）：

黄金白璧买歌笑，With yellow gold and tallies of white jade
　　　　　　　　　　we bought songs and laughter
　　　　　　用黄金与白玉我们买来歌声和笑语
一醉累月轻王侯。And we were drunk month after month,

---

① 韦利后来在接受BBC采访时还谈到当年他和庞德对于保留原诗诗行与否进行过争论："我认为我和庞德有很大区别。他反对我保留原诗诗行的做法，老是嚷着"打断！打断！"参见 MORRIS I. Madly singing in the mountains: an appreciation and anthology of Arthur Waley[M]. New York: Walker and Company, 1970:145. 原文："I think we differed very much. Pound objected to my retaining the length of line of the original, and kept on screaming, 'Break it up—break it up!'"

scorning princes and rulers.

然后我们醉酒累月，鄙视那些王侯。

海内贤豪青云客，Among us were the wisest and bravest within the Four Seas, with thoughts high as the clouds.

我们中间有四海之内最聪慧最勇敢、怀有青云之志的兄弟。

就中与君心莫逆。（But with you above all my heart was at no cross-purpose.）

（但只有你才和我心心相印。）

回山转海不作难，Going round mountains, skirting lakes was as nothing to them,

穿越群山绕开湖水对他们来说算不得什么，

倾情倒意无所惜。All their feelings, all their thoughts were ours to share; they held nothing back.[1]

他们愿和我们分享所有的情感和思想，毫无保留。

    诚然，从内容上讲，韦利对原诗的理解有一些失误。原诗中的"海内贤豪青云客"泛指天下贤达人士，而译文将其理解为参与宴饮的座中客。最严重的错误出现在最后两行，韦利显然没有领会到"回山转海不作难，倾情倒意无所惜"是诗人表达愿为对方牺牲一切的豪迈之语，所以他的译文有些匪夷所思。但此处我们关注的重点，是考察韦利的弹跳节奏法用于文体典雅的七言诗上面的效果。同前述《诗人李白》中的译本相

① WALEY A. The poet Li Po, A. D. 701-762[M]. London：East and West, 1919：12-13.

比较，新译中的改动十分明显。首先，原来的散文诗体形式变为了分行诗体形式，而且行数与原诗行数保持一致；其次，由于韦利在新译中使用了弹跳节奏，新译较旧译在文字上有了更多的改动。如果按韦利之前试图用七个重音来译李白七言诗的做法，上面征引的译诗中只有第二行和第三行符合这个条件：

And we were drunk month after month, scorning princes and rulers.

Among us were the wisest and bravest within the Four Seas, with thoughts high as the clouds.

这两行不仅刚好各有七个重读音，而且译文中的逗号正好将七个重读音分开，形成"四个重读+三个重读"，恰好与七言"前四后三"的节奏模式相吻合。不过在一首译诗中，不可能让全部诗句都使用这种以主句加上状语从句的句式，因为这样会造成呆板做作的印象，而且即便使用了这种句式，也很难保证一个诗行刚好有七个重音，如上引译诗中，其余诗句要么不足（如第四行），要么多出（如第六行）。由此可见，韦利运用弹跳节奏来翻译更为典雅的七言体李诗的时候，并不像翻译五言李诗那样，寻求完全的重音对等。

二、库柏的弹跳节奏尝试

库柏出版的李杜诗集《李白与杜甫》（1973）中也实践了弹跳节奏译诗法。此时距韦利的弹跳节奏尝试已过去了近半个世纪，作为后来者的库柏对这种重音译诗法已有更深入的认识。库柏借用英国浪漫主义诗人柯勒律治的术语，称他所采用

的翻译方法为"诗化翻译"（poematic translation），以与"韵体翻译"相对：

> "韵体翻译"和"诗化翻译"这样的名称现在都散发着怪味（可能只有"自由诗体"目前摆脱了这种味道，尽管有些自由诗要么压根就不是诗，要么没有"按诗化形式组织起·来"）。①（着重号为笔者所加——笔者注）·

库柏反对那种不忠实原文的信笔发挥的"诗化翻译"，也反对过分的直译，认为那种完全紧贴汉诗句法的翻译只能是一种"不完全的翻译"，会让原诗永远披上异域色彩；同时，他也反对用韵体来翻译汉诗，认为韵体翻译并不比诗化翻译更忠实原诗②。库柏显然在影射艾约瑟、翟理思等早期汉诗翻译家那种刻意押韵的翻译方法。诗化翻译，即要求把译诗"按诗化形式组织起来"。在库柏看来，译诗要成为诗歌，就应该保存着诗歌的基本形式特征。

库柏欣赏的是庞德《神州集》和韦利《一百七十首汉诗》中那种译诗方法。他认为这种方法不枯燥，更忠实，不像散体翻译那样随意扩展原句③。他对韦利以英语重读音来对应汉诗节奏的"弹跳节奏"译诗法尤为推崇。不过，对韦利常常为追求重音而在译文中增加原诗没有的内容的做法却颇有微词。例如，韦利所译的元稹《闻乐天左降江州司马》首句：

---

① COOPER A. Li Po and Tu Fu[M]. Harmondsworth：Penguin，1973：76. 原文："Both 'verse translations' and 'poetic translations' as names now carry off-flavours（which 'free verse' seems at present to escape，though some of that is not verse or 'poematically organized' at all）."

② 同①77-78.

③ 同①79.

残灯无焰影幢幢　　In the last flicker of a dying lamp the shad-
　　　　　　　　　　ows beat like wings
　　　　　　　　在行将熄灭的灯盏发出的最后一抹光亮
　　　　　　　　中影子如翅膀般跳动

库柏认为诗行中的"beat like wings"属于不必要的增译，
韦利之所以这么做，只不过是为了让诗行出现七个重音，以便
对应原诗的七言诗行①。库柏认为，这个诗行不妨译为：

A low lamp showed no flame
but looming shadow②

库柏试图从英语诗歌传统中找到一种诗体形式，既能传递
原诗的格律，又能表现汉诗简洁凝练的风格。库柏寻求的这种
诗体形式可以看成是韦利所用的弹跳节奏的修正版。

与韦利以重音来确定节奏不同，库柏按音节数来确定节
奏，在这个过程中，译诗形成了一种建立在音节基础上的、大
致与译诗诗行字数对应的格律。他的做法是，无论是七言还是
五言，他都用两行译出，用11个音节来译七言，9个音节来译
五言③。针对七言，译诗行尾还加上一个限定规则：奇数行尾
必须是一个重读音的单音节词，偶数行尾则为一个重读音加轻
读音的双音节词④。在库柏看来，读者可以通过这种"6+5"或

---

① COOPER A. Li Po and Tu Fu[M]. Harmondsworth：Penguin, 1973：81-82.

② 同①82.

③ 在这本诗集中，有大量译诗的诗行并没有分成两行,但也保持了11个音节或9个
　音节.

④ 同①82-83.

"4+5"的音节模式读出汉诗诗行中的停顿①。库柏的译诗法可以用表4-2表示。

表4-2　库柏建构的汉诗翻译节奏模式

原诗诗行	译诗诗行	译诗行尾词要求
七言（4+3）	11个音节（6+5）	奇数行：重读单音节； 偶数行：轻读双音节
五言（2+3）	9个音节（4+5）	无

前述库柏所译的元稹七言诗句正是采用的这个办法。我们可以发现译诗的形式和节奏与元稹诗的形式和节奏基本对应，而且第二行使用的"重-轻"音使诗行产生了一种音韵效果，正好对应汉诗偶数行最后一字押平声韵的规则。

至此，我们可发现，库柏所说的诗化翻译，就是一套规整的诗歌形式与弹跳节奏相结合的一种方法。至于译诗押韵问题，库柏追求的是一种自然效果，能押则押，并不勉强，绝不能因韵害义。下面我们以《早发白帝城》为例一窥库柏针对李诗所做的"诗化翻译"：

朝辞白帝彩云间，　　　At dawn we leave White King,
　　　　　　　　　　　　its clouds all coloured,
千里江陵一日还。　　　For passage to Kiang-ling
　　　　　　　　　　　　in one sun's circuit:
两岸猿声啼不住，　　　While both banks' gibbons cry
　　　　　　　　　　　　calls still unseasing,
轻舟已过万重山。②　　　Our light boat has gone by
　　　　　　　　　　　　many fold mountains.③

---

① COOPER A. Li Po and Tu Fu[M]. Harmondsworth：Penguin，1973：101.
② 李白.李太白全集[M].王琦，注.北京：中华书局，2011：871.
③ 同①116.

整首译诗格律规整，诗行的音节严格依照库柏制定的"6+5"模式，奇数行末尾为重读单音节词，偶数行末尾为重-轻双音节词，单行押韵，且第六、八行与第一、三行韵脚相似，形成呼应，由此产生出了优美悦耳的调子。此外，如果标记出诗中的弹跳节奏，我们便可发现，全诗除第三行外，几乎完美地再现了原诗的七言节奏。

总的来说，库柏用严格的音节数来对应七言和五言汉诗，并且对行尾字音节的轻重和数目有着特殊的要求，其意图甚好，想要让英语读者感受到原诗的诗体格律，但未免失之于机械。既要在形式上满足严格的格律要求，又要在内容上完成汉诗的转换，其难度可想而知。但是，库柏这种尊重汉诗格律的立场，以及对汉诗翻译中的格律诗派和自由诗派所进行的调和策略，使他的李诗翻译在今天仍具有重要的启发意义。

三、霍尔约克的弹跳节奏尝试

美国诗人霍尔约克对于李白和杜甫创作的近体诗十分推崇，认为他们展现出了令人惊讶的诗歌才能："中国人崇拜李白和杜甫，既是因为他们诗歌书写的内容，也因为对于他们驾驭这种高难度诗歌形式的精湛技艺。醉后写诗就很了不起，但醉后还能写出律诗那才叫真正的厉害"[①]！为此，他于2007年出版了其选编并翻译的李杜诗集《对月》，专收李白和杜甫的律诗和绝句。

由于近体诗的格律要求比较严格，因此霍尔约克有意用一

① HOLYOAK K. Facing the moon: poems of Li Bai and Du Fu[M]. Durham: Oyster River Press, 2007: xxi. 原文: "The Chinese admire Li Bai and Du Fu both for the content of their poems and for their virtuosity in handling the demanding forms. It's all very well to get drunk and write poetry, but it's harder and finer thing to get drunk and write Regulated Verse!"

第四章 李诗英译策略研究 ◇

种同样严谨整饬的诗体形式来翻译李杜诗歌。他对汉诗近诗体的形式给予充分尊重，希望能在其译诗中尽可能地保留汉诗的诗行、诗联、对偶等特征。为此他采用并不那么严格的抑扬格与重音相结合的办法来对应汉诗诗行。对于八行以内的汉诗，采用比较固定的办法：译诗用两行来对应原诗一行，用"2+3"（即：一行2个重音音节，另一行3个重音音节）模式对应五言，用"4+3"模式对应七言，诗行并不追求严格的押韵。霍尔约克这个译诗原则兼容了汉诗的规整性，同时也兼顾了当代英语诗歌总体上趋于不押韵的特点。同前文所述的库柏严格的"4+5"音节模式相比，霍尔约克的"2+3"重音模式在翻译五言诗时更加方便。如霍尔约克所译的李白五绝《玉阶怨》：

玉阶生白露，   Nightlong, white dew

dampens the marble staircase

夜久侵罗袜。   and her silk stockings,

till it soaks right through them；

却下水晶帘，   But she can only

lower the crystal blind

玲珑望秋月。[1]   and through its tracery

gaze at the moon of autumn.[2]

从这首译诗可以看出，它充分兼顾了汉诗和英诗各自特点，用重音词来对应五言节奏，而无须考虑音节的数量；在句

---

[1] 李白.李太白全集[M].王琦,注.北京：中华书局,2011：256.

[2] HOLYOAK K. Facing the moon：poems of Li Bai and Du Fu[M]. Durham：Oyster River Press, 2007：27.

式上不需要用完整句来对应原诗诗行，而是采用英诗中典型的跨行甚至跨节的句式。译诗不押韵，也没完全严格地遵守抑扬格，但读起来依然具有流畅的节奏。

虽然霍尔约克本人并没有明确说他采用的这种译诗方法依靠的是"弹跳节奏"，但很明显，他的这一方法与韦利和库柏使用的方法十分接近。由于他翻译的李诗大多属于格律严谨的近体诗，因此比起韦利和库柏，他的"弹跳节奏"显得更加严格和整齐。从《对月》这本诗集中的李诗翻译质量来看，他这种"中西合璧"式的汉诗翻译探索无疑十分成功。

第七节　可视节奏：李诗英译中的视觉节奏尝试

从庞德、洛威尔等人采用英语自由诗体，到韦利、库柏使用弹跳节奏，李诗的译者们尝试运用不同策略和方法来呈现原诗节奏。但由于中英两种语言和中英诗歌传统之间存在巨大差别，译者们很难做出相对统一的选择。与前述注重重音和音节的弹跳节奏不同，很多译者另辟蹊径，从诗歌建行的角度进行探索，尝试了一种可称之为"视觉节奏"的新方法。这种视觉节奏并非指具象诗或图画诗中的视觉形象，而是指诗歌的分行和分节形式在读者阅读时所形成的一种可视性效果。本节以哈特、克莱尔、温卡普和大卫·杨四位译者的李诗翻译来展示这种方法的特色。

一、哈特的视觉节奏尝试

《百姓》（1933）和《牡丹园》（1938）两本中国古诗选集

的译者哈特既不赞同严格的格律体译诗，也不赞同过于自由的自由体译诗，他倾向于使用自由体，但又希望它能呈现一定的格律效果。他这样阐述他的译诗主张：

> 仔细研读原诗，尽量将文本恢复到它原初的形式。然后进行大致的直译，为每个词、每个短语做好注释。等把译文读上数遍之后，词汇、短语就会形成一种模式，对译者而言，似乎就传递出了这首诗准确的含义。只要其中的误差是在两种语言所允许的范围，那么这些词汇及其意义就会大致对应汉字的音节及其内涵。最终得到的译文就会是具有格律的英文。这种模式可能会变化，但是不变的是对原文的忠实。①

从以上征引我们可以发现，哈特所说的翻译方法是一种经验之谈，听上去颇有些神秘主义的味道。他其实是说，译者只有充分领会汉诗原文后，方可进行直译，随后译者需要对译文进行反复阅读和词义调整，如是数遍之后，就可自然而然地形成最终版本，而这个版本的译诗将自然形成一定的格律效果。我们不妨把哈特的翻译策略称为"诗读百遍，译文自现"。通过阅读《百姓》和《牡丹园》中的译诗，我们可以发现，哈特

---

① HART H H. The hundred names[M]. Berkeley：University of California Press，1933：30. 原文："The poem is carefully studied in the original. The text is restored to its original form as far as possible. A rough literal translation is then made，the meanings of each word and phrase being noted. After a few readings of the is translation，the words and phrases fall into a pattern which，to the translator，appears to convey the proper meaning of the poem. The words and their meanings thus approximate the Chinese syllables and their connotations，as far as the differences in the two languages permit. This final translation should be in metrical English. The pattern may vary；invariable，however，is fidelity to the original text."

所说的"译文自现"出来的格律效果，其实是一种视觉效果。译者在阅读和领会原诗的基础上，用相对自由的方式来建行（比如，原诗一行可以对应多个简短的英语诗行），错落有致的诗行效果就形成了一种视觉节奏。

哈特的这种视觉节奏译诗法与他对汉诗的认识密不可分。他指出，无论是五言诗还是七言诗，朗读起来总会有单调之感，况且汉字音韵在历史长河中还在不断地衍化，今天的人们其实已无法领略到古代诗歌原初的样子，所以，他坚持认为："汉诗之美不在于悦耳，而在于悦目"①。哈特这种认识其实不无道理，古代诗歌吟咏在今天已无法还原，更何况还要将它们译为外国语，所以将之视为一种文字形式的视觉存在也未尝不可。

在《百姓》和《牡丹园》两部诗集中，哈特尝试使用了这种视觉节奏自由体来翻译李诗，因此他的译诗诗行比韦利、洛威尔、陶友白等人的自由体诗行更加简短。无论是五言或是七言，都采用断行的方式，将原诗的一句断成两行或多行，至于何处断行，并无定规。哈特使用这种方式译出的李诗到底是什么样子呢？我们以他译的《题峰顶寺》来一窥究竟：

夜宿峰顶寺。I spent the night

　　　　　　In the temple

　　　　　　On the mountain top.

举手扪星辰。It was so far

　　　　　　Above the earth

　　　　　　That it seemed

---

① HART H H. The hundred names[M]. Berkeley：University of California Press，1933：24-25.

As though

By stretching out my hand

I could pluck the stars

From the sky.

不敢高声语。I dare not even

Raise my voice in speech—

恐惊天上人。^①I feared

To alarm

The dwellers in the heavens.^②

译诗分为三节，前两节对应原诗的前两句，第三节对应原诗的后两句，每一节中的诗行数量并不均等。何以如此？细读之后不难发现哈特的思路："夜宿峰顶寺"只是起到铺陈的作用，点出诗歌事件发生的时间与地点，并不是诗歌中的重点，所以译诗第一节只用三个诗行。与"举手扪星辰"相比，译诗第二节多出许多内容，这可能是考虑到英语诗歌不擅长为读者"留白"，以免造成诗中主人公并非凡人的印象，所以要把山寺之高这个逻辑译出来。三节中的诗行数量不等，它们在读者眼里自然生成了一种节奏感，这也就是哈特在译诗试图复现的格律效果。简言之，在这首译诗中，第一节是对事件的简单陈述，所以诗行整齐；而第二、三节重在心理描写，也是全诗的旨趣所在，诗行参差不齐，两字一断（或一个音步一顿），暗示了"不敢高声语"的心理状态。

① 李白.李太白全集[M].王琦,注.北京：中华书局,2011：1206.

② HART H H. A garden of peonies：translations of Chinese poems into English verse [M]. Berkeley：University of California Press，1938：40.

简言之，哈特的这种译诗方法与译者个人理解和感悟有关，并无定规可寻，所以这种视觉节奏译诗法本质上是一种经验主义译诗方法。它虽然具有随意的一面，但它对视觉效果的追求不啻为一种新的汉诗翻译尝试。经哈特之手，李诗在英语世界得到了一种独特的可视性表现。

二、克莱尔的视觉节奏尝试

克莱尔在《明月栖鸟》（1987）的李诗翻译中，也使用了视觉节奏，但与哈特较为自由的视觉节奏不同，他努力将视觉节奏与汉语原诗中的节奏和对仗关联起来。下面我们以克莱尔翻译的李诗《山中问答》为例，来检视这种视觉节奏译诗法的特点：

<table>
<tr><td>问余何意栖碧山，</td><td>you ask
why I perch
on a jade green mountain?</td></tr>
<tr><td>笑而不答心自闲。</td><td>I laugh
but say nothing
my heart
free</td></tr>
<tr><td>桃花流水窅然去，</td><td>like a peach blossom
in the flowing stream
going by
in the depths</td></tr>
<tr><td>别有天地非人间。[1]</td><td>in another world
not among men[2]</td></tr>
</table>

---

① 李白.李太白全集[M].王琦,注.北京:中华书局,2011:747.

② SEATON J P, CRYER J. Bright moon, perching bird: poems by Li Po and Tu Fu [M]. Middletown: Wesleyan University Press, 1987:4.

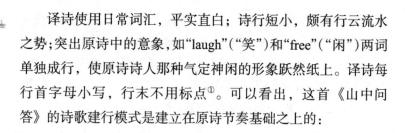

译诗使用日常词汇，平实直白；诗行短小，颇有行云流水之势；突出原诗中的意象，如"laugh"（"笑"）和"free"（"闲"）两词单独成行，使原诗诗人那种气定神闲的形象跃然纸上。译诗每行首字母小写，行末不用标点①。可以看出，这首《山中问答》的诗歌建行模式是建立在原诗节奏基础之上的：

问余 | 何意栖 | 碧山
you ask | why I perch | on a jade green mountain?
笑而 | 不答 | 心自 | 闲
I laugh | but say nothing | my heart | free

但克莱尔并没有将他的这种视觉节奏一以贯之，有时也会采用前述哈特的那种更主观的视觉节奏。不过值得指出的是，不遵循汉语原诗的节奏并不一定会妨碍克莱尔译出高质量的诗。如下面这首《夏日山中》，克莱尔用更自由的视觉节奏很好地再现了李诗中的意象：

懒摇白羽扇，　　　lazily

　　　　　　　　　I wave

　　　　　　　　　my white feather fan

---

① 这种风格和美国意象主义诗人威廉·卡洛斯·威廉姆斯（William Carlos Williams，1883—1963）的诗作非常相似。威廉姆斯的诗歌在形式上大部分诗行都采用小写，如其《红色小推车》（The Red Wheelbarrow）全用小写："so much depends / up-on /a red wheel/ barrow / glazed with rain / water / beside the white / chickens"（参见 LEHMAN D. The Oxford book of American poetry[M]. New York：Oxford University Press，2006：285-286.）。其实这也是英语当代诗歌中比较常见的现象，而且在汉诗英译中，也是广为采用的一种形式，如《松花笺》就采用了这种形式。

裸袒青林中。	naked
	in the forest's green
脱巾挂石壁，	cast off cap
	hanging
	on a stone wall
露顶洒松风。①	bear white head
	free
	in the pine wind②

　　这首译诗的选词用语，十分简洁平实，译文完全可以直接用四行——lazily I wave / naked in the forest's green / hanging on a stone wall / free in the pine wind——来对应原诗的四行，但克莱尔采用了数量更多但长度更短的诗行。这样一来，译诗有四行是由一个词构成，它们因此成了译诗的"焦点信息"。译者用这个独特的诗行安排，凸显了人物的状态和情绪："lazi-ly"（懒）、"naked"（裸）、"hanging"（挂）、"free"（洒）。它们构成了这首译诗的视觉焦点，突出了李诗中那个自由潇洒、无拘无束的诗人形象。这首诗译得无疑十分成功。

　　但某些时候，克莱尔将这种视觉节奏运用得又太过随意。例如他翻译的《戏赠杜甫》，看起来颇有些费劲：

饭颗山头逢杜甫，	Fan Kuo Mountain
	Top

① 李白.李太白全集[M].王琦,注.北京：中华书局,2011：913.

② SEATON J P, CRYER J. Bright moon, perching bird：poems by Li Po and Tu Fu [M]. Middletown：Wesleyan University Press，1987：5.

meeting

Tu Fu

头戴笠子日卓午。　　and his sombrero

in the noonday

sun

借问别来太瘦生，　　I asked

since last

we meet

you' ve gotten

awfully

thin

总为从前作诗苦。①　　*perhaps*

It' s the pain

of poetry？②

（斜体为原文所加——笔者注）

　　这首译诗的诗行分得过多过短，或许是克莱尔有意要凸显站立在"山头"（top）之上的"瘦（thin）杜甫（Tu Fu）"的形象。在读者的视觉观照下，诗行节奏本可以向前自然地运动，但却因句子被拆分得过多过短而受到了阻碍，从而形成一种迟滞感。

三、温卡普的视觉节奏尝试

　　加拿大学者格雷格·温卡普在译李诗时特别注重原诗格律

① 李白.李太白全集[M].王琦,注.北京：中华书局,2011：1195.

② SEATON J P, CRYER J. Bright moon, perching bird：poems by Li Po and Tu Fu [M]. Middletown：Wesleyan University Press, 1987：3.

与节奏，力图在英语译文中予以再现，以使读者能够"直接面对中文原文"①。为实现这一目的，他同样采用了视觉节奏来建构诗行。

温卡普的方法与克莱尔在《明月栖鸟》中使用的方法比较类似，但他的视觉节奏划分的首要标准，是要能够重现汉语原诗中的停顿。以他在《中国诗歌之心》（1987）中译的《山中问答》为例：

问余何意栖碧山，	Ask me
	Why I stay
	On Green Mountain?
笑而不答心自闲。	I smile
	And do not answer,
	My heart is at ease.
桃花流水窅然去，	Peach blossoms
	On flowing water
	Slip away
	Into the distance—
别有天地非人间。②	This is another world
	Which is not of men.③

译诗换行几乎完美地传递了原诗的停顿与节奏，这比前面提到的克莱尔所译的同题诗还要精确。在这种视觉节奏模式

① WHINCUP G. The heart of Chinese poetry[M]. New York：Anchor Press，1987：vii.
② 李白.李太白全集[M].王琦,注.北京：中华书局,2011:747.
③ 同①3.

下，译诗不仅用词简洁，而且紧贴原意，形成的风格足可匹配李白原诗：

问余 | 何意 | 栖碧山
Ask me | Why I stay | On Green Mountain?
笑而 | 不答 | 心自闲
I smile | And do not answer， | My heart is at ease.

比起前述克莱尔的方法，温卡普的视觉节奏更有"野心"——他还试图呈现汉诗本身的工整对仗的特点。温卡普十分欣赏中国古典诗歌工整对仗的形式美，称其"就像串串珠链一样"，因此他尤为看重联句和对偶："在几乎所有的中国诗歌中，每两行是一个独立的部分，就像一个诗节。平行的对子引人注目，好比一个扎实的琴栓，诗歌其余部分可以依次悬挂起来"①。这即是说，如果将汉诗平行的对子变成单独的诗行，那么从视觉上来看，整首诗歌正好就可"依次悬挂起来"。我们可用下面这首《送友人》来一窥温卡普的视觉节奏是如何再现李诗中的"珠链"特点的：

青山横北郭， Green mountains

　　　　　　　Lie across the northern outskirts

　　　　　　　Of the city.

白水绕东城。 White water

---

① WHINCUP G. The heart of Chinese poetry[M]. New York：Anchor Press, 1987：31-32. 原文："In almost all Chinese poetry, each pair of lines is a separate unit, almost like a stanza. Pairs that are parallel gain an emphasis that makes them the solid pegs on which the rest of the poem hangs."

　　　　　　Winds around the eastern
　　　　　　City wall.

此地一为别，Once we make our parting
　　　　　　Hear in this place，
孤蓬万里征。Like a solitary tumbleweed
　　　　　　You will go
　　　　　　Ten thousand miles.

浮云游子意，Floating clouds
　　　　　　Are the thoughts of the wanderer.
落日故人情。Setting sun
　　　　　　Is the mood of his old friend.

挥手自兹去，With a wave of the hand
　　　　　　Now you go from here.
萧萧班马鸣。[1]Your horse gives a whinny
　　　　　　As it departs.[2]

　　原诗一联转变为译诗中的一节，每一联中的一句对应着译诗中的二行（第一节中为三行）；译文诗句的长度与音节数基本相同，因此具有整齐对仗的视觉效果；而且原诗诗联中的对仗（"浮云"与"落日"，"游子意"与"故人情"）在译文中得到了再现。

① 李白.李太白全集[M].王琦,注.北京：中华书局,2011：716-717.
② WHINCUP G. The heart of Chinese poetry[M]. New York：Anchor Press，1987：30.

温卡普对对仗的重视，尤其体现在译文对原诗第一联的处理上。整个诗行从内容上来讲忠实原文，几无出入。①但从形式来看，译诗第一节并没有完全依据原诗的停顿。原诗首联的节奏本是："青山｜横｜北郭，白水｜绕｜东城"，而译文却采用了不同的节奏，而这对于原诗来说并不自然：

Green mountains | Lie across the northern outskirts | of the city.
（青山｜横北｜郭）
White water | Winds around the eastern | City wall.
（白水｜绕东｜城）

但事实上，温卡普之所以这样切分，正是在于他想在译文中呈现出汉诗的对仗特点。他甚至为这首译诗做了注释，详细列出原诗首联之中的对仗情况：绿对白，山对水，横对绕，北对东，郭对城。这几组对仗多由意象词汇构成，因此，温卡普在译诗中有意保留这些"珠链"。所以前三节基本上遵循了原诗的对仗关系，突出了"浮云"和"落日"、"游子意"和"故人情"之间的对照与关联。

重视对仗手法，使温卡普获得了翻译的自由或者"译者的特权"。这体现在译诗的最后一节中。此处原诗只提到了人的离去，并未明言马也将离去；而译诗将这一隐含的信息专门引申出来，突出了原诗中人有情、马亦有情这一对仗关系，使其在译诗中得到了更为清晰的表达。

---

① 译文中的"郭"字温卡普理解有误，被他译成了"outskirts of city"（城郊）。而"城"与"郭"其实指内城和外城，或严格来说，"城"指内城的墙，"郭"指外城的墙。

四、大卫·杨的视觉节奏尝试

美国诗人、俄亥俄州欧柏林学院教授大卫·杨在翻译李诗时也非常重视视觉节奏，他在译诗集《四位唐朝诗人》（1980）和《五位唐朝诗人》（1990）中便使用了这种节奏来翻译。与本节前述几位译者不同，他的视觉节奏聚焦于意象再现和汉诗结构。

大卫·杨认为，中国古代诗歌具有奇妙的视觉性，既然要在英语中重现汉语的语言和诗歌形式特征是不现实的，那么汉诗翻译就应该专注于重现这种视觉性——汉诗中的意象①。他的视觉节奏翻译正是建立在意象再现的基础之上的。此外，他对视觉节奏的运用还与他对汉诗网格结构的认识相关联。他认为，汉诗和英诗的句法有别，译者不可能在英诗中完全保留汉诗句法。汉诗还呈现出一种特殊的"网格"结构——诗行既在水平方向上向前延伸，同时又因受到对仗和并置手法的制约，而在垂直方向上运动。而相比之下，英诗并无这样的结构。因此，如果忽视汉诗的这个特点，那译文只会取得"一种僵化的形式效果，它会破坏原诗的抒情声音"②。

为此，大卫·杨提供了自己的解决之道：把汉诗诗行当成一节，并将其拆分为两个或三个诗行，这样在视觉上既能保存原诗意象和对仗效果，又能获得柔韧流畅的诗意运动。③我们以他翻译的李白五律《送友人》来了解这种视觉节奏的特点和

---

① REYES J. An interview with David Young" [DB/OL]. （2010-10-12）[2020-05-10]. https://bwr.ua.edu/an-interview-with-david-young/

② YOUNG D. Five T'ang poets: Wang Wei, Li Po, Tu Fu, Li Ho, Li Shang-yin[M]. Oberlin, Ohio: Oberlin College Press, 1990:11. 原文："…an effect of stiff formality that disables the lyric voice of the poem."

③ 同②13.

魅力，同时也可与前面温卡普的同题诗的翻译作对照：

青山横北郭，Here at the city wall
　　　　　　green mountains to the north
白水绕东城。white water winding east
此地一为别，we part

孤蓬万里征。one tumbleweed
　　　　　　ten thousand miles to go

浮云游子意，high clouds
　　　　　　wandering thoughts

落日故人情。sunset
　　　　　　old friendship

挥手自兹去，you wave, moving off
萧萧班马鸣。①your horse
　　　　　　whinnies

　　　　　　twice②

　　大卫·杨没有机械地模仿原诗的五律结构，但在译文中却创造了一个非常相似的结构。从语义上来讲，最后一行的"twice"是第五节中的"your horse / whinnies"的自然衔接，

---

① 李白.李太白全集[M].王琦,注.北京:中华书局,2011:716-717.
② YOUNG D. Five T'ang poets：Wang Wei, Li Po, Tu Fu, Li Ho, Li Shang-yin[M].
　　Oberlin, Ohio：Oberlin College Press, 1990:58.

之所以出现跨节，乃是译者有意突出诗中的情感强度，因此，我们不妨将最后两节当成一节。这样一来，译诗可分为五节，第1节和第5节各由四行构成，中间的第2至4节各由两行构成。这就形成了一个奇妙的对仗结构：第1节和第5节在视觉上形成呼应；而从内容上来讲，第5节可以自然地衔接第1节："我们在此地离别，你挥手而去"。同时第3节和第4节在视觉上也形成了一个对仗结构：既有意象上的对仗（"high clouds"对"sunset"；"wandering thoughts"对"old friendship"），也有句式上的对仗（都使用了并列结构），甚至还有语音上的对仗（两节每行的音节数相同：2个音节+3个音节）。译诗这样的结构恰好对应着原诗的起承转合的结构模式：第1节为"起"，第2节为"承"，第3-4节为"转"，第5节为"合"。

这首译诗通过每节中诗行数的变化，从视觉上呈现出了诗意的流动：前3行稍长的诗行铺陈了离别的地点，第4行突然转为简短的两个词，表达了说话人意识到友人要离别时心中突然涌起的难舍情感。而令人印象最深刻的是最后一节：your horse whinnies twice本可以用一行来排列，以与前句"you wave, moving off"在视觉上形成对照，但译者将其打破，分为三行，而且还使用跨节。诗行在视觉上的变化正是节奏的变化，也是诗歌中情感的变化：跨节的"twice"成为整首诗情感的凝聚点，虽戛然而止，却让人回味无穷。

可见，大卫·杨的视觉节奏并不刻意模仿原诗句法和诗联结构，而是以意象和对仗为导向，尽量在译文中构建起类似于原诗的"网格"结构。我们读大卫·杨翻译的李诗，既能领会到原诗中的意象、对仗、格律和结构，又能感受到我们读的是现代英语诗歌，隽永的诗意在诗行间自然地流淌。

李诗英译变异研究

　　从比较文学变异学角度来看，李诗在跨语际转换过程中，由于译者身份及所处的现实语境、传统文化、语言差异、主体选择、翻译诗学追求的差异，必然会经历文化过滤和文化误读，从而在英语世界中呈现一种"变异"式存在。这种变异亦可称为"误译"，具有极大的文学价值，"特别鲜明、生动地反映了不同文化间的碰撞、扭曲与变形，反映了对外国文化的接受传播中的误解与误释"①。

　　从19世纪后半期至今的李诗翻译来看，译者众多，身份各异，有传教士、外交官、汉学家、学者、诗人、一般读者，或身兼多重身份。不同身份在很大程度上决定了译者在选诗类型、翻译策略、译文风格方面的差异。在这些不同类型的译者当中，有的熟谙汉语和中国文学，曾有过来华工作或生活的经历，如丁韪良、艾约瑟、翟理思、韦利等；有的虽不通汉语，但对包括李诗在内的中国古典诗歌特别景仰和喜爱，如庞德、洛威尔、弗莱彻、陶友白等；有的则是长期执教于英美大学的学者，本身就是中国古典诗歌研究专家，如温卡普、白之、华兹生、梅维恒、宇文所安等；还有一批精通汉英双语、熟悉中

---

① 谢天振.翻译研究新视野[M].青岛:青岛出版社,2003:113.

西诗学传统的华裔学者，如叶维廉、柳无忌、李珍华等。另外一个引人注目的群体则是英美诗人群体，如庞德、洛威尔、威廉斯、赤松、施家彰、哈金等。这些译者的翻译策略、诗学追求并不一致，针对的理想读者也各不相同，诗歌译本自然也就烙上了变异性的印迹。

因此，本章从比较文学变异学角度来考察李白诗歌在跨语际转换过程中所发生的变异现象，通过考察李诗翻译的三大群体——传教士与外交官群体、汉学家和学者群体、英美诗人群体的译诗活动，来分析李诗英译中的变异现象形成的规律及其原因。

第一节　以西译中：传教士与外交官
译诗中的变异

在"中国热"盛行的18世纪，西方人兴趣虽然主要集中在中国器物、园林、艺术等方面，但已经开始将目光投向中国文学，例如，18世纪在欧洲产生巨大影响的法国传教士杜赫德主编的《中华帝国全志》和法国传教士钱德明等人编撰的《北京耶稣会士杂记》就列有单独卷册来介绍中国文学。早期的这些传教士在他们编撰的著作中有一种明显的"比附"倾向，喜欢用西方读者熟悉的诗体来比附汉诗、欧洲诗人来比附中国诗人。如《中华帝国全志》介绍中国诗歌时便称："中国人所撰作的诗歌，很像欧洲人所作的十四行诗、回旋诗、抒情诗、歌谣"①；而提到李白和杜甫时便称"诗人李太白和杜子美不让

---

① 张明明.《中华帝国全志》所传播的中国文学[N].光明日报, 2018-04-09(13).

于阿那克里翁和贺拉斯"①。

19世纪以来的英美来华传教士也是如此。英国传教士郭实腊在介绍李白诗时，将其按英诗传统分成自白诗、颂诗、讽喻诗、咏物诗、赞美诗等类型。美国传教士兼外交官卫三畏则称李白十四行诗非常出名。英国驻华外交官、汉学家道格拉斯认为李白的咏酒诗好似在向古希腊诗人阿那克里翁致敬，而美国公理会传教士波乃耶则径直称李白是一个阿那克里翁式诗人。英国汉学家传教士兼汉学家艾约瑟则将李白与英格兰诗人彭斯和英国浪漫主义诗人华兹华斯相提并论。美国基督教长老会传教士丁韪良则把李白与杜甫称为唐代诗人中的蒲伯和德莱顿。

这种比附式介绍无可厚非，它是一种文化在初次面临异质的他者文化时所采用的普遍方法，可见于任何历史时期。这种方法可以帮助人们迅速建立起对异域事物和思想的"熟悉感"，为文化传播打开方便之门。对于李白这样一位来自"神秘中国"的大诗人，传教士和外交官们自然会选择为西方读者所熟悉的那些伟大的古典诗人或同时代大诗人来加以对应。

但是我们应该看到，这种"比附式"文化交流模式，一方面有利于李诗的传播，另一方面也造成李诗的"异样"传播。这首先体现在译诗体裁上。一般而言，传教士和外交官译者群体在母国受到过良好教育，几乎都有较好的汉语修养，个别人还身兼汉学家身份。他们对于汉语诗歌的格律特点十分熟悉，例如，法国传教士杜赫德在其主编的《中华帝国全志》中谈中国诗歌：

他们的诗句有一定单音字的字数限制；他们所作诗句有的很长，有的很短，长短句相交织，由此造成韵律的多变与和

---

① 秦寰明.中国文化的西传与李白诗——以英、美及法国为中心[J].中国学术，2003（1）：255.

谐。诗句之间的关系取决于韵脚、字义，声调多变悦耳。他们另有一种诗，不在乎韵脚，而用一种反衬来表达思想。例如，如果第一句写春，第二句则写秋；第一句写火，第二句就写水。这种作诗方式自有其艺术与难度。他们的诗人有热情，他们的表达常常富有寓意，他们知道如何恰当地使用形象，使诗风更为活泼而感人。[①]

　　但译者们也几乎一致认为，要想把汉诗这种体裁特征全部译入英语是不太现实的，因此，他们不约而同地使用了相同的归化式翻译策略，用英语中已有的诗体形式进行翻译。在19世纪和20世纪上半期，译者们最可能采用的方式自然是选择英语古典诗体形式，而作为英诗中最常见的抑扬格音步形式也就成为译诗格律的首选。

　　在英诗传统中，抑扬格是运用得最普遍的格律形式，根据音步多少可分为二音步、三音步到七音步甚至更多，其中运用最多的又数五音步、四音步和三音步。三音步抑扬格特别适合用于歌词、幽默诗或讽刺诗[②]。四音步抑扬格具有极强的口语体风格，是欧洲各国民间诗歌、口头诗歌采用的主要格律，也是中世纪晚期民谣采用的主要格律，后来英语的赞美诗、歌词和口头诗歌与之都有密切的联系；四音步抑扬格常为英语诗歌中的民谣、颂诗、民间叙事诗所采用[③]。五音步则广泛运用于素体诗、英雄双韵体、十四行诗和其他传统诗体之中[④]。正是

① 张明明.《中华帝国全志》所传播的中国文学[N].光明日报，2018-04-09(13).

② GREENE R. The Princeton encyclopedia of poetry and poetics[M]. Princeton：Princeton University Press，2012：1459.

③ 同②1424.

④ 同②340.

看到这种整齐的格律形式与汉诗的格律形式具有相通性，这几种抑扬格律遂成为传统士、外交官群体翻译李诗的首选形式。

例如，丁韪良在《中国传说与诗歌集》（1912）中译《长干行·其一》便采用偶句行押韵的三音步抑扬格，译《月下独酌·其一》采用四音步抑扬格对句体形式①。这与英语诗歌传统中的三音步和四音步抑扬格诗的特点有莫大关系。《长干行》是一首乐府诗，可以入乐，风格具有明显的歌唱特点，丁韪良显然对此十分清楚，因此他以三音步抑扬格诗体来翻译，从这个角度来说，他的这个译诗策略还是值得称许的。但是他为《月下独酌》选用的四音步抑扬格对句体却使这首李诗产生了较大的变异，因为他有意将此诗译为一首英文颂诗②，而这就完全背离了李白原诗的风格。

传教士和外交官译者群体多采用丁韪良这种"以西译中"的策略来翻译李诗。例如，艾约瑟译《渌水曲》采用了押韵体三音步，译《静夜思》采用了抑扬格五音步；弗莱彻以抑扬格五音步译《怨情》，用抑扬格三音步译《长相思》。翟理思则用抑扬格四音步译《秋思》，以抑扬格五音步译《金陵酒肆留别》，以"英雄双韵体"译《月下独酌·其一》。这种套用现成英诗格律最典型的译者，当数英国传教士唐安石，他将李白的《下终南山过斛斯山人宿置酒》直接译成一首莎士比亚式十四行诗：

---

① MARTIN W A P. Chinese legends and other poems[M]. Shanghai: Kelly and Walsh，1894:25-27.

② 丁韪良在《月下独酌》译文的标题下写了一个题记："这里译出的诗是李白最佳的一首颂诗"。参见 Martin, W.A.P. *Chinese Legends and Other Poems*, p.25.

暮从碧山下，山月随人归。
却顾所来径，苍苍横翠微。
相携及田家，童稚开荆扉。
绿竹入幽径，青萝拂行衣。
欢言得所憩，美酒聊共挥。
长歌吟松风，曲尽河星稀。
我醉君复乐，陶然共忘机。[1]

As down Mount Emerald at eve I came,
The mountain moon went all the way with me.
Backward I looked, to see the heights aflame
With a pale light that glimmered eerily.

A little lad undid the rustic latch
As hand in hand your cottage we did gain,
Where green limp tendrils at our cloaks did catch,
And dim bamboos o'erhung a shadowy lane.

Gaily I cried, "Here may we rest our fill!"
Then choicest wines we quaffed; and cheerily
"The Wind among the Pines" we sang, until
A few faint stars hung in the Galaxy.

Merry were you, my friend: and drunk was I,
Blissfully letting all the world go by.[2]

① 李白.李太白全集[M].王琦,注.北京：中华书局,2011:793.
② TURNER J A. A golden treasury of Chinese poetry: 121 classic poems[M]. Hong Kong: The Chinese University of Hong Kong,1976:109.

第五章 李诗英译变异研究 ◇

译诗由3个四行诗节和1副对句组成，基本满足莎士比亚式十四行诗"ABAB/CDCD/EFEF/GG"的韵式（第三节稍有变化）和结构。诗中"aflame""eerily""o'erhung""gaily""quaffed""merry"诸词平添诗歌几分古雅风貌，规整的抑扬格产生了和谐的节奏，李白似乎成了一位也擅长写古典十四行诗的诗人。

其次，在传教士、外交官译诗群体的李诗翻译中，基调转化和内容改写的变异情况十分普遍。就前一种情况而言，主要是由前文提到的"比附"策略所造成，译者为了将李诗比附成英语读者熟悉的诗歌，不惜在基调上进行改换。

以丁韪良译《月下独酌·其一》为例。在丁韪良之前已有传教士道格拉斯和波乃耶提到过李白可比作古希腊抒情诗人阿那克里翁，可能受此影响，他直接将他译的《月下独酌》标明为"一首中国阿那克里翁体诗歌"[①]。阿那克里翁体诗歌以歌咏爱情、美酒和狂欢而闻名，这与李白这首诗的主题确有许多相似之处。但是，《月下独酌》的情绪与阿那克里翁体诗歌并不吻合。且不论前者有描写诗人官场失意而产生孤独之感的言外之意，仅就诗歌表层意义而言，诗中所讲的"我歌""我舞""我醉"之乐的背后潜藏着凄凉之感，就与阿那克里翁诗体中那种普遍的欢快、热烈的情绪格格不入。丁韪良为了向英语读者展示中国也有一位擅长饮酒谈情的阿那克里翁，就不得不对原诗进行一番"换颜术"（见表5-1）。

---

① MARTIN W A P. Chinese legends and other poems[M]. Shanghai：Kelly and Walsh，1894：25.

表5-1　《月下独酌·其一》丁韪良译本汉英对照

原文	英译	回译
花间一壶酒，独酌无相亲。	Here are flowers and here is wine, But where's a friend with me to join Hand in hand and heart to heart In one full cup before we part?	花也在，酒也在，何处友人来相伴，手拉手，心贴心，别前再饮一满杯？
举杯邀明月，	Rather than to drink alone, I'll make bold to ask the Moon To condescend to lend her face The hour and the scene to grace.	不想独自一人饮酒，我要冒昧请求月亮屈尊露出她的芳容，照亮这良辰与美景。
对影成三人。	Lo! she answers, and she brings My shadow on her silver wings; That makes three, and we shall be, I ween, a merry company.	瞧，她回应了，她把我的影子负在她银色的翅膀上；我们成了仨，定会成为，我料想，欢乐的伙伴。
月既不解饮，影徒随我身。[我舞影零乱]	The modest Moon declines the cup, But Shadow promptly takes it up; And when I dance my shadow fleet Keeps measure with my flying feet.	矜持的月亮拒绝接过酒杯，但影子却迅速地将它举起；我一起舞，我的影子就跟随我那飞快的舞步一齐旋转。
暂伴月将影，行乐须及春。		
我歌月徘徊，我舞影零乱。	But though the Moon declines to tipple, She dances in yon shining ripple; And when I sing, my festive song The echoes of the Moon prolong.	虽然月亮不愿饮下这杯中的酒，她却在远处的波光里翩翩起舞；我一唱起节日的庆歌月亮就用回声来相和。

第五章　李诗英译变异研究　◇

原文	英译	回译
醒时相交欢， 醉后各分散。 永结无情游，		
相期邈云汉。	Say, when shall we next meet togeth-er? Surely not in cloudy weather; For you, my boon companions dear, Come only when the sky is clear.	啊，我们何时再相会？ 肯定不在多云的夜晚； 因为你们，我亲爱的伙伴， 天空晴朗的时候才会 出现。

通过表 5-1 中原诗和译诗的对照，我们可以发现，译者漏译的地方恰好是表达短暂和遗憾之情的诗句。为渲染欢乐的氛围，译诗前三节增加了原诗没有的内容。在译出部分也做出了许多改动："月既不解饮，影徒随我身"中本是表达惋惜和否定性的"既不"和"徒随"，在译诗中被清除掉了："矜持的月亮拒绝接过酒杯，/ 但影子却迅速地将它举起"；原诗结尾句"相期邈云汉"包含的凄凉自嘲，在译诗中被改写成了对下一次欢饮的殷切期盼。这样一来，通过基调的转换，李白这首诗果真就摇身变成阿那克里翁体诗了。

传教士、外交官译诗群体还常喜欢发挥"译者主体性"，在译诗中进行内容扩展。上面提到的丁韪良所译的《月下独酌·其一》第一、二节便是如此。丁韪良译的《行路难》更是有大量内容增加（参见本书第四章第一节），因为他有意为这首诗添加戏剧性和叙事性，以便英语读者能更好的理解；而翟理思的李诗翻译也常有这种增译情况，如他所译的《金陵酒肆留别》《秋风词》（参见本书第四章第一节）。这种强调译者权威的自由式翻译在后来的英美诗人译诗实践中得到了回响。

第二节 再现汉诗:汉学家与学者译诗中的变异

虽然传教士、外交官群体中有些人同时兼有汉学家身份,如道格拉斯、丁韪良、翟理思、弗莱彻、艾约瑟便是如此,但本节提到的汉学家和学者群体主要指在汉诗学术研究和汉诗翻译领域中取得突出成就的译者。这个群体中涌现出了许多李诗译者,人数多达数十人,其中重要译者包括韦利、小畑薰良、哈特、库柏、西顿、梅维恒、艾龙、温卡普、叶维廉、华兹生、柯睿等。除了韦利、小畑薰良和哈特活跃于20世纪30年代之前,这个群体基本上在70年代以后才登上译坛。

这个群体既有本土汉学家,也有华裔学者,他们精通英汉两种语言,具有汉语学习经历,而且大都长期在英美高校中担任汉语教职,具有渊博的汉语文化知识,许多人还是中国诗歌研究方面的专家。这个群体的译者对汉诗翻译准确性的要求一般都很高,对汉诗形式有着极强的敏感性,试图在译诗中给予再现。他们坚持的是一种"忠实翻译观"。众所周知,诗歌翻译困难重重,常有"不可译"之说,而且汉英诗歌还面临着两大难题:一是汉语与英语属于完全不同的语系,文字结构和语法手段差异性太大;二是中国古代诗歌与英语诗歌各有传统,诗歌表现方法和诗学审美也各有特点。汉学家和学者群体立足于两种文化传统,试图成为汉英诗歌之间的忠实"摆渡人"。这个群体翻译的李诗主要收录于李白专集、诗人合集、各类中国文学或中国诗歌选集、诗歌研究专著、汉语诗歌教材之中,主要的读者对象集中于学者群体和学生群体。例如,美国大学汉语课堂上广泛使用的诗歌教材《如何阅读中国诗歌：导读选集》（*How to Read Chinese Poetry*：*A Guided Anthology*，*2008*）中的全部汉诗均出自在美国大学任教的15位汉诗研究专家之手。

与传教士和外交官群体常用归化策略和信息增添方法来翻译汉诗不同，他们坚持尽量在英语文本中保留汉诗特点，包括汉诗的节奏、诗行、韵律、对偶、意象与典故等要素。对于母语为英语的人来说，汉语具有强大的异质性，用英语来再现这些汉诗要素，就意味着几乎要用英语中创制出一种新的诗歌形式①。例如，韦利的重音译诗实践刚出现，便引起重视，"奥古斯都英文诗歌丛书"主编沃尔夫称韦利为英语读者"重新创造了那些中国诗人"②。在英语中为汉诗创制新诗体，对于汉学家和学者群体来说，与其说是一种困难，不如说是一种诱惑。正因如此，我们才不会惊讶于这样一种现象——汉诗翻译集通常会在前言部分向读者介绍汉诗的特点，交代翻译难点及相应的解决方案。从这类介绍中可以看出，译者们对汉诗的形式特征有着清楚的认识。美国汉学家傅汉思谈汉诗英译可作代表：

> 我所选择的是介于字面直译与文学化意译之间的折中翻译方式。我总是保持原作本身的分行和分节方式，尽可能少地改变词语顺序，并且试图传达出一种普遍的诗学现象，对该现象的关注贯穿全书。此现象就是，诗句与诗句之间、造句内部前

---

① 近代以来，英语受外国诗歌的影响而创制出新诗体的例子并不少，例如源自日本的俳句体（haiku）和源自马来西亚的班顿体（Pantunm），关于后者可参见 STRAND M，BOLAND E. The making of a poem：a Norton anthology of poetic forms. New York：W. W. Norton，2000.

② WALEY A. Poems from the Chinese[M]. London：Ernest Benn，1927：iii.

后部分之间以及有时在更大的部分之间的逐字对应，这被称为平等与对偶原则。不过我并没有试图传达其他在英语中难以再现甚至是不可能表达的作诗要求，如诗句长度、韵脚、格律以及声调的平衡等。除此之外，我还试着（有时并不成功）原封不动地保持一种重要却难以捉摸的现象：意象。①

这样的说明既能见之于20世纪30年代之前的韦利、小畑薰良和哈特所译诗集，也能见之于最近几十年出版的汉诗选集。这表明在英译者那里汉语诗歌始终处在一个常译常新的状态，因此，李诗的英译形态从未形成固定的标准。汉学家、学者群体针对诗行、节奏、韵律等问题一直在尝试着不同的方法，但他们始终坚持以最大程度地再现汉语诗歌特点为基本原则，尽量让英语读者感受到汉诗的特点和魅力。让译文"紧贴"原文成为这个群体的李诗翻译的总体特征。如前两章所示，小畑薰良、韦利、库柏、哈特、霍尔约克、叶维廉等众多汉学家、学者甚至诗人在诗行长度、节奏、韵式、意象和典故等方面进行了种种尝试。可以发现，在这个过程中某些普遍性特点逐渐浮现出来：

其一，诗行长度与原诗诗行大致对应。这是汉学家和学者群体译诗最明显的一个共性，对于李白的五言和七言诗，大多采用一行来对应原诗一行，或是用两行来对应原诗一行，或是用一节来对应原诗一联，让译诗呈现出句式整齐的特点；而对于李白的歌行体，译诗诗行则根据原诗诗行的变化而变化，也形成了某种程度的对应。

---

① 傅汉思.梅花与宫闱佳丽——中国诗选译随谈[M].王蓓,译.北京:生活·读书·新知三联书店,2010:3.

其二，诗行节奏采用自由的节奏形式。这种方式具有明显的散体风格和视觉特征，并不刻意运用英语的音节、音步或重音去模仿汉诗的节奏，这与当代英语诗歌的自由体诗风格相呼应。

其三，不遵守严格的押韵。汉学家和学者群体的李诗翻译并不一定押韵，即便押韵也多采用近韵或半韵，或者其他补偿机制。这种不押韵或不完全押韵的风格和当代英语诗歌总体特征也是一致的。

其四，保留原诗中的意象和典故。李白大量的诗歌含有意象和典故，汉学家和学者群体对此有充分的认识与敏感性，与早期传教士和外交官群体主要选择李白的一些内容平实、浅显易懂的诗歌来翻译不同，他们并不回避李白那些富含寄托和寓意的诗歌。针对原诗中的意象和典故，常采用脚注或尾注的方式加以解释。

其五，尝试使用英汉对照方式来彰显李诗的汉语诗歌属性。汉学家和学者的李诗翻译常见于汉语诗歌选集、汉语诗歌教材或学术著作中，为便于读者学习汉诗或研究参考，往往在给出译文的同时还给出原文、汉字释义，甚至加注拼音，这类特别的排版客观上形成了李诗强烈的他者身份，提醒着读者译诗的汉语诗歌血统（如图5-1所示）。

渡荆门送别　李白

渡远荆门外，来从楚国游。
山随平野尽，江入大荒流。
月下飞天镜，云生结海楼。
仍怜故乡水，万里送行舟。

CROSSING CHING-MEN TO SEE A FRIEND OFF *Li Po*

1.	cross	distant	Ching-(place name)	men	beyond
2.	come	to; follow	Ch'u	country	roam excursion
3.	mountain/s	follow	flat	plains	end
4.	river	enter	big	wilderness	flow
5.	moon	fall/s; down	fly	sky (i.e., moon)	mirror
6.	cloud/s	grow	weave	sea (mirage)	terraces
7.	still	love	native	town	water
8.	ten-thousand	mile/s	see-off	traveling	boat

1. We cross over the distant Ching-men
2. To travel in the land of Ch'u.
3. Mountains end with vast plains.
4. River flows into the great beyond.
5. Moon falls, a mirror flying across the sky.
6. Clouds grow, weaving terraces above the sea.
7. Deep love of hometown waters:
8. A million miles to see your boat go.

图5-1　叶维廉《中国诗歌》中的李诗排版①

与19世纪和20世纪初的教士和外交官群体的李诗翻译相比，汉学家和学者们的李诗翻译中的变异问题还表现出"与时

---

① YIP W. Chinese poetry：an anthology of major modes and genres[M]. Durham and London：Duke University Press，1997：181.

俱进"的特点，因为李诗的翻译与当代英语诗歌的变化具有关联性。经过大半个世纪的发展，英语诗歌在当代汉学家群体开始崭露头角的20世纪70年代呈现出崭新的面貌，整个诗坛很少再见到有人还在使用维多利亚时代流行的或更早的诗体进行创作，采用自由体或不严格格律体已成为主流。

当然，必须要指出的是，汉学家和学者们的汉诗翻译的读者对象主要是学生和学者群体，因此他们的翻译一般很难入得了诗人们的法眼。美国诗人托尼·巴恩斯通对此直言不讳："这类译作可以充当汉语学习者的笔记，有助于更好地去理解中文原诗，但它们真的称不上是诗"①。在诗人们眼里，汉诗首先应该是诗。但汉学家和学者们大都注重学问与规范，深刻认同汉诗诗学要素并竭力在译文中予以再现，所以他们的李诗翻译相对来说变异程度最小，对于英语读者准确理解李诗有着"正本清源"之效用。

第三节　以诗译诗：英美诗人译诗中的变异

英美诗人群体是李诗传播与译介中不可或缺的重要力量，汉学家葛瑞汉甚至认为，"中国诗最好的译者多半是诗人或者爱好写诗的人"②。诗人对于诗歌语言、意象与风格有着超强的敏感性，他们非凡的想象力和创造性赋予了李诗翻译更多的

---

① BARNSTONE T. A revelation waiting to happen: a conversation with Arthur Sze on translating Chinese poetry[J]. Translation review, 2000, 59 (1): 15. 原文："These translations are cribs for people studying Chinese, a tool for understanding as much as possible what is going on in the Chinese, but they really are not meant to stand as poems on their own."

② 格雷厄姆(葛瑞汉).中国诗的翻译[M]//张隆溪.比较文学译文集.北京:北京大学出版社,1982:219.

可能。被大诗人爱略特称为"中国诗的发明者"的庞德为中国诗走入英美世界特别是进入美国诗坛，起到了奠基性作用，他的《神州集》开启了一个"中国诗歌翻译时代"[①]。许多美国现代诗人读翻译的汉诗、模仿汉诗进行创作已成为现代英语诗坛一个富有意味的现象[②]；不仅如此，很多人还将译诗当成诗歌创作的训练手段，遵循着一个从译诗到模仿再到创新的诗人成长模式。

　　诗人译诗无疑会受到诗学观念的影响，正如爱略特所言，"每个时代必须为自己而翻译"[③]。进入20世纪后，随着意象主义运动的兴起，英语世界的诗人们认识到英语新诗体的表现潜力，从此打开了英语诗歌新空间，一时之间写新诗蔚然成风。这股风气既受汉语诗歌（当然是借助于翻译）之影响，又反过来影响到汉诗的英译，采用新诗体译诗成为汉诗翻译主流。在这个潮流中，英美诗人大多采用自由体新诗来翻译李诗。而在20世纪50年代之后，后现代诗歌成为当时英语诗歌的主流，英语诗体呈现出千人千面的特点，受此影响的当代英语世界的诗人译李诗也必然会呈现出多元化的格局。

　　诗人译诗有一个突出的特点，那就是"以诗译诗"或"译诗为诗"[④]，即，译出的文本首先应该是一首英文诗。"以诗译诗"，强调"诗人"是诗歌翻译的最佳人选，成为诗人译者群体公认的一种译诗理念。美国诗人大卫·杨认为："我觉得诗人才是好的译者，因为他们有可能在译入语中构建起有效的诗

---

① CHEN Y H. Aesthetic fidelity versus linguistic fidelity: a reassessment of the Chinese translations of Ezra Pound and Amy Lowell[M]//GU M D. Translating China for western readers: reflective, critical, and practical essays. Albany: State University of New York Press, 2014:277.

② 可以参见钟玲《美国诗与中国梦》和赵毅衡《诗神远游》。

③ POUND E. Selected poems. London: Faber & Gwyer, 1928:15.

④ 海岸.中西诗歌翻译百年论集[M].上海:上海外语教育出版社,2007:697.

歌，只靠学问和知识的堆积变不成好诗"①。汉米尔也强调，他译的李白诗"并不是纯粹的'学术'作品，而是诗"②。但是，正如本文前章所示，诗人们译诗并不一定会像汉学家和专家群体那样忠实于原作，他们常常在诗体形式和内容呈现上面进行大胆的实验。

在上一章中我们已经讨论了一些代表性诗人译者在诗体形式上所做的种种尝试。从某种意义上，诗体已成为诗人译诗变异性的标志之一。在此我们不妨来看一个比较特别的诗体变异的例子。如图5-2所示的译诗截图，藏头部分及其回译如表5-2所示。

图5-2　译诗截图

---

① YOUNG D. Five T'ang poets: Wang Wei, Li Po, Tu Fu, Li Ho, Li Shang-yin[M]. Oberlin, Ohio: Oberlin College Press, 1990: 10. 原文: "I feel that poets make good translators because they can hope to construct effective poems in the language into which the poem is being rendered. No amount of schoolarship and erudition can substitute for that."

② HAMILL S. Banished immortal: visons of Li T'ai-po[M]. Fredonia, NY: White Pine Press, 1987: 52. 原文: "…they are not represented as a purely 'scholarly' work, but as poems."

表 5-2 　《月下独酌·其一》藏头十四行诗体译本①

藏头部分	藏头部分回译
Flowers all around	花间
Solitary	孤独的
I raise my cup	我举杯
With my shadow	和我的影子
the moon	月亮
and my shadow	和我的影子
For the moment	在此刻
Enjoyment	欢宴
I sing	我歌
I dance	我舞
Sober	清醒
Drunk	沉醉
We three	我们仨
Will meet some day	将来再相会

　　《月下独酌》这首李诗的翻译由美国诗人麦克休与美国华裔记者郭长城合作完成。译诗的诗行看起来参差不齐，行与行之间被空白断开；全诗除一处使用冒号和两处使用破折号外，没有使用标点。全诗内容基本忠实原诗，除两个带有破折号的诗行属于信息增加外，并无多少曲意发挥之处。但令人惊讶的是，译诗居然是一首"藏头诗"！如果我们把原诗诗行靠左的那一部分提取出来（如表格左栏所示），就可以构成了一首完整的现代十四行诗，不仅在行数上与原诗保持一致，而且在叙述框架上与李白原诗完全协调。由于英语语言本身的特点，藏头诗在英语诗歌传统中十分罕见，而通过这首李诗的翻译，两位译者居然为英语诗歌创制了一种独特的诗体形式。值得一提的是，两位译者使用这种极富视觉效果的创意诗体翻译了很多中国诗，受到了美国著名翻译家伯顿·拉菲尔（Burton

① KWOCK C H, MCHUGH V. Have pity on the grass: 30 Chinese poems from the great dynasties[M]. San Francisco: Tao Press, 1971: 10.

Raffel）的极力推崇①。

推而广之，在许多诗人翻译的汉诗选集中，对李白的五言、七言和歌行并没有坚持统一的诗体形式，而是"形随意走"，以原诗意象和风格为导向，灵活地构建诗行和节奏。由于译者们对原诗有着不同的理解和见地，再加上译者自身的诗学主张也不尽相同，英语中的李诗呈现出千姿百态的形式，即便是同一首诗，在英语中也有完全不同的面孔。

与诗体形式上的变异相比，诗人译诗在内容上的变异更为普遍，这种变异固然与译者的理解有关，但究其根本，还是在于诗人对诗歌翻译本质的认识。比如，洛威尔、汉米尔、霍尔约克等诸多诗人表示，诗歌翻译重在译出原诗的精神。霍尔约克本人谈诗人翻译时则言：

中国诗歌的翻译者往往分为两大阵营：学者和诗人。学者的目的是捕捉中文文本的细微差别；诗人们则拥有更多自由来对待原作，因为他们希望（虽然并不一定会成功实现）用英语创作出优秀的诗歌。虽然我通常更尊重学者，但我注定要站在诗人的一边。我很乐意把李白和杜甫介绍给英语读者，但我真正想要的是学习如何像他们一样写作（但是要用英语）。②

---

① RAFFEL B. The art of translating poetry[M]. University Park：The Pennsylvania State University Press，1988：49-50.

② HOLYOAK K. Foreigner：new English poems in Chinese old style. Loveland：Dos Madres Press，2012："Preface". 原文："Translators of Chinese poetry have tended to fall into two broad camps, the scholars and the poets. The scholars aim to capture the detailed nuances of the Chinese texts; the poets take greater liberties with the originals in the hope（not always realized）of creating excellent poems in English. Though I generally have greater respect for the scholars, I was fated to stand on the side of the poets. I have taken pleasure in trying to convey Li Bai and Du Fu to English readers, but what I really wanted was to learn how to write like them（but in English）."

由此可见，诗人译者在翻译诗歌时通常更加重视对原诗精神的把握。学者陈月红认为，汉诗翻译中的忠实应是审美忠实而不是语言忠实，因此像庞德翻译的《长干行》决不能被视作对原作的背叛，相反，比起洛威尔的《长干行》来说它更忠实于原诗①。美国华裔诗人施家彰也认为，译诗译的应该是原诗中的独特体验，如能抓住，便是殊途同归："诗人有一种使命，要忠实于原诗的体验，而用英语表达的时候，必须走一条非常不同的道路才能到达那里，才能让这种体验成为可能"②。从这些观点来看，诗人译诗对原诗内容进行的增删、缩放、转换等变形手段实为一种"创造性叛逆"，目的在于使译诗在精神上能与原诗保持一致。我们来看一首施家彰译的李诗：

渌水曲	The Lotus 荷花
渌水明秋月，	Lotus flowers blossomed, and the river was drenched in red. 荷花一片开,湖水相映红。
南湖采白蘋。	Sir, you said the lotuses were more beautiful than me. 先生,你说过荷花比我更美丽。
荷花娇欲语，	Yesterday, when I passed by the flowers, 昨天,当我经过荷花,

① CHEN Y H. Aesthetic fidelity versus linguistic fidelity: a reassessment of the Chinese translations of Ezra Pound and Amy Lowell[M]//GU M D. Translating China for western readers: reflective, critical, and practical essays. Albany: State University of New York Press, 2014:296.

② BARNSTONE T. A revelation waiting to happen: a conversation with Arthur Sze on translating Chinese poetry[J]. Translation review, 2000, 59 (1):12.原文："You have a calling to be faithful to the experience of the poem, and sometimes in English you have to take a very different path to get there, to make that experience possible."

愁杀荡舟人。① why, then, didn't people look at the lo-
tus?②

那为什么，人们没有看荷花？

　　从诗歌内容的角度来看，译诗和原诗出入很大。标题从乐
府曲名变成花卉名称；原诗中的月夜在译诗中变成白日："渌
水明秋月"变成"荷花红映水"；原诗中的荷花的"娇"替换
成了"我"的"骄"。无疑这首译诗几已面目全非，要在译诗
和原诗之间划上等号确实有些困难。但我们细细体会，仍能感
受到和原诗大致相似的东西：将荷花拟人化从而赋予诗歌以机
趣与幽默。这首诗的价值或许正如巴恩斯通所说，"不可能的
诗句实际上是送给诗人型译者的礼物，因为它并不期待你成为
一台语言转换机器，而是成为一个具有超凡想象力的人"③。

　　在笔者看来，上面这类译诗其实触及了诗歌翻译边界问题
——或者说是变异的边界问题。如果说在汉学家和学者群体
中，这个问题并不突出，那么在诗人群体里，这个问题就变得
非常突出，在越具有创造性的诗人的译诗中，这个问题变得越
尖锐。这也是像庞德这样极具创造性的诗人所翻译的李白诗
（比如《长干行》）常常被有意或无意地视为是其本人的创作
而非翻译的原因。

---

① 李白.李太白全集[M].王琦,注.北京：中华书局,2011：301.

② SZE A. Silk dragon：translations from the Chinese[M]. Port Townsend：Copper
Canyon Press，2001：29.

③ BARNSTONE T. A revelation waiting to happen：a conversation with Arthur Sze on
translating Chinese poetry[J]. Translation review，2000，59（1）：19. 原文："The im-
possible line，I think，is actually a gift to the poet-translator，because at that point
it's asking you to be not just a linguistic machine that transforms one language into
another，but acrobatically imaginative."

与这个极具争议的现象紧密关联的还有一类李诗翻译变异现象：转译，而且转译者也多为诗人。李诗转译包含两种情况：一是从其他语言（主要是法语）译为英语，二是在已有的英译基础上进行二度翻译，这两种转译都依赖一个条件：译者不懂中文，只能依据他人的翻译进行"翻译"。很明显，转译文本与原文本已隔了两层，文本变异已无可避免。李诗英译中有很多都属于这种情况，如法国女诗人戈蒂耶翻译的《白玉诗书》就成了19世纪末到20世纪初几位美国诗人（梅里尔、怀特尔和鲁道夫）翻译李诗的"源本"。从这个意义上讲庞德的李诗翻译也是一种转译。而根据已有英译本进行二度翻译的李诗译者还大有人在，如下面这首英国诗人克莱默据翟理思译本译出的《静夜思》，在诗歌的"纹理"和象征意味上就要比原诗密实、浓烈得多：

床前看月光，	Athwart the bed
	在床的对面
	I watch the moonbeams cast a trail
	我看见一束月光洒下
疑是地上霜。	So bright, so cold, so frail,
	多么明亮，多么冰凉，又多么脆弱，
	That for a space it gleams
	它在一隅发着微光
	Like hoar-frost on the margin of my dreams.
	像是我梦境边缘的白霜
举头望山月，	I raise my head, —
	我抬起头，——

The splendid moon I see

看见美丽的月亮

低头思故乡。①   Then droop my head，

又低下头，

And sink to dreams of thee —

沉入想你的梦乡——

My Fatherland, of thee !②

我的故土，我想你！

　　因此转译对于李诗译介来说，也是重要一环，因为"从比较文学角度看，为了使原作能与接受国的风俗习惯一致，迎合该国文学兴趣，激发接受国的文学创作热情，某些自由翻译或改编还是起到了一些积极媒介的作用。尤其是外国文学介绍初期，那些功力不足的译者也留下了自己的痕迹"③。

　　拉菲尔在《译诗的艺术》（*The Art of Translating Poetry*，*1988*）中将诗歌翻译分为四种类型。第一种是形式的翻译，面向学者或学生群体，强调忠实于原诗的形式，而原诗的文学价值不是其考虑的重点；第二种是阐释式翻译，面向喜欢文学的一般大众；第三种是"扩展式翻译"，面向任何喜欢阅读的大众；第四种是模仿式翻译，面向的是"更喜欢译者的作品而不是原诗人的作品的读者"④。按照这个划分，我们可以说，前

① 李白.李太白全集[M].王琦，注.北京：中华书局，2011：300.

② CRANMER-BYNG L. A lute of jade：being selections from the classical poets of China[M]. New York：E. P.

③ 曹顺庆.比较文学概论[M]. 北京：中国人民大学出版社，2015：64.

④ RAFFEL B. The art of translating poetry[M]. University Park：The Pennsylvania State University Press，1988：110-111. 原文："an audience which wants the work of the particular translator rather than the work of the original poet."

面提到的汉学家与学者群体的李诗翻译主要采用的是第一种类型的翻译，传教士和外交官群体的李诗翻译主要采用第三种类型，而诗人群体的李诗翻译则包含了后三种类型的翻译，只不过对于最后一种"模仿式翻译"来说，如果诗人型译者的创作大于翻译的一面时，就不属于翻译的变异问题了，而是属于诗歌创作的问题了。

第五章　李诗英译变异研究

◇

结　语

　　经过近两百年的传播与译介，李白已成为英语世界中最知名的中国诗人，他的诗歌深受英语读者的喜爱。本文正是针对这个事实进行了"历史考古"和"知识考古"，尝试勾勒出英语世界的李诗传播和译介的轨迹与特点，分析李诗英译中的变异现象及其成因。

　　前三章对19世纪以来的李诗译介的关注实际上构建了李诗在英语世界的传播与译介史。19世纪早期传教士和外交官的相关著述中的李白生平和诗文介绍，构成了英语世界李诗传播与译介的萌芽期；20世纪上半叶汉学家和诗人群体的出现，迅速将李诗传播与译介推向了快速发展期；经过20世纪中期短暂沉寂后，李诗译介在70年代后经由学者群体和诗人群体走向繁荣期。对李诗传播史的构建使我们厘清了李诗的经典译本、代表性译者和富有特色的翻译方法。前三章通过实证研究、历史研究和个案研究，展现了英语世界李诗传播与译介的总体面貌，为接下来分析李诗译介中的变异问题奠定了基础。

　　由于英汉语言之间和英汉诗歌传统之间巨大的差异性，诗歌的跨语际转换过程必然是一个诗学碰撞和文本变异的过程，这正是比较文学变异学关注的问题，所以第四章聚焦于李诗英译诗体形式上的变异现象，而第五章则对译者主体身份视角下的变异现象进行了分析，前者以描述分类为主，后者以思辨归纳为主。这两章分别从个体和群体两个角度实现点与面的交叉与呼应，尽可能全面展现李诗英译中的变异表现及其成因。

通过本研究笔者获得几点启示，愿与读者分享，希望对我国古典诗歌海外传播和译介研究及对外翻译事业有所助益。

一、译者主体身份和时代环境应该受到重视

首先，译者主体身份是造成变异的主观因素，李诗译介者包括传教士、外交官、汉学家、学者、诗人、诗歌爱好者（或业余诗人），或者兼有这当中的一个或多个身份，这些不同身份的译者带着各自不同的兴趣点和目的走进李诗，用多姿多彩的译笔将李诗呈献给英语读者；其次，译者总是身受一定的时代的特定诗学传统的影响，一位深受意象主义影响的译者和一位有意呈现道禅诗学的译者，在落笔行篇时很难做到在意象传递、诗行构建、风格神韵上保持一致。再次，译者具有主观能动性，具有强大的创造力和想象力，极可能在诗体形式上进行积极的探索，这一点在诗人群体身上最为明显，从变异学角度而言，这却是最有价值的一种变异现象。

二、诗歌读者接受问题应该受到重视

如果不考察读者接受，针对中国诗歌外译的研究可能就会呈现出一种静态的研究模式，即以诗歌外译文本为中心，然后从音、形、意几个方面进行诗歌解读，或以版本对照细分高下，或用中国传统诗歌审美观品评以论得失。这类研究固然有其合理性，但容易割裂译本与读者、译本与译者主体之间的联系，而陷入主观推断的境地。读者群体并非铁板一块，可以细分为多个群体，不同群体对于译诗的期待并不相同。已有一些

结
语
◇

学者对此有着深刻的认识，例如，美籍华裔学者欧阳桢（Eugene Chen Eoyang）根据读者对象的变化将英语世界的中国古典诗歌译者分为两代，第一代的译者完全为西方读者而译；而第二次世界大战后的第二代译者则可细分为三类：（1）不懂汉语的英语读者；（2）懂汉语或正在学习汉语的英语读者；（3）懂英语的汉语本土读者①。这种对读者类型的细划分有利于我们在分析中国诗歌的译文文本时，从受众的阅读水平和阅读期待的角度来考察翻译策略的运用与译本风格的形成。

三、运用变异学来研究中国古典诗歌海外传播与译介

在比较文学视角下，翻译始终是一个动态的变异生成过程。从文学译本产生的那一刻起就开始踏上变异之路，尤其是当把译者主体性问题和读者问题考虑进来之后更是如此。因此在比较文学学者那里，翻译始终被视作一种具有创造性的变异行为。变异背后体现出来的中西比较诗学问题具有重要研究价值，我们应该予以重视。运用变异学原理，肯定变异的价值，我们可以发现蕴含在文学交流之中的创造性，进而揭示"文学、文化创新的规律和路径"②。

本书以英语世界李诗的传播与译介为研究对象，但受限于学力与资料，仍有不少疏漏之处，还有一些议题未能展开，希望在未来可做进一步的研究。

---

① Eoyang, Eugene Chen. *The Transparent Eye*: *Reflections on Translation*, *Chinese literature*, *and Comparative Poetics.* Honolulu: University of Hawaii Press, 1993, p.68.

② 曹顺庆、李甡《变异学：探究人类文明交流互鉴的规律》，载《成都大学学报（社会科学版）》，2020年第3期，第8页。

附录一：李诗主要英译本

1898. Giles, Herbert A. Chinese Poetry in English Verse. London：Bernard Quaritch.

1901. Giles, Herbert A. A History of Chinese Literature. New York and London：D. Appleton & Co.

1909. Cranmer-Byng, L. A Lute of Jade：Being Selections from the Classical Poets of China. New York：E. P. Dutton.

1915. Pound, Ezra. Cathay. London：Elkin Mathews.

1916. Cranmer-Byng, L. ed. and trans. A Feast of Lanterns. New York：E. P. Dutton & Co.

1918. Fletcher, W.J.B. Gems of Chinese Verse：Translated into English Verse. Shanghai：Commercial Press.

1919. Fletcher, W.J.B. More Gems of Chinese Poetry：Translated into English Verse. Shanghai：Commercial Press.

1919. Waley, Arthur. The Poet Li Po, A. D. 701-762. London：East and West, Ltd.

1921. Ayscough, Florence and Amy Lowell. Fir-flower Tablets：Poems Translated from the Chinese. Boston and New York：Houghton Mifflin.

1922. Obata, Shigeyoshi. The Works of Li Po, the Chinese Poet. New York：E. P. Dutton & Co.

1929. Bynner, Witter and Kiang Kang-hu. eds. The Jade Moun-

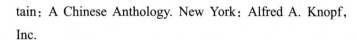

tain: A Chinese Anthology. New York: Alfred A. Knopf, Inc.

1932. Ts'ai, T'ing-kan. Chinese Poems in English Rhyme. Chicago: The University of Chicago Press.

1938. Hart, Henry H. ed. and trans. A Garden of Peonies: Translations of Chinese Poems into English Verse. Berkeley: University of California Press.

1947. Payne, Robert. The White Pony: An Anthology of Chinese Poetry from the Earliest Times to the Present Day. New York: John Day.

1950. Waley, Arthur. The Poetry and Career of Li Po 701-762 A. D. London: George Allen and Unwin Ltd.; New York: The Macmillan Co.

1960. The Jade Flute: Chinese Poems in Prose. Mount Vernon, NY: Peter Pauper.

1965. Birch, Cyril. ed. Anthology of Chinese Literature: From Early Times to the Fourteenth Century. New York: Grove Press.

1973. Cooper, Arthur. Li Po and Tu Fu. Harmondsworth: Penguin.

1975. Turner, John A. Sunflower Splendor: Three Thousand Years of Chinese Poetry. Indiana: Indiana Uiversity Press.

1976. Turner, John A. Trans. A Golden Treasury of Chinese Poetry: 121 Classic Poems. Hong Kong: The Chinese University of Hong Kong.

1976. Yip, Wai-lim. Chinese Poetry: Major modes and Genres.

Berkley and London: University of California Press.

1980. Young, David. ed. and trans. Wang Wei, Li Po, Tu Fu, Li Ho: Four T'ang Poets. Ohio: Field Translation Series.

1984. Watson, Burton. The Columbia Book of Chinese Poetry: From Early Times to the Thirteenth Century. New York: Columbia University Press.

1987. Hamill, Sam. ed. and trans. Banished Immortal: Visons of Li T'ai-po. Fredonia, NY: White Pine Press.

1987. Mair, Victor H., Four Introspective Poets: A Concordance to Selected Poems by Roan Jyi, Chern Tzyy- amg, Jang Jeouling, and Lii Bor. Tempe, Arizona: Center for Asian Studies, Arzona State University.

1987. Seaton, J. P., and James Cryer. eds. and trans. Bright Moon, Perching Bird: Poems by Li Po and Tu Fu. Middletown: Wesleyan Univ. Press.

1987. Whincup, Greg. The Heart of Chinese Poetry. New York: Anchor Press.

1992. Seth, Vikram. Three Chinese Poets: Translations of Poems by Wang Wei, Li Bai, and Du Fu. London: Faber and Faber.

1993. Hamill, Sam. ed. and trans. Endless River: Li Po and Tu Fu: A Friendship in Poetry. Weatherhill.

1994. Mair, Victor H. ed. The Columbia Anthology of Traditional Chinese Literature, New York: Columbia University Press.

1996. Hinton, David. ed. and trans. The Selected Poems of Li Po. New York: New Direction.

1996. Owen, Stephen, ed. and trans. An Anthology of Chinese Lit-

附录一：李诗主要英译本 ◇

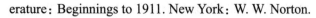

erature: Beginnings to 1911. New York: W. W. Norton.

2000. Mair, Victor H. ed. The Shorter Columbia Anthology of Traditional Chinese Literature. New York: Columbia University Press.

2003. Pine, Red. trans. Poems of the Masters: China's Classic Anthology of T'ang and Sung Dynasty Verse. Washington: Copper Canyon Press.

2003. Weinberger, Eliot. ed. The New Directions Anthology of Classical Chinese Poetry. New York: New Directions.

2005. Barnstone, Tony and Chou Ping. eds. The Anchor Book of Chinese Poetry. New York: Anchor Books.

2007. Holyoak, Keith. ed.and trans. Facing the Moon: Poems of Li Bai and Du Fu. Durham: Oyster Rriver Press.

2012. Seaton, J. P. ed. and trans. Bright Moon, White Clouds: Selected Poems of Li Po. Boston and London: Shambhala.

2015. Robinson, G. W., and Arthur Cooper. Trans. Three Tang Dynasty Poets. London: Penguin Books.

附录二:汉英人名对照表

阿瑟·库柏　Arthur Cooper

埃里克·塞雷伊斯基　Eric Serejski

埃兹拉·庞德　Ezra Pound

艾龙　Elling O. Eide

艾略特　T. S. Eliot

艾略特·温伯格　Eliot Weinberger

艾米·洛威尔　Amy Lowell

艾约瑟　Joseph D. Edkins

白之　Cyril Birch

保尔·魏尔伦　Paul Verlaine

柏艾格　Steve Bradbury

拜伦　George Gordon Byron

邦妮·麦坎德利斯　Bonnie McCandless

保罗·麦法林　Paul McPharlin

彼得·鲁道夫　Peter Rudolph

波乃耶　James Dyer Ball

伯顿·拉菲尔　Burton Raffel

勃朗宁夫人　Elizabeth Barrett Browning

蔡廷干　Ts'ai T'ing-kan

陈季同　Tcheng Ki-tong

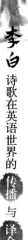

赤松　Red Pine

大卫·达姆罗什　David Damrosch

大卫·戈登　David Gordon

大卫·辛顿　David Hinton

大卫·杨　David Young

德庇时　John Francis Davis

德莱顿　John Dryden

德理文　d'Hervey de Saint Denys

丁韪良　W. A. P. Martin

杜赫德　Jean Baptiste du Halde

菲利普·锡德尼爵士　Sir Philip Sydney

弗莱彻　William John Bainbrigge Fletcher

弗兰兹·杜桑　Franz Toussaint

弗林特　Frank Stuart Flint

弗洛伦斯·艾斯柯　Florence Ayscough

傅汉思　Hans H. Frankel

冈田哲藏　Tetsuzo Okada

高友工　Yu-kung Kao

格兰维尔·班托克爵士　Sir Granville Ransome Bantock

格雷格·温卡普　Greg Whincup

葛瑞汉　A. C. Graham

郭实腊　Karl Friedrich August Gützlaff

郭长城　C.H. Kwock

哈金　Ha Jin

海涅　Heinrich Heine

海陶玮　J. R. Hightower

亨利·哈特　Henry Hersch Hart

华兹华斯　William Wordsworth

华兹生　Burton Watson

霍普金斯　Gerard Manley Hopkins

基思·霍尔约克　Keith Holyoak

江亢虎　Kiang Kang-hu

杰罗姆·西顿　J. P. Seaton

金河风　Ha Poong Kim

柯睿　Paul Kroll

克莱默-宾　Launcelot Alfred Cranmer-Byng

雷克斯罗思　Kenneth Rexroth

李爱伦　Alan Simms Lee

李彼得　Peter H. Lee

李达三　John J. Deeney

李珍华　Joseph J. Lee

林语堂　Lin Yutang

柳无忌　Liu Wu-Chi

路易·艾黎　Rewi Alley

罗伯特·白英　Robert Payne

罗伯特·道格拉斯　Robert K. Douglas

罗伯特·彭斯　Robert Burns

罗伯特·谢拉德　Robert Sherard

罗旭龢　Robert Kotewall

罗郁正　Irving Yucheng Lo

骆任廷　James Lockhart

马丁·普契纳　Martin Puchner

马隆尼　　Dennis Maloney

麦克休　　Vincent McHugh

梅布尔·艾维斯夫人　　Mabel Lorenz Ives

梅维恒　　Victor H. Mair

欧内斯特·费诺罗萨　　Ernest Fenollosa

欧阳桢　　Eugene Chen Eoyang

钱德明　　Joseph-Marie Amiot

乔丹·斯泰布勒　　Jordan H. Stabler

乔里逊　　Gertrude Laughlin Joerissen

塞缪尔·约翰逊　　Samuel Johnson

山姆·汉米尔　　Sam Hamill

施家彰　　Arthur Sze

施莱尔马赫　　Friedrich Schleiermacher

施耐德　　Gary Snyder

史蒂文·凯勒曼　　Steven G. Kellman

史美　　Norman L. Smith

斯图尔特·卡敦纳　　Stuart Carduner

斯图尔特·梅里尔　　Stuart Merrill

索姆·詹尼斯　　Soame Jennyns

唐安石　　John A. Turner

陶友白　　Witter Bynner

特里维廉　　R.C. Trevelyan

托马斯·格雷Thomas Gray

托尼·巴恩斯通　　Tony Barnstone

王燊甫　　David Rafael Wang

威利·巴恩斯通　　Willi Barnstone

威廉·卡洛斯·威廉斯　William Carols Williams

威特梅耶　Hugh Witemeyer

维克拉姆·赛思　Vikram Seth

伟烈亚力　Alexander Wylie

卫三畏　Samuel Wells Williams

吴伏生　Fusheng Wu

小畑薰良　Shigeyoshi Obata

休姆　Thomas Ernest Hulme

亚瑟·韦利　Arthur Waley

叶维廉　Wai-lim Yip

伊恩·麦格雷尔　Ian McGreal

余宝琳　Pauline Yu

宇文所安　Stephen Owen

约翰·艾伦·斯科特　John Alan Scott

约翰·斯科特　John Scott

赞克　Erwin von Zach

翟理思　Herbert A. Giles

詹姆斯·怀特尔　James Whitall

詹姆斯·克莱尔　James Cryer

詹姆斯·米灵顿　James Millington

詹姆斯·墨菲　James R. Murphy

周平　Chou Ping

朱迪特·戈蒂耶　Judith Gautier

主要参考文献

[1] 曹顺庆.比较文学概论[M].北京：中国人民大学出版社，2015.

[2] 陈敬介.李白诗研究[D].台北：东吴大学，2006.

[3] 傅汉思.梅花与宫闱佳丽——中国诗选译随谈[M].王蓓，译.北京：生活·读书·新知三联书店，2010.

[4] 葛桂录.中英文学关系编年史[M].上海：上海三联书店，2004.

[5] 海岸.中西诗歌翻译百年论集[M].上海：上海外语教育出版社，2007.

[6] 江岚.唐诗西传史论——以唐诗在英美的传播为中心[M].北京：学苑出版社，2009.

[7] 蒋洪新.英诗新方向：庞德、艾略特诗学理论与文化批评研究[M].长沙：湖南教育出版社，2001.

[8] 李白.李太白全集[M].王琦，注.北京：中华书局，2011.

[9] 吕叔湘.中诗英译比录[M].北京：中华书局，2002.

[10] 彭予.二十世纪美国诗歌：从庞德到时罗伯特·布莱[M].开封：河南大学出版社，1995.

[11] 石江山.虚无诗学——亚洲思想在美国诗歌中的嬗变[M].姚本标，译.北京：中国社会科学出版社，2013.

[12] 吴伏生.汉诗英译研究：理雅各、翟理思、韦利、庞德[M].北京：学苑出版社，2012.

[13] 吴伏生.英语世界的陶渊明研究[M].北京：学苑出版社，2013.

[14] 谢天振.翻译研究新视野[M].青岛：青岛出版社，2003.

[15] 谢天振.译介学[M].上海：上海外语教育出版社，1999.

[16] 许慎.说文解字[M].北京：九洲出版社，2001.

[17] 詹福瑞，刘崇德，葛景春.李白诗全译[M].石家庄：河北人民出版社，1997.

[18] 詹锳.李白诗文系年[M].北京：人民文学出版社，1984.

[19] 张隆溪.比较文学译文集[M].北京：北京大学出版社，1982.

[20] 赵毅衡.诗神的远游：中国古典诗歌对美国新诗运动的影响[M].成都：四川人民出版社，1985.

[21] 赵毅衡.诗神远游——中国如何改变了美国现代诗[M].成都：四川文艺出版社，2013.

[22] 钟玲.美国诗与中国梦：美国现代诗里的中国文化模式[M].桂林：广西师范大学出版社，2003.

[23] 周啸天.唐绝句史[M].重庆：重庆出版社，1987.

[24] BALL J D. Rhythms and rhymes in Chinese climes：a lecture on Chinese poetry and poet[M]. Hong Kong：Kelly & Walsh，1907.

[25] BARNSTONE T，CHOU P. The Anchor book of Chinese poetry[M]. New York：Anchor Books，2005.

[26] BEACH C. The Cambridge introduction to twentieth-century American poetry[M]. Cambridge：Cambridge University Press，2003.

[27] BIRCH C. Anthology of Chinese literature：from early times to the fourteenth century[M]. New York：Grove Press，1965.

[28] BORNSTEIN G. Ezra Pound among the poets[M]. Chicago：University of Chicago Press，1985.

参考文献 ◇

[29] DAMROSCH D, PIKE D L. The Longman anthology of world literature[M]. Vol.B. 2nd ed. New York: Pearson Education, 2004.

[30] DOUGLAS R K. The language and literature of China[M]. London: Trübner & co., 1875.

[31] GILES H A. A history of Chinese literature[M]. New York: D. Appleton & Co., 1901.

[32] GRAHAM A C. Poems of the Late T'ang[M]. Baltimore: Penguin Books, 1965.

[33] GREENE R. The Princeton encyclopedia of poetry and poetics [M]. Princeton: Princeton University Press, 2012.

[34] GU M D. Translating China for western readers: reflective, critical, and practical essays[M]. Albany: State University of New York Press, 2014.

[35] HEAD D. The Cambridge guide to literature in English[M]. 3rd ed. Cambridge: Cambridge University Press, 2006.

[36] HINTON D. Mountain home: the wilderness poetry of ancient China[M]. New York: Counterpoint, 2002.

[37] HOMBERGER E. The critical heritage[M]. London: Routledge, 1972.

[38] HUANG Y T. SHI: a radical reading of Chinese poetry[M]. New York: Roof Book, 1997.

[39] JOHNSON S. Oriental religions and their relation to universal religion: China[M]. Boston: Osgood and Co., 1878.

[40] KOTEWALL R, SMITH N L. The Penguin book of Chinese verse[M]. Baltimore: Penguin Books, 1962.

[41] KROLL P W. Reading medieval Chinese poetry: text, context, and culture[M]. Leiden: Brill, 2014.

[42] LAUGHLIN J. New directions in prose and poetry 19[M], New York: New Directions, 1966.

[43] LEHMAN D. The Oxford book of American poetry[M]. New York: Oxford University Press, 2006.

[44] MAIR V H. The Columbia anthology of traditional Chinese literature[M]. New York: Columbia University Press, 1994.

[45] MARTINY E. A companion to poetic genre[M]. Hoboken, N. J.: Wiley-Blackwell, 2012.

[46] MCGREAL I. Great literature of the Eastern world[M]. New York: Harpercollins, 1996.

[47] MORRIS I. Madly singing in the mountains: an appreciation and anthology of Arthur Waley[M]. New York: Walker and Company, 1970.

[48] NADEL I B. The Cambridge introduction to Ezra Pound[M]. Cambridge: Cambridge University Press, 2007.

[49] OWEN S. An anthology of Chinese literature: beginnings to 1911[M]. New York: W. W. Norton, 1996.

[50] PENDERGAST S, PENDERGAST T. Reference guide to world literature[M]. Vol.2. 3rd ed. Detroit: St. James Press, 2003.

[51] POUND E. Early writings: poems and prose[M]. London: Penguin Books, 2005.

[52] POUND E. Literary essays of Ezra Pound[M]. New York: New Directions, 1968.

[53] PUCHNER M, AKBARI S, DENECKE W, et al. The Norton anthology of world literature[M]. Vol.B. 3rd ed. New York: W. W. Norton, 2012.

参
考
文
献

◇

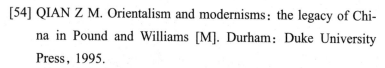

[54] QIAN Z M. Orientalism and modernisms: the legacy of China in Pound and Williams [M]. Durham: Duke University Press, 1995.

[55] RAFFEL B. The art of translating poetry[M]. University Park: The Pennsylvania State University Press, 1988.

[56] VENUTI L. The translation studies reader[M]. New York: Routledge, 2012.

[57] WATSON B. Chinese lyricism: shih poetry from the second to the twelfth century[M]. New York: Columbia University Press, 1971.

[58] WATSON B. The Columbia book of Chinese poetry: from early times to the thirteenth century[M]. New York: Columbia University Press, 1984.

[59] WEINBERGER E. The New Directions anthology of classical Chinese poetry[M]. New York: New Directions, 2003.

[60] WITEMEYER H. The poetry of Ezra Pound: forms and renewal, 1908- 1920[M]. Berkeley: University of California Press, 1969.

[61] WYLIE A. Notes on Chinese literature[M]. Shanghai: The American Presbyterian Mission Press, 1867.

[62] XIE M. Ezra Pound and the appropriation of Chinese poetry [M]. New York: Garland Publishing, 1999.

[63] YIP W. Chinese poetry: an anthology of major modes and genres[M]. Durham and London: Duke University Press, 1997.

[64] YIP W. Ezra Pound's Cathay[M]. Princeton: Princeton University Press, 1969.

致　谢

　　本书在我的博士论文前半部分的基础上修订而成，书稿付梓之际，心中充满了喜悦与感激。

　　我要感谢我的导师曹顺庆先生。从选题到成稿，先生都给予了悉心的指导。先生学贯中西，思想深邃，往往寥寥数语，便可使人茅塞顿开，与先生课堂内外相遇的那些时光让我终生难忘。

　　感谢美国犹他大学终身教授吴伏生先生。吴老师是我2016—2017年在美国访学时的外方导师，他讲授的"文学翻译"和"中国古代诗歌"两门课程让我受益匪浅，他的"文本领先，理论随后"的诗歌研究旨趣给了我极大的启发。

　　感谢傅勇林先生，他是我的博士论文答辩委员会主席，曾对我的论文提出了宝贵的意见，他鼓励我继续从事李白研究，早日出版研究成果。因我本人超龄而很遗憾未能随傅先生做博士后研究，但先生的点拨让我收获良多。

　　在课题研究过程中，我还得到过很多专家学者的中肯意见，他们分别是四川大学的阎嘉教授、刘朝谦教授，四川师范大学的李凯教授、嵇敏教授，西南交通大学的李成坚教授、胡志红教授，四川音乐学院的甘绍成教授、林戈尔教授和胡晓教授，在此表示诚挚的感谢。

　　我要感谢电子科技大学外国语学院冯文坤院长和同事们对

致
谢
◇

我的支持；感谢我读硕士研究生期间的导师冯斗教授对我的鼓励；感谢蒋伟博士、韩晓清博士、秦岭博士、李金正博士、莫俊伦博士、杜萍博士、庄佩娜博士、张莉莉博士、黄丹青博士、成蕾博士、唐雪博士等师弟师妹给我的帮助。

最后，要把特别的感谢送给我的妻子都静和儿子星宇，感谢家人的支持与陪伴。

林　何

2022 年 9 月 15 日于成都